講談社文庫

幻想温泉郷

堀川アサコ

JN259210

講談社

幻想温泉郷　目次

幻想温泉郷

1　安倍アズサ、登天郵便局に帰る

「こんにちは。ごぶさたしてます」

狗山《いぬやま》のてっぺんにある登天《とうてん》郵便局。

最初、ここに来たとき、わたしは自転車で幽霊と二人乗りしていた。

これはたとえ話でも、冗談でもなくて、本当の話だ。……そう、これから始まるのは、その手の話なのですよ。

だいたい、山のてっぺんに郵便局があるなんて、おかしいではないか。

二年前にアルバイトの採用通知をもらったとき、わたしはうかつにも、その点をあんまり斟酌《しんしゃく》しなかった。就職浪人だったから、働けるならもう全然オッケー、郵便局なんて理想的じゃん、と思った。

「あら、いやだ。コザルが、また来たわ」

木造一部二階建てのサイディング張り、ちっとも風情《ふぜい》がない局舎に入ると、貯金窓口に居たパンチパーマのおじさんが顔をしかめた。

この人は、青木《あおき》さん。女の人みたいな言葉を使うけど、れっきとしたおじさんで、しかも嫌味で意地悪でいけずで、貧相でひょろひょろな人だ。

「そうよ。ごぶさたもいいところよ。年賀状くらいよこしなさいよ」

「いや、本物の郵便局の人が、ここに郵便を配達しに来たらまずいじゃないですか」

ここは、この世とあの世の中間にある究極の心霊スポットなのだから。

「ほら」

青木さんが、いらいらした様子で、てのひらをこっちに差し出す。

「はい？」

「おみやげよ、おみやげ。さっさと出しなさい」

「そんなもの、持って来てませんよ。あたしはただ、元気でやっているのを見せたくて」

「おみやげもなしで帰ってくるなんて、人の道にはずれてるわよ、あんた！」

亡くなった人は、登天郵便局の裏庭から、次の世へと旅立つ。

亡くなった人と本当に……本当の本当に心を通わせたい人だったら、生きている人でも登天郵便局に来ることができる。

そしてわたしは、ここで働き出したときは、こんな怖いところもうゴメンだよと思ったけど、逃れることができなかった。あげくの果てには、故郷を離れて無事に就職できた今も、夏になると新幹線代をかけてもどって来る。ここで働く、この世のものなんだか、どの世のものなんだか知らない奇妙な人たちに会うために。

「おみやげもないんだったら、駅にもどって駅弁買って来て。あたしは絶対に、海鮮寿司よ。ほかのものを買ってきても食べてあげないんだから」

「せっかく自転車こいでここまでのぼって来たのに、駅なんか行きませんよ」

「なに、この子。失敗を取り返すチャンスをあげるってのに、口ごたえする気！」

わたしが来た早々、青木さんにいじめられていたら、トイレから小柄なおじいさんが手を拭きながら出て来た。

「おやおや、いらっしゃい」

登天さんだ。この山一帯の地主で、何歳なのかわからないくらい高齢のおじいさんである。いつもにこにこしていて、局舎の前で魔法の鼎《かなえ》を使って焚火をしている。燃やしているのは、郵便窓口で受け取る手紙。亡くなった人が差し出した手紙だ。

「今日は晴れて、煙が高くのぼって行きます」

登天さんは窓口にたまった郵便物をもって、いつもの持ち場にもどった。

わたしは青木さんの意地悪攻撃から逃れるため、登天さんについて局舎の外に出る。陽光が降り注ぐ地面に鼎を置いて、登天さんは切り株のベンチにすわった。

「登天さん、相変わらず郵便配達してるんですね」

「はい、郵便配達してますよ」

登天さんが鼎という高級そうな金ダライに手紙を入れて、チャッカマンで火を点けると、手紙はめらめらと燃え出す。最初にこれを見たときは、驚いたのなんのって。だって、お客さんからあずかった郵便物を燃やしてるわけだから。

でも、登天郵便局に手紙を出しに来るのは、亡くなった人たちだ。

「無事にとどきますかね」

「はい、無事にとどきますよ」

手紙やはがきにつづられたお客さんの気持ちは、煙になって空にのぼり、やがて明け方の夢になって宛先の人へと届く。夢枕に立つといわれている現象だ。亡くなった人は、そうやって登天郵便局に思いを託して、次の世へと旅立つのだ。

この世で見る最後の風景が最高に美しいものであるようにと、郵便局の裏庭はどこまでも続く平原一面に、きれいな花が植えられている。

小さな山の頂上が無限の平原であるということが、ここが尋常ならざる場所だという、そもそもの所以だ。だけど、ダリアやグラジオラスやカンナ、池のスイレン、黄色いルドベキア、白とピンクのコスモス……こぼれるような色彩の花たちを見ていると、尋常な場所であろうがなかろうが、そんなこと「ま、いいか」と思えてしまうのだ。

この究極の花畑は、登天郵便局の土地そのもののようにスーパーナチュラルな力によって保たれているのではなくて、せっせと庭仕事をしている人が居る。

その人というのが——。

「アズサちゃん、アズサちゃん、アズサちゃーん」

ナマハゲみたいに目鼻立ちが極端に濃い、大柄で赤ら顔の男の人が、一輪車を押してダッシュして来た。郵便局の仕事をほったらかして、この美しい庭の世話をしている赤井《あかい》局長だ。

「今年も来てくれたんだね。待ってたんだよ。会えて嬉しいよ、本当に嬉しいよ！」

赤井局長はぶっとい眉毛《まゆげ》を下げて、飛び跳ねそうなくらい喜んでくれた。

でも、ちょっと喜び過ぎではないか？

お人好しで善良でちょっぴり気の弱い赤井局長は、実は凄腕の仕事させ魔でもある。また今年も〈お手伝い〉を用意して待っていたのではないか？

「鋭い！」

わたしの指摘に、赤井局長は太い人差し指を立て、大きなまなこでウィンクをした。

やっぱり来ない方が良かったろうか……。

そんな後悔がうっすらと浮かんだとき、強烈な気配が近づいてきた。

のしッ、のしッ、のしッ、のしッ――。

振り向くと、そこにはツキノワグマが居た。いや、ツキノワグマを背負った、筋骨隆々とした鬼塚《おにづか》さんが居たのだ。

アメリカンコミックのスーパーヒーローみたいな鬼塚さんは、わたしを見てにこりともせずに、野太い声でいう。

「人数が増えた。今日は肉を確保できてよかった」

「バーベキューだね。バーベキューだね」

赤井局長が大きな体をゆすって喜んでいる。

負けないくらい大柄な鬼塚さんが、背負っていたツキノワグマを横抱きに持ち替えて、のしッ、のしッと立ち去った。熊をバーベキューで食べるために、さばきに行ったのだ。

以上が、登天郵便局で働く人たちだ。

この四人はただの人間じゃない。どういう意味かというと、人間の姿をしているけど、その正体は鳥とか花とか鬼とか神さまとか、そういうタイプの人たち……らしい。くわしいことは、わたしもいまだにわからないあたりが、登天郵便局が一筋縄ではいかない場所であるってことなのだ。

＊

——ご用の方は裏庭まで！　職員一同、ＢＢＱやってます！

という貼り紙をして、登天郵便局の皆でバーベキューコンロを囲んだ。

トウモロコシや玉ねぎなどの野菜は、赤井局長自慢の家庭菜園から採れたものを輪切りにして焼いた。

鬼塚さんは、熊ばっかり獲ってくる。炭火でジュージュー焼いて、赤井局長お手製のタレにひたすと、鬼塚さんの熊肉はこの世のものとは思えないくらいおいしくなるのだ。採れたての野菜も、信じられないくらい甘い味がする。

「で、あんた、どういうところに勤めたんだっけ」

青木さんが熊の脂身《あぶらみ》をついばむようにして食べながら、いった。

「おかひの、へんもんひょーひゃでふ」

お菓子の専門商社・ニッポン甘味というのが、わたしの就職先だった。和菓子店舗の海外展開と、外国のお菓子の輸入を手掛けている。

「うほほ。いいところに勤めたじゃないの」

お菓子好きの青木さんは、喜んで、それから怒った。

「それなのに、なんでおみやげ持ってこないのよ、おみやげ！」

青木さんは、しつこい。

その横で、いつの間に来たのだろう、見知らぬおじいさんが、焼けたニンジンを夕レにひたしてから口に運んでいた。ひょろっとやせて、登天さんよりも高齢に見えた。

「おいしいですなあ、いや実においしいですなあ」

目を細めて野菜ばっかり食べている。

「お肉もどうぞ」

「年を取ると、肉が噛み切れなくて」

「柔らかいわよ」

青木さんが、おじいさんの紙皿に肉を取ってあげた。

おじいさんはゆっくりと熊肉を口に運ぶと、これまたゆっくりと咀嚼した。

「これは恐縮です」

「確かに美味ですなあ」

「そうでしょう、そうでしょう」

登天郵便局の四人は、自慢げに口もとを緩める。おじいさんは、恐縮したようにぺこりと頭を下げて、割り箸《ばし》の先で、もう一切れ熊肉をつまんだ。

「わたしね、癌《がん》だったんですよ」

おじいさんは、熊肉をタレにひたして口に運ぶ。

「身内の者たちは、わたしに病気のことは伏せておりましてね。そんなこととは知らず、はしゃぎ過ぎて寿命を縮めました。いや、この年まで生きれば充分なのでしょうが」

「いくつになっても、いざとなると生き足りないものです」

登天さんが応じると、おじいさんは嬉しそうに目を細める。

「そうですか。わたしだけが欲張りというわけじゃないんだな」

欲張りなわたしは、口いっぱいに熊肉をほおばって「うん、うん」とうなずく。

おじいさんは細めた目で、そんなわたしのこともしみじみと見た。

「ありがとう。最後においしいものをいただきました。そろそろ参りませんと」

「こっちよ」

青木さんは手にした紙皿を切り株の上に置き、おじいさんをいざなって局舎へと向かう。

おじいさんの足もとがおぼつかなかったので、わたしもいっしょに行った。

よいしょ、よいしょ、よいしょ……と歩くおじいさんに歩調を合わせて局舎のロビーに入ったときには、青木さんはすでにカウンターの中に居た。

貯金窓口にある、どこにつながっているんだかわからない不思議なオンライン端末機に、おじいさんの通帳をセットする。

功徳《くどく》通帳。

人が生きているうちにした善行と悪行を、水ももらさずあばきだす、ちょっと怖い通帳だ。

功徳通帳には、ゴミを分別しなかったとか、ひとに意地悪をしたとか、迷子の犬を助けたとか、災害義捐金《ぎえんきん》を出したとか、生前にした悪いことも良いことも全部記されるのだ。もちろん、人を殺したとか、そんなすごいことだって載る。

ジー……、ジー……、ジー……。

不思議なオンライン端末機は、普通のＡＴＭみたいな音をたてて、おじいさんの一生分の素行《そこう》を印字してゆく。

音がやんで機械から出てきた通帳を確認する青木さんの目が、ふと、丸くなった。

「かあ……」

青木さんはカラスみたいな声を出したきり、絶句した。

わたしは不思議に思って、青木さんを見て、となりに居るおじいさんに目を移す。

すると、おじいさんの姿は消えていた。

「え？　え？」

きょときょとと辺りを見回し、からっぽのロビーを横切って、正面口から顔を出す。

前庭を、そして広大な裏庭を見た。

「居た！」

おじいさんは、花いっぱいの庭を分ける小道を、背を曲げて歩いているところだった。

なにをするにも、ゆっくり、ゆっくり……だったのに、いったいいつの間にそこまで歩いていったのだろう。念のためいっておくと、人は死ぬと病気が治ってすこぶる元気になるんだけど、テレポートできるようにはならない。幽霊にだって足があって、壁抜けなんかはできても、やっぱり自分の足で歩くものなのだ。

だから、おじいさんが瞬間移動したのには驚いた。

でも、わたしより青木さんの方が驚いていた。

「あのじいさんを、おいかけて――！」

開いたままの功徳通帳を片手でかざして、青木さんが事務室から飛び出して来た。靴にはき替える間も惜しんで上ばきのまま、おじいさんの歩く方へと猛ダッシュする。

わたしも驚いて後を追ったんだけど、おじいさんの姿はふわっと透明になって消えた。

煙のように掻き消えたのである。

「…………」

わたしは足をとめて、目をぱちくりさせた。

おじいさんの歩いていた小道の先には、蔓《つる》バラをからませた花の門がある。それを登天郵便局の人たちは、〈地獄極楽門〉と呼んでいた。亡くなった人たちは、ここをくぐって次の世へと渡って行くからだ。つまり、成仏する魂の門なのである。

しかし、たった今、やせっぽちのあのおじいさんは地獄極楽門の手前で消えてしまった。

わたしは登天郵便局での勤務期間は長くないからえらそうなことはいえないけど、地獄極楽門を通って姿が消えない怨霊を見たことはあっても、その手前で消える人は初めてだ。

だが――。

「まただわー!」

功徳通帳を振りかざして、青木さんが高い声をあげた。

騒ぎを聞きつけた赤井局長たちが駆けて来た。

青木さんはその一同に向けて、消えたおじいさんの功徳通帳を見せる。

わたしものぞき込んで、「んん?」と首をかしげた。それは一見して、善良な人の素行を記した平凡な記録にしか見えなかったのだけど、いや、待て……。善行と悪行がくまなく記されているはずの通帳に、善行だけしか印字されていないではないか。

「よっぽど、いい人だったんですね」

わたしがいうと、登天郵便局の四人は深刻な面持ちでかぶりを振った。

「違う、違う」

「このところ、こういうお客さんが目につくんだよね」

ナマハゲに似た大きな顔をくもらせ、赤井局長が腕組みをした。手にはまだ割り箸を持っていたが、声は真剣そのものだった。

「功徳通帳に悪行が印字されない、地獄極楽門を通る前に消えてしまう」

「それって……？」

わたしがきょとんとしていると、赤井局長は花々にけぶる地獄極楽門を見やる。

「その人たちは、間違った場所に消えたと思われるんだ。おそらく、死んでも死んでいない」

「成仏違反なのです」

登天さんが、深い息とともにいう。

わたしは、もう一度、いいことだけが書かれたおじいさんの功徳通帳をのぞき込んだ。

「成仏、違反？　死んでも、死んでいない？　天国にも地獄にも行かなくて、怨霊みたいにこの世にもとどまらず、なんだかわけわかんなくなっちゃったってことですか？」

「そのとおりよ」

青木さんは、指サックをしたままの人差し指で、通帳のとある一行をさした。

——露天風呂で溺《おぼ》れた蜘蛛を助ける。

「善行野郎どもは、どうやら皆、生前に同じ場所に行っているらしいのよ。この人たちの功徳通帳には、共通して温泉のことが書かれてあるんだわ」

「まわりくどいいいかたはよせ」

それまで黙っていた鬼塚さんが、厚い胸板を震わせるように強い声を出した。

「罪を洗い流す温泉があるらしい。その温泉につかれば、犯した罪が全て帳消しになるのだ」

「え——？　え——？」

罪を洗い流す温泉という、ちょっと聞いただけなら「いいね」って思ってしまいそうな、そのフレーズに、わたしは背筋がぞくぞくした。

温泉が罪を洗い流すなんて、罪びとを機械的に無罪放免するということか？　罪が一つもない人間なんて、もはや人間とは呼べないのでは？

「でも、そのこと、どうやって突きとめたんですか？」

「消える寸前のお客を捕まえてだな、こぶしで訊いた」

鬼塚さんは物騒なことをいう。

「でも、結局は消えちゃうから苦労したのよ」

「その人たちから一様に返ってきた答えは、罪を洗い流す温泉がある——だったのです」

「死後の裁きから逃れようと、怪しげなものにかかわる不届きものども」

「実際、困っちゃうんだよね。成仏違反を出すと、こっちもペナルティになるんだよ」

赤井局長が、局長らしく現実的なことをいった。

「ボーナスを減らされるとか？」

「このまま消える死者が増え続けたら、登天郵便局とりつぶしの可能性もあるのです」

登天さんがそんなことをいうので、わたしはびっくりした。

「それ、まずいじゃないですか！　のんびり肉とか食べている場合ですか！」

「だって、どうやって探したものか……」

赤井局長は、濃い目鼻立ちの顔をかなしげにさせる。

「だからね、有名な占い師に占ってもらったわけ。知ってる？　ベガ・吉村《よしむら》っていうの」

元気いっぱい局舎まで駆けて行くと、ロビーの書架からソフトカバーの本を持ってきた。

「はい、これ」

ちょうど両手を出して待っていたわたしの手に、赤井局長は本を載せた。

どれどれ……。

表紙をめくると、著者近影が載っていた。三十代前半だろうか、厚化粧でちょっと若作りな感じの、でも幼顔の美人だ。

本を眺めるわたしに、赤井局長は女の人みたいな声を作って、占ってもらったという〈お告げ〉を教えてくれた。

「ふたご座B型の女性をスタッフに迎えましょう。月の満ち欠けのごとく運命はいろどりを変えますが、チームワークで死地を切り抜けられるでしょう」

「電話占いだ」

鬼塚さんがいう。

「だから、ふたご座B型の女性でハローワークに求人を出しているんですが、なかなか来てもらえなくて」

登天さんが小さな顔をしょんぼりさせた。

「あのぉ……」

相変わらず登天郵便局の人たちの世間知らず加減は、大したものだ。条件欄とか資格欄に「ふたご座B型の女性」なんて書いた怪しい求人に、いったいだれが応募してくると思っているのか。

「馬っ鹿だなあ。ふたご座B型っていったら、あたしじゃないですか」

かんらかんらと笑っていってから、わたしは慌てて口を閉じた。

そして、ものすごく後悔する。登天郵便局が困る前に、わたしが困るじゃないか。

「えええええ！」

この世のものではない怪しい四人の目が、いっせいにわたしへと集まった。

ああ、覆水盆に返らず……。

「まさか、あたしが探すんですか？　その罪を洗い流す温泉というのを……」

おそるおそる口にすると、赤井局長のナマハゲそっくりの顔がスマイルマークみたいに輝いた。

「だって、アズサちゃん、探し物が得意だって、履歴書に書いてたもんね」

「その求職はおととし終わりました。今のあたしは、お菓子の商社に勤めるＯＬで――」

「登天郵便局がとりつぶされたら、もうお別れなのです」

登天さんが、ぽつりといった。

晩夏の花畑に、木枯らしにも似た風が吹き下り、夏枯れの葉っぱを巻き上げる。

ううう……。

前もそうだった。登天さんの、木彫りの人形みたいな、小さな寂しいたたずまいに勝てず、わたしはこの登天郵便局から逃れることができなかったのだ。

「うう」

わたしはうなだれた。そして、ふたご座B型の女として、登天郵便局の臨時職員の地位に舞い戻ることとなってしまった。

職場からもらった休暇は、三日半である。

2　消えた死者を追う

登天郵便局では新車を買ったようだ。おととし、わたしが働いていたころは、おんぼろの軽トラックに乗っていたのに、今度の赤井局長の愛車はピカピカのミニバンである。

赤井局長はご機嫌だった。占いに謳《うた》われたふたご座B型の女を見つけたことも嬉しかったらしいが、それよりも単純に、新車を見せびらかしたかったようだ。しかし、かえすがえすもいっておくが、赤井局長はこの世とあの世のあわいの住人。車庫証明とか保険とかはどうしているんだろう。免許更新とかは？　いろいろ、謎だ。

バーベキューの肉と野菜を平らげた後、わたしは、青木さんとともにこの新車に乗り込んだ。運転席に座るのは、もちろん赤井局長。

「どこに行くんですか？」

「さっきのじいさん家」

青木さんは、功徳通帳を開き、現住所が書かれているページをひらひらさせていった。

「おたくのおじいさんがあの世の入り口で消えたので、その理由を教えてください
……とかいうんですか？」

「わかってるじゃないの」

青木さんが不敵にいうから、わたしは唖然とした。

「冗談よ。もっと手の込んだことをね。フッフッフッ」

含み笑いが不気味だ。

愛車のハンドルをにぎり、狗山の山道を降りながら、赤井局長が説明を引き継ぐ。

「亡くなった老人の名前は、其田《そのだ》隆俊《たかとし》。享年九十二歳。県立高校の校長先生をした人なんだ。奥さんは二十年前に亡くなって、ずっと一人暮らしだった。息子が一人娘が二人、長男の名前は其田俊男《としお》。工務店を経営している。アズサちゃんがこれから会うのは、孫娘の其田千香《ちか》。其田校長の遺品の整理をしているんだって」

「すごい、いつの間に調べたんですか？」

「ふふーん」

赤井局長は助手席に置いた新聞紙と、黒表紙に筆文字で「逝去《せいきょ》者名簿」と書かれたつづりをよこす。

新聞には、さっきのおじいさんとおぼしき人の死亡広告、「逝去者名簿」には履歴

書みたいなフォーマットに、おじいさんの写真とプロフィール、家族のことなどが書かれてあった。

こんな便利な書類まであるなら、ふたご座B型の女性スタッフを雇わなくても、自力で解決したらよくない？

「其田校長が亡くなったのは、ちょうど二ヵ月前なんだ」

「初夏、ですね」

「そこでも、成仏違反になるんだよ。逝去者規則六条の七、亡くなった者は四十九日後に境界エリアに向かわなくてはならない」

逝去者規則？

境界エリア？

「境界エリアとは、登天郵便局みたいな場所。実は日本中にあるんだ」

へえ。知らぬが仏である。あの世との境目があちこちにあるなんて、想像したら怖い話だ。

赤井局長はウインカーを出して左折した。

逝去者規則ってのも、なかなか怖い法律らしい。といっても、なんという国のどういう人たちが定めたのかは知らないけど。

その逝去者規則によると、怨霊でも地縛霊でも浮遊霊でもないのに成仏しないのは、成仏違反になるそうだ。懲罰《ちょうばつ》として、七回ミミズに生まれ変わって、土を肥やし、雨上がりのアスファルトの上で干からびて死ぬことを繰り返さなければならない……のだとか。想像するだけで、そんなのいやだ。

「あのおじいさん、悪い人には見えませんでしたけど」

おいしそうに、熊肉を食べていた。最後においしいものを食べたといって喜んでいた。笑った顔がかなしそうだった。

「死後の裁きを逃れるために、罪を洗い流したのか？　それとも、たまたま入った温泉がそうだったのか？　ここが、じいさんの運命の分かれ道よ。死後の運命のね！」

青木さんは無慈悲に高笑いした。

「死後の裁きって、本当にあるんですか」

「そんなの教えられるわけないでしょ。極秘事項だもの、おっほっほ！」

自分でいったくせに。

「青木くん、左側からクルマや人、来てない？」

「オーライ、オーライよ、局長」

赤井局長のミニバンが着いた先は、商店街のスーパーのある角から、一本脇道に入った古い家だった。

「交渉してくるから、ちょっとクルマで待っててね」

交渉？

「はい」

赤井局長の大きな体が門をとおるのを、わたしはクルマの窓から見守った。

其田隆俊氏の住まいは、板塀の日本家屋だ。

玄関に至るまでの景色が良い。ツゲやツツジが丸く刈りこまれ、塀の近くには松の木が、日蔭にはギボウシが葉を茂らせている。そんな小さいけどこざっぱりとした庭は、あるじを失って、植え込みの枝とかがちょっと伸び始めているのが、やっぱり寂しかった。

赤井局長はドアホンを押し、わたしはいわれたとおりに、青木さんとクルマの中で待っていた。

玄関の引き戸を開けたのは、わたしと同年輩の女性だった。

丁寧に巻いたロングヘアを白いヘアバンドでとめて、グレーのTシャツにデニムの膝丈のフレアスカートをはいている。力を抜いているようでおしゃれな子だ。ひょろっとしたところが、あのおじいさんに似ている感じがした。

「あの人が、其田千香さんですかね」

「そうよ」

「交渉っていってたけど、赤井局長、なに話しているんですか？」

わたしが訊くと、青木さんはニヤリとした。

「交渉なんてものじゃないわ。赤井局長はあの小娘に催眠術をかけているのよ」

「また怪しい真似を」

良い人そうに見えて、赤井局長は人の心を意のままにする反則技を心得ている。となんでもなく怖い話を聞かせて、それを忘れようとする心の働きを利用して、記憶を消してしまったり。そう。この世とあの世の中間にある登天郵便局の職員は、いつも良いことばかりしているわけではないのだ。

「局長は、あんたが高校時代からの親友だってことを、あの子に信じ込ませてんのよ。あの子ね、いま大学四年生でひまだから、じいさんの遺品の整理を一手に押し付けられてるわけ。赤井局長は、あんたにそれを手伝わせる方向に、話を持っていってんの」

「大学四年生ってことは、就活は？」

「してない」

青木さんはぱちくりと、またたきをした。鳥みたいに、下まぶたがうごいた。

「あの小娘、来年から、父親が経営する会社で事務をするんですって。ずるいわよね」

「いや別にずるくはないですけど」

そうか、わたしは潜入捜査をするのか。

「だけど、赤井局長、催眠術とか使えるなら、自分たちで潜入捜査したらいいのに」

「馬鹿じゃないの、あんた」

青木さんが、わたしをせせら笑った。

「家族とかがやって来たとき、どう説明すんのよ。あたしたちが、あの小娘の高校時代の親友だとかいうわけ？」

「いや、高校時代の親友じゃなくても、別な設定にしたらいいじゃないですか」

「遺品整理とか、そういうチマチマしたことを、あたしたちにさせる気？」

つまり、遺品整理とか、そういうチマチマしたことは、わたしにさせる気だってわけか。

……と、思っていると、赤井局長が大きな体をいそいそと運んで、こちらに来た。

そして、わたしに耳打ちする。

「アズサちゃん、そういうわけだから、よろしく頼むね」

「そういうわけ？」

急にそういわれても、普通は困ってしまいますよ。という目で、赤井局長を見上げる。

赤井局長は「あはは、ごめんごめん」と気弱そうな笑い方をして、胸の前で厚いてのひらを開いた。

「さっきもいったけど、彼女の名前は、其田千香さん。あだ名はチカッチ。親友のアズサちゃんが、おじいさんの遺品整理の手伝いに来てくれたことになっているからさ。どさくさに紛れて、其田校長が行った温泉がどこなのか、つきとめてね」

「罪を洗い流す温泉よ」

青木さんが横から言葉を足した。

「じゃ、局長、あたしたちは行きましょうか」

「そうだね。じゃ、アズサちゃん、ファイッ！　ファイッ！」

青木さんと赤井局長はクルマに乗り込んで、来た道へと消えて行った。

わたしはというと、途方に暮れた。

そんなわたしの居る方へ、其田千香さん——チカッチが駆け寄って来た。

「やだー、アズサッチ、久しぶりー！」

チカッチは、満面の笑みで、わたしの手をとり、ぴょんぴょんと飛び跳ねる。たぶん、おじいさんのものだろう、焦げ茶色の男性用のサンダルをはいた足が、ガッパガッパと鳴った。

「こっち来てたんだー？　片付け、手伝ってくれるってー？　さっすが親友だよね。もう、家がオンボロで恥ずかしいー。でも、来て来て」

見ず知らずの其田千香さんは、青木さんがいったとおりの設定を信じ切っている。

そうか。わたしは、アズサッチなのか。

チカッチに手を引かれて、玄関から其田邸へと入った。

古い家だ。鴨居や柱は濃い飴《あめ》色に変色していて、よく磨き込まれた廊下には、しかし片すみに綿ぼこりが積もっていた。そこかしこ、ちょっと寂しい気配がするのは、やはり家のあるじが亡くなったからか。

「見て、これ。ぜ〜んぶ、あたし一人で片付けなくちゃなんないんだよー」

台所の食器、調理器具、客間や居間や書斎を混沌のごとく埋め尽くす本、部屋の棚には墨汁《ぼくじゅう》とか、ソロバンとか、ダルマとか、文化人形、こけし、花瓶、丸めた掛け軸、帆船の模型、壁に掛けられた蓑《みの》と笠《かさ》（なんに使うんだ?）、時代劇に出てくるような貧乏徳利《どくり》……。日本刀や鎧兜《よろいかぶと》まである。

「千香さ……千香ちゃん。や、ヤッホー」

それを見て回るまで無言だったのに気付き、しかしなんといっていいのかわからず、わたしは間抜けな挨拶《あいさつ》をした。

「やだ、なに他人行儀なこといって。チカッチって呼べば?　むかしみたく!」

「ご、ごめん。チカッチ、えへへ」

えへへというか、とほほ……なわたしだ。

「で？　アズサッチ、休みいつまで？」

「三日半もらったから、しあさっての午前中に帰ります……じゃなくて、帰るんだ」

「やだ、アズサッチ、おじいちゃん家に来たから緊張してる？　親友じゃん、遠慮することないよ。東京でさ、薫《かおる》ちゃんとか、たかぶうとかと会ってる？」

そういう話題は困る。

「まあ、ぼちぼち」

ボロが出そうなので、慌てて話をそらす。

「それにしても、いろいろあるね。おじいさん、物持ちだ」

「そうなんだよ」

チカッチは頬をふくらませた。甘やかされっ子らしく、こんな表情に愛嬌《あいきょう》がある。

「おじいちゃん、終活とか全然してなかったんだよね。自分は死なないって思ってたのかなあ。でもね、おじいちゃんさあ、おばあちゃんが死んだころから、死ぬってことについて、マジで思いつめていたみたい。古今東西の死生観っての？　そういう本を集めて読みふけってた。元々、本が好きだったから、もう、見て、この本の山！」

「そうなんだ」

死後のことに執着していたというわけか？

――いくつになっても、いざとなると生き足りないものです。

バーベキューで熊肉を食べながら登天さんがそういった。あのとき、隆俊氏は、こう答えたはずだ。

――そうですか。わたしだけが欲張りというわけじゃないんだな。

亡くなった後でも、隆俊氏は何かを欲張っていた？

何を？　寿命を？

それは、地獄極楽門の前で消えてしまったことのヒントにならないか？

「アズサッチ、なんで難しい顔をしてるわけ？　気に入らないこととかあるの？」

「あ、いやいや」

チカッチが冷蔵庫からペットボトルを二本出して、わたしにジャスミンティをよこし、自分は緑茶のふたを開けた。ジャスミンティは好物だ。赤井局長、短時間でそんなことまでデータをインプットしたのか？　さすがおそるべし、登天郵便局。

「とりあえず、本は書斎にまとめてくれる？　床に積んじゃっていいからさ。ダルマとか人形とかは居間に。業者を呼んで引き取ってもらうんだ」

「チカッチのおじいちゃん家、雰囲気あるよね。これからだれか住むの？」

「ううん」

チカッチは、眉毛を下げて笑った。

「この家、無駄に広いでしょう。パパが、この家を壊して、アパート建てるんだって。ちっちゃいころ遊んだ家がなくなるって、ちょっと寂しい。でも、しょうがないよね」

「そうかあ。ずっと空き家にしておくの、もったいないもんね」

ペットボトルのふたを開けて、ジャスミンティをくいっと飲んだ。いい香りだ。

チカッチは、わたしの好みを覚えていたことにちょっとご満悦の顔をして、それから自分も緑茶を飲んだ。

「うちのパパ、工務店を経営しているから、そのあたりテキパキしているんだよね。あたしに、ここの片付けをさせるのも、遅まきながら就職試験みたいなものかな」

「ああ、お父さんの会社に就職するんだって？」

わたしもだんだん、チカッチがむかしからの友だちのような気がしてきた。

「あれ？　だれに聞いた？　けっこう秘密にしてたのにな」

おっと、まずい。

「あの、その」

「皆、就活で大変なのに、ズルしているみたいで悪いでしょ。それでちょっと気が引けて。どうせすぐにマコたんと結婚して、寿退社しちゃうんだけどね。でも、結婚前に少し働いておかないと、子どもが大きくなって手が離れて、就職したいときに職歴なしだと、まずいでしょ」

「いろいろ考えてんだね」

友だちの気持ちとか、まだできてもいない子どもが大きくなったときのことまで。

チカッチは、お嬢さまのように見えて、しっかり者のようだ。

「アズサッチは彼氏できた？」

「いや、全然」

正直にいうと、チカッチは腕組みをして、わたしを見据えた。

「せっかくの夏休みなのに、こんなところで遺品整理の手伝いなんて、アズサッチの青春、暗いよー。でも、あたしは大助かりだけど。――アズサッチってさ、けっこうもててたけど、自分で全然気付かないんだよね。超ニブ女」

赤井局長はどんなことを吹き込んだのだ？

「ニブくないよ、だいたい皆こんなもんだよ」

自分でもよくわからない返事をしてから、わたしは話題を変える。

「おじいさんって、温泉が好きだったんだよね。どういうところに行ってたのかな？」

「なんで知ってるの？」

チカッチが不思議そうな顔をしたので、内心でギクリとする。

でも、赤井局長の強力な催眠術のおかげか、チカッチは「前に話したっけねー」なんて軽く納得している。

「そうなのよ。おじいちゃん、温泉フリークだったんだよね。絵日記とか描いてたもん」

スケッチブックを見せてくれる。

熱海《あたみ》温泉、別府《べっぷ》温泉、草津《くさつ》温泉、鬼怒川《きぬがわ》温泉、伊東《いとう》温泉、白浜《しらはま》温泉、那須《なす》温泉、銀《ぎん》山《ざん》温泉、秋保《あきう》温泉、道後《どうご》温泉、飯坂《いいざか》温泉……と、枚挙《まいきょ》にいとまがない。

温泉情緒のある建物、湯気の上がる川、大正ロマンの街灯、みやげ物屋が軒を連ねた坂道。日本人ならだれでも大好きな風景が、色鉛筆と水彩絵の具でふんわりと描いてあった。

別の一冊は、地元の温泉をめぐったもののようだ。

乙姫《おとひめ》温泉、憩之山《いこいのやま》温泉、蟲常《むしつね》温泉、長老温泉、狐火《きつねび》温泉、迷《まよい》ケ岳《たけ》温泉、枯《かれ》ヌ之《の》温泉、地獄釜温泉、浦島街中温泉、湯っ子パラダイス、ぽかぽか湯～ランド……こちらも枚挙にいとまがない。

露天風呂あり、ヒノキの混浴千人風呂あり、ランプの宿、湯治場、どれもなつかしい感じのする絵ばかりだ。一人でしばらく故人のスケッチブックをめくって、「ここ、いい」とか「今度二人で行こうよ」とかいい合った。

が、いつまでも会話を楽しんでいる場合ではない。わたしは、しあさって帰らなきやいけないのだ。問題の温泉が、ピンポイントで「ここ！」というように、わからないものか？

「ねえ、罪を洗い流す温泉って知らない？」

大胆にも、ズバリ訊いてみた。

「なにそれ」

チカッチは、あんまり面白くない冗談を聞いたみたいに、お愛想で笑った。

「罪を洗い流すとかは知らないけど、湯っ子パラダイスのちびっ子の湯に、うんちが浮いてたって。見て見て、おじいちゃん、それ描いてるし」

「ぎええい。それ、マジなの？」

わたしは戦慄《せんりつ》した。温泉巡りとは、そんな危険とも背中合わせなのか。

「うんちが浮いている温泉で、罪が洗い流されるとは思えないなあ。つうか、温泉の中でうんちするなんて、重罪だよ」

「確かに、罪、重いね」

チカッチもうなずく。

（う〜む）

問題の温泉が、全国区のメジャーな温泉であるとは考えにくい。

観光名所になっている有名な温泉が人の罪を洗い流したりしたら、今回の問題はもっと大騒ぎになっているはずである。登天さんは、登天郵便局とりつぶしの危機だといったけど、裏を返せば、登天郵便局に限った問題だということではないか。すなわち、罪を洗い流す温泉とは、この近くにあるはずだ。

（となると）

乙姫温泉、憩之山温泉、蟲常温泉、長老温泉、狐火温泉、迷ケ岳温泉、枯ヱ之温泉、地獄釜温泉、あたりが怪しいわけか。

帆布《はんぷ》のトートバッグから手帳を取り出すと、この八ヵ所をメモした。

「アズサッチ、何書いてんの？」

「う～ん、温泉研究家としてはですね……」

「いつからそういう研究家になったの」

チカッチが微妙に怪しんでいるので、わたしは笑ってごまかした。

「はっはっは」

メモには、市街地の温泉は書かずにおいた。

浦島街中温泉、湯っ子パラダイス、ぽかぽか湯～ランドとなると、駅から徒歩もしくは市バスで行ける範囲だから、神秘的な効能とも無縁に思える。だいたい、うんちが浮いているお湯で罪が洗い流せるか？　……なんとなく、だけど。

では、蟲常温泉とかを、しらみつぶしにめぐるか。

この八ヵ所、県内のあちこちに散らばっていそうだ。実際に温泉に入ってみてから、功徳通帳に記帳してみるとか？　体張ってるなあ。

「この辺りの温泉って、怖い名前が多いね。蟲常温泉とか、常に虫が浮かんでるとか？」

わたしがいうと、チカッチは大きくうなずいた。

「露天風呂だと、どうしても浮いてるよね。あたし、子どものころ、おじいちゃんに連れられて蟲常温泉に行ったことあるんだけど、女郎蜘蛛《じょろうぐも》が浮いてて大泣きしたってば」

チカッチはまたスケッチブックをめくる。

蟲常温泉は、庭園の中の池みたいな露天風呂だった。湯船はタイル張りだが、そこから見える庭の景色が格別だ。裏山の景色を借景にして、お湯に新緑が映っている。『嗚呼、極楽、極楽』と、画賛が書き込まれていた。

「チカッチ、蟲常温泉に行ったことあるんだ？　入ったら、罪が洗い流されて、急に良い子になっちゃったってことなかった？」

「なによ、それ？　さっきから」

なにも知らないから、チカッチは笑う。

「いや、温泉の効能というか……。罪を洗い流す温泉ってのがあるんだって」

「それって都市伝説？　温泉で都市伝説といったら、断然、枯ヱ之温泉だよね」

「カレーの温泉」

わたしは、ジャガイモや豚肉が浮いている黄色い温泉を想像しながら、スケッチブックをめくった。実際に出てきたカレーの温泉、いや、枯ヱ之温泉は、もっと迫力ある景色だった。

古い鳥居と祠《ほこら》と、かやぶきの廃屋が並び、奇妙な格好で幹をからませた松の木が地を這うように伸びている。

廃屋の窓の中は真っ暗で、松の幹の曲がりっぷりが、因縁話っぽくて実に不気味だ。

空が青いからまだいいけど、陰気な曇天の下だったら、さぞかし迫力が増すだろう。

枯ヱ之温泉と題されたスケッチは、それ一枚だけで、実際の温泉の絵はなかった。

「なんか、この絵、怖くない？」

「アズサッチ、知らないの？　枯ヱ之温泉の怪談って、全国ネットのテレビでも有名じゃん」

チカッチは、Ｊホラーの女優みたいな顔をした。

「テレビの怪奇特番でやってたんだけど、枯ヱ之村でむかし、大量殺人があって、村人が死に絶えたんだって。でも、今はその村がどこにあるのかわからないってことになってるのよ」

ここで、チカッチは怖い顔をやめて、両手でこわばった頰をほぐす。

「だけど、なんのことはない、そこって迷ケ岳の登山口らしいんだよね」

アルバムを開いて見せてくれた。

山の写真だった。

木製の立て札で『迷ケ岳登山口』とある山道に、登天郵便局で見たより少し若い其田隆俊氏が、登山スタイルで写っている。晴天の下に新緑が萌えて、其田氏の笑顔もすがすがしい。だがしかし、そこかしこに浮かぶ半透明の球体が、写真を変に陰気なものにしていた。

「ねえ、チカッチ、これってオーブとかいうもんじゃない？」

「うん。これは枯ヱ之村で撮った心霊写真なの」

チカッチは、またちょっと怖い顔をした。

「ちょっと待って。枯ヱ之村って、どこにあるかわかんないんでしょ？　でも、おじいさん、にこにこして写真に写ってるじゃん」

「そうなのよ、だから、枯ヱ之村が見つからないはずないんだよ。枯ヱ之村って、地元の登山家なら、きっとだれでも知ってると思うよ。迷ケ岳の登山口なんだもん。でも、テレビ番組では、県内を探し回って、結局は見つからないって話になってた」

「つまり、ここには簡単に行けるわけ?」

「たぶんね。あたしは行ったことないけど」

だれでも行ける場所に、こんなにオーブが飛んでいるのもまた怖いではないか。

「でも、おじいさん、楽しそう。つやつやしてる」

「そりゃ、温泉に入ったんでしょ。枯ヱ之温泉に」

心のメモに『枯ヱ之温泉の都市伝説』と記したタイミングで、ドアホンが鳴った。

チカッチは飲みかけのペットボトルを置いてモニターを見る。

「あ、パパだ」

訪ねて来たのは、チカッチのお父さん、この家のあるじの息子・其田俊男氏だった。

廊下を歩きながら娘から「アズサッチ」の話を聞いていた俊男氏は、わたしを見るなりまん丸い顔をにここさせた。

細身だった父親の隆俊氏や、娘のチカッチとはうってかわって、顔が丸ければお腹も丸い。そのまんまるのお腹は、会社のユニホームらしいモスグリーンの作業服に包まれていた。

「娘に片付けを押し付けていたら、千香のやつめ、友だちを巻き込んでいたとは」

そういって、俊男氏はわたしの手に紙袋を渡した。

開いてみると、チョコレートが掛かったドーナツが行儀よく並んでいる。

思わずチカッチと目を合わせて、どちらからともなく笑顔になった。さっきから全然働いてないけど、差し入れは大歓迎だ。

「やっぱり、パパ、あたしをただ働きさせる気でいたんだ」

「だから、ほら、賃金、賃金」

俊男氏はドーナツの袋を指して胸を張り、真っ先に中から一つ取り出してぱくついた。このものすごくおいしそうに食べる。体型のとおり、甘い物が大好きみたいだ。

「賃金」も、ほとんど自分のために買ってきたのかも知れない。

「ねえねえ、パパ。枯ヱ之村って知ってるよね。アズサッチ、知らないんだって」

「迷ケ岳のふもとだな」

「なんか事件があったのよね」

チカッチはわたしが持った袋からドーナツを二つ取り出して、一つをよこし、もう一つを口にくわえると、父親の分の飲み物を取りに冷蔵庫に向かった。

「そんな話も聞いたかな」

俊男氏は、わたしに向き直った。

「わたしなんかは、あの辺りによく山菜を採りに行ったもんですよ」

山菜採りには、それぞれ自分の秘密の場所があって、なかなか他人には教えない。俊男氏の秘密の場所は、枯ヱ之村の近くだったという。

「少し変なことを聞いたことがありますよ」

俊男氏は二つ目のドーナツに手をのばすと、娘からペットボトルを受け取った。甘いミルクティだ。……おじさん、糖分摂取しすぎかも。

「知り合いがね、この春に、枯ヱ之村にワラビを採りに行ったんだけど、どうしても行きつかないっていうんですよ」

「チカッチがいっていた、テレビクルーみたいに？」

さっきのテレビの話を聞いていなかった俊男氏は目をぱちくりして、話を進める。

「あの辺りにはよい温泉があるからね。枯ヱ之温泉っていってね」

「チカッチのお父さんは、枯ヱ之温泉に行ったことがあるんですか？」

「前は山菜採りがてら、よく行ったもんだ。四、五年くらい前までかな」

チカッチが父親に向き直って、けらけら笑った。

「なんかね、罪を洗い流す温泉かも知れないんだってよ。そういう温泉が、あるんだって」

「いや、マジで、マジで。その温泉に入ると、死んでも死なないんです」

わたしは、チカッチのお父さんにまで謎の温泉のことを話してしまった。

それが、俊男氏には別な角度で響いたみたいだ。

「死んでも死なないのか。そりゃ、いいかもなあ」

ドーナツをほおばって、遠い目をする。

「あの親父が亡くなったなんて、今でも信じられませんよ。親父って、ずっと死なないとばかり思ってましたからね。だから、この家もずっとあるもんだと思っていたなあ」

「パパも、本当はこの家、壊したくないんだ？」

チカッチが、真面目な声でぽつりといった。

わたしの気持ちも、枯ヱ之温泉から、この家へと移る。

転勤族の親を持つ身には、生まれ育った思い出のある家というのは、一つと決められない。つまり、どこの家にも社宅にも、さほどに深い思い入れはないのだ。

親の持ち家がこの街にあるけど、やっぱり同じだ。だから両親の引っ越しが決まった時、そこは貸し家にして、わたしはアパートに移った。その後、東京で就職したから結果オーライだったが、思えばドライな一家である。

それにひきかえ、其田父娘にとっては、この家のことは人生の多くの部分と重なっているようだ。

「そりゃあ、そうさ。自分が育った家だもの」

俊男氏は、ミルクティのふたをひねって、床の間にかかっている掛け軸を見た。梅の枝にメジロがとまっている可愛い絵が描かれていた。画賛がさらさらとつづってあったけど、さらさら過ぎて読めない。

「やっぱり、あのとき、本人に病気のことをバラしてでも、止めればよかったのかな。今になれば、悔やむことばかりです」

「何かあったんですか？」

わたしが訊くと、俊男氏は「いえね……」といってミルクティでドーナツを流し込む。

「親父は癌だったんですよ。手術が難しい場所だった。でも、高齢でしょう。病気の進行が遅いから、手術をせず本人にも内緒にしていたんですよ」

「おじいちゃん、なりきりタイプの人だったもんね。お元気ですねって、皆にいわれるから、お元気じいさんになりきってたけど、もしも癌ですよといわれたりしたら、病人になりきってたよ、たぶん」

チカッチは視線を上向けて、記憶の中の祖父の姿を追いかけている。

俊男氏は大きくうなずいた。

「ちょっとそういうお調子者のところあったよね。癌だと知らなかったから、本人はピンピンしたもので、普通の生活を送るのには何の問題もありませんでした。そのかわり、無理はいけないと医者にはいわれていましたけど」

そんな中で、東京に住む孫が結婚することになった。チカッチの従姉だ。

其田老人は、是非にも祝いに駆け付けるといった。生涯のうちで、もう東京を見ることはあるまいと思っていたので、とても嬉しかったらしい。

「それで、ちょっと調子に乗っちゃったのよね」

チカッチが、かなしいというよりは「やれやれ」という顔色で合いの手を入れた。

俊男氏はわたしの顔を見て「そうなんですよ」という。

「親父ときたら、飛行機でも新幹線でもなく、夜行バスで行くといいだしましてね。そんなことしたら、疲れてしまって体を壊すととめたんだけど、聞こうとしないんですよ。いつもは陽気なのに、いざとなると頑固なんだから」

「おじいちゃん癌なんだから、無理しちゃ駄目よっていえなかったのよね。それで、あたしたちやむなく行かせたんだけど……。帰って来てから、ガタガタと体調を崩しちゃって」

「親父の最期のひとこと、忘れられないなあ」

——こんなに長く生きても、死にたくないんだなあ。

チカッチが、ポケットティッシュを引っ張り出してはなをかんだ。

3　第二の異変

狗山は市街地のはずれに、ちょこなんと鎮座《ちんざ》している、富士山のミニチュアみたいな山だ。

そこに着くまでは、見渡すかぎり、左も田んぼ、右も田んぼ。でも、交通量は意外と多い片側一車線の道路を、わたしは赤い自転車で走っている。

路肩には黄花コスモスが繁茂して、排気ガスまじりの熱い風に揺れていた。

やがて道は狗山のふもとへと至り、その低い頂上を目指すには北と南に道が分かれる。どちらもクルマ一台がようやく走れる程度の、舗装されていない土埃の舞う細道だ。

南からのぼれば狗山神社に、北からのぼれば登天郵便局に行きつく。

頂上は一つだというのに、だ。

そこもまた、狗山の不思議なところなのだ。

狗山のふもとの分かれ道で、わたしは徒歩で南斜面をのぼる人と出くわした。

五十歳にはまだいくらか届かない年だろうか。土気色の顔が長くて、頭がとんがっていて、肩幅が狭くて、やせていて上背があるのに短足で、下手うまの漫画みたいな人だった。

そもそも、どうして漫画みたいだと思ったかというと、その人があんまりにも元気がなかったからだ。まるで、目の下に縦線を描いたような顔付きである。加えて決定的だったのは、左右の眉毛の間が極端に近いということだ。

そうだな……ゴボウに似ていた。顔も体つきも、雰囲気も。

そのゴボウに似た人と無言ですれ違い、北斜面をのぼったわたしは、登天郵便局にたどり着く。

山の頂上なのに、地平線が見えるほどの広大な土地に、さえぎるものもなく陽光が降り注いでいた。

裏庭は印象派の絵画みたいに花が咲き誇り、蔓バラのゲート——地獄極楽門に向かうお客さんは、ピシッと正装して、元気で陽気で、まるで社交界のパーティみたいだ。ここはあの世につながる花道、ハレの道である。だから、登天郵便局はいつも極上の風景でお客さんたちを迎えるのだ。

そんな中で一ヵ所だけ不釣合いなのが登天郵便局そのものだった。木造一部二階建ての、がっかりするくらい平凡な局舎の中では、青木さんがわたしを見るなり猛然と訊いてきた。

「で、昨日はどうだった？　問題の温泉のことはわかったわけ？」

「いえ、そんな簡単には」

わたしが口ごもると、青木さんは鼻のわきをゆがめて「ちっ」と舌打ちをした。

「だったら、こんなところで油売ってないで、さっさと働きなさいよ」

「あたし、今は登天郵便局のアルバイトじゃないんですけど」

ぶつくさいうと、青木さんはいよいよ邪険になった。

「うちのアルバイトじゃないなら、引き受けたことをほったらかしていいと思っているわけ？　あんたの会社では、新入社員にそういう教育しているのね」

「いや、基本、バイト禁止です」

「かぁー。そんな会社、すぐに辞めちゃいなさい」

いいところに勤めたといっていたくせに。

青木さんにいわれたからってわけではないけど、今日はこれからまた其田家に行くつもりだ。その前にミーティングを……と思って登天郵便局に来てみたんだけど、どうやら温泉の件はわたしに丸投げされてしまったみたいだ。赤井局長は今日も庭仕事にいそしんでいるし、青木さんは机の上にコアラのマーチをならべて鼻歌をうたっている。

「手を貸すなんて無理無理。見てわかるでしょ。あたしたちだって、忙しいのよ」

青木さんは右手と左手にそれぞれコアラのマーチを持って、人形遊びのように動かしてから、一方を口の中に放り込んだ。

（まったく、ここの人たちときたら）

表に出て、焚火をする登天さんのとなりに腰をおろす。膝の上にトートバッグを載せて頬杖をついた。

登天さん愛用の高そうな金ダライ——鼎から煙が上がって、ふと文字のような形になってから、風に流されて消えた。

「安倍さん、おつかれさまです。温泉探しの首尾はどうですか？」

登天さんは、鼎の中に手紙を一通ずつ投じる。

「ちょっと怪しいかもな〜と思えるところを、何ヵ所かメモしてきました」

乙姫温泉、憩之山温泉、蟲常温泉、長老温泉、狐火温泉、迷ケ岳温泉、枯ヱ之温泉、地獄釜温泉。メモを読み上げながら、決め手となる事実を一つもつかんでいないことに、あらためて気付く。

「あたし、どこをどう探していいのやら、さっぱりわかんないんです」

わたしがいうと、登天さんは困った顔で、しかし優しく微笑んだ。

「わたしたちなんか、ずっと手をこまねいているんですから、安倍さんが急に見つけられなくても気にしなくていいんですよ。その八ヵ所を、一つずつ調べてみることにしましょう」

「そんなにのんびりしていていいんですか？　このままだと、登天郵便局がとりつぶされるかも知れないんでしょ？　占い師の人に、あたしが見つけるっていわれたんでしょ？　責任感じちゃいますよ」

落ちている小枝で地面に一筆書きなんかして、愚痴をこぼしていたそのときだ。

思いがけない人が、こっちに歩いて来るのに気付いた。

其田俊男氏――チカッチのパパだ。

「おやおや、アズサッチ！」

俊男氏は、律儀にも娘と同じ呼び方でわたしを呼んだ。

清潔なモスグリーンの作業服を着て、丸いお腹を両手でぽんぽんとたたきながら、こちらに近寄ってくる。そして、同情に満ちた目でわたしを見つめた。

「まだ若いのに、アズサッチも不幸に遭ってここに？」

あ、そうか。ここは死んだ人が来る場所だもの。若いみそらで、ここでぼんやりしていたら、そりゃ同情の言葉も出てきて当然というものだ。

「いや、あたしはピンピンしています」

それより、問題は俊男氏ではないか。

登天郵便局に来たってことは、なにか大変なことが起こったのか？　ひょっとして、甘いものを食べ過ぎて病気にでもなったとか？

「なんのなんの。血糖値は標準値ですよ」

「だったら？」

「今朝、風呂場で転んで頭を打ちまして。救急車で病院に運ばれたんですよ」

「わあ、大変だ。どこの病院ですか？」

「市立病院の救急病棟。あそこは、高校時代の彼女が勤めてて、ちょっと顔を合わせづらいんだけど。まあ、例えば仮に、わたしが女の人で、産婦人科の医者が知り合いってパターンに比べたら、まだいいかな」

「冗談いってる場合じゃないですよ。チカッチはどうしてます？」

即席の親友だということも忘れて、わたしはチカッチのことを案じた。

「妻も娘も大慌て、わたしは意識がないけど、やっぱりもうおおわらわです」

わたしは俊男氏を案内して、局舎に入る。

愛想の悪い青木さんに、俊男氏は「通帳、新規発行で」といい付けた。

「あーあ」

功徳通帳新規申し込み用紙にボールペンで個人情報を書き込みながら、俊男氏は深い息をつく。

「千香は病院で付いてくれていますが、可哀想に、泣きどおしですよ。いや、わたしも油断していました。こんなに若くして逝くなんて、想定外だよなあ」

「想定外なんて、簡単にいって済みませんよ。チカッチ、其田さんの会社に就職するんでしょ？　社長のお父さんが亡くなったら、チカッチの将来だって――」

「千香には、婚約者が居るから大丈夫です」

俊男氏は記入した用紙を青木さんに差し出した。

「マコたんですね。聞いてます、聞いてます」

わたしが俊男氏を元気付けるように何度もうなずいていると、貯金窓口から青木さんが怖い声を出した。

「無駄話はいいから。早くこの功徳通帳の記名欄に名前を書いてちょうだい」

俊男氏はそんな青木さんの態度に、ムムッと反撥する。

「なんだね、きみは。失敬な職員だな」

「ふんッ！」

青木さんは不機嫌な顔で通帳を受け取ると、それを不思議なオンライン端末機に差し入れた。端末機はジー、ジーと緩慢な音をたてる。やがてはき出された俊男氏の功徳通帳を見て、青木さんはいよいよケンカ腰になった。

「ちょっとぉ、あんた、何者なの！」

「青木さん、何を怒ってるんですか」

　わたしは急いで貯金窓口に駆け寄ると、俊男氏の功徳通帳をのぞき込んだ。

　そこには、悪行が一行も印字されていなかった。

　ということは、この人も……。

　わたしが俊男氏のそばにもどろうとすると、一歩も踏みださないうちに俊男氏はすうっと透明になって、その姿が消えてしまった。

「アズサッチ、どうかしたのかい？」

　そう口にした言葉もまた、尻切れになった。

「また消えた。このまえのおじいちゃん……今の人のお父さんと同じく、あの世じゃないところに行っちゃったんですか？」

　青木さんは顎を突き出しかげんに、「チッチッチッ」といって人差し指を振った。手にはまだ、開いたままの功徳通帳がある。

「ちょっと違うわね。悪行が一つもないのは、前のケースと同じだけど、今の人は蘇生したのよ。危篤に陥ったけど、息を吹き返したってわけ」

「ということは、無事なんだ」

　わたしはロビーのイスにへなへなと座り込み、それからわれに返って身を起こした。

「お見舞いにいかなくっちゃ、チカッチ、親友だもん」

わたしはチカッチのことが心配で、たまらなくなった。昨日一日いっしょに居て、わたしまで赤井局長の暗示に掛かってしまったみたいだ。

「送って行こう」

休憩室に続くドアが開き、鬼塚さんが現れた。

全身の筋肉を強調するアメリカンコミック調の黒いスーツに、なぜかカウボーイみたいなテンガロンハットをかぶっている。革のブーツは拍車のついた、やはり西部劇仕様だ。

うろたえていたわたしは、その姿を見て、少しおちつきを取り戻した。

「鬼塚さん、『荒野の用心棒』みたいですけど」

「マイブームだ」

低く響く声でいって、鬼塚さんは赤井局長のミニバンへとわたしをいざなった。

「おお、可愛いじゃないですか！」

車内が、アップグレードされていた。シートに、キルトのカバーが掛けてあったのだ。ひょっとしたら、赤井局長のお手製かもしれない。いやいや、ひょっとしてひょっとしたら、鬼塚さんのお手製かもしれない。

「うふふ」

大柄な赤井局長と鬼塚さんが、ちくちく針仕事をしているのを想像しているうちに、鬼塚さんはクルマを走らせ、田んぼの中のバイパス道路に入る。

「罪を洗い流す温泉がどこか、わかったのか？」

「それが……」

わたしが口ごもっていると、鬼塚さんは声を険しくした。

「温泉が罪を洗い流すなど、天地創造以来の反逆行為だ。決してゆるせん。判明次第、たたきつぶさねばならん」

あわわ。

登天さんに告げた八ヵ所の温泉のことを、鬼塚さんには秘密にしなければと、わたしはドキドキする胸に誓った。

なんといっても、わたしがメモした温泉は、其田隆俊氏が行ったことがあるというだけの場所なのだから。風景が気に入ってスケッチしたというだけの場所なのだから。

他にも、絵には描かなかったけど行った温泉があるかもしれない。問題の温泉がきっと近場だろうという推測は、まったく合っていないかもしれない。

「なにを黙っている。まさか、標的を探しあてて、かばいだてしているのではあるまいな」

「いやいや、そんなことないですよ、はい」

信号待ちをして右折すると、市立病院の駐車場が見えてくる。

駐車券を受け取ってゲートをくぐると、鬼塚さんは空きスペースにミニバンを停めてエンジンを切った。

「わたしはここで待っている。しっかり探って来い」

「は――はい」

緊張した声で返事をして、わたしは救急病棟へと急いだ。

ナースステーションの近くでうろうろしていると、チカッチがエレベータから出てくる。

「あー、アズサッチー」

両手にスポーツ飲料のペットボトルを持ったチカッチは、わたしを見つけると半分泣き真似、半分本気で泣きそうになった。わたしはチカッチの肩を抱いて、落ち着かせる。

「来てくれたの？　ありがとう。でも、どうしてわかったの？」

地獄の一丁目で本人から聞いたとは、いうにいえない。

「チカッチ、さっき電話くれたじゃん」

でたらめをいった。混乱しているだろうから、それで納得してくれないかと思ったのだ。

チカッチは、「そうだったっけ」とかいって、首をかしげている。ひょっとしたら赤井局長の催眠術も、こんな感じで掛けているんだろうか？

わたしがそんないい加減なことをいって、ごまかそうとしていると、チカッチに似た中年の女の人が、慌てた様子で病室から出て来た。

「ママ！」

そうか、ママなのか。

「千香ちゃん。パパの意識がもどったの」

「えええ！」

わたしたちは、同時に同じ声を出す。

チカッチはペットボトルを胸に抱き、お母さんの後に続いた。わたしは、二人に引き寄せられるようにして、トートバッグを抱いて後ろに続いた。「家族以外は面会謝絶」という門前払いはくらわずに、俊男氏のベッドの近くまで行くことが出来た。

俊男氏は枕の上に頭を載せて、目をきょときょとさせている。

紺色のドクターウェアを着たお医者さんが、ベッドサイドモニターの数値を見ていた。

「もう安心ですね。症状は頭のたんこぶだけだな」

そういって、お医者さんは病室を出て行った。

そこで初めて、チカッチのお母さんはわたしに顔を向ける。

「千香ちゃん、こちらはどなた？」

お母さんのちょっと責めるような視線を受けて、チカッチがぷうっと頬をふくらました。

「やだ、ママ、アズサッチじゃん。東京から帰省してんの。おじいちゃんの遺品整理手伝ってくれてるって教えたじゃない」

チカッチは自分が信じている架空の話をした。

「それはそれは、初めまして。千香がお世話になっております」

「ママ、何いってんの。アズサッチ、もう何度もうちに来ているじゃない」

チカッチはそういって、父親に目を移す。

「ねえ、パパ」

すっかり甘えん坊にもどって俊男氏に微笑みかけた。枕に頭を載せた俊男氏はそんなチカッチを見て、お母さんを見て、もの問いたげな顔をした。

「……皆さん、どちらさまで……？」

チカッチ母娘が悲鳴をあげて、看護師さんを呼びに行った。

俊男氏は脳震盪《のうしんとう》で記憶がふっ飛んでしまったらしい。一時的なものだと先生はいい、俊男氏自身はいたく上機嫌で、家族の顔を見た。

「美人の妻と美人の娘、わたしは幸せな男のようですな」

「そうですよ、其田さん」

先生がにこにこ応じている。俊男氏は、根っから明るくて前向きな人みたいだ。そして意外なことに、登天郵便局でわたしに会ったことは覚えているようだった。

「アズサッチ、登天郵便局から駆け付けてくれたのかね」

妻子をさしおいてそんなことをいうので、チカッチ母娘は怪訝そうな顔をした。

「登天郵便局って？」

「ええと――。あたし、そろそろ失礼するね。明日、またお見舞いに来るから」

わたしがそういうと、チカッチは笑顔を取りもどす。

「ううん。あたし、明日はおじいちゃん家に居ると思う」

「じゃあ、そっちに行くよ。また明日」

「明日ね」

チカッチはエレベータまで見送りに来てくれた。

＊

狗山のふもとでクルマを降りると、わたしは鬼塚さんと別れ、南側の道を歩いてのぼった。

秋の虫と油蟬《あぶらぜみ》が、競い合うように鳴いている。

柊《ひいらぎ》や白雲木《はくうんぼく》、青だも、藪手毬《やぶでまり》、肝木《かんぼく》などが、黒っぽいくらいの濃い緑で斜面を覆っていた。それぞれに伸びた枝が、道に覆いかぶさって木陰のトンネルになってい

クルマでのぼる人は滅多に居ないけど、道にはわだちができていた。

タイヤの跡がない道の真ん中は、高い夏草がしげっている。その中ほどにキリギリスがとまって風にふらふらと揺れていたが、その勢いのままに跳んで目の前を横切った。

「おわ！」

キリギリスの跳躍に驚いて立ち止まり、顔を上げたら、人が居た。

狗山神社へ行く道で、人に会うなんて、めったにないことだ。

でも、その人はさっきも登天郵便局に行く途中で出会った、中年の男の人だった。

やせて顔が長くて背が高くて、わりと短足で、眉毛と眉毛の間が近くて、擬人化して描いたゴボウみたいな人。わたしは内心で、この人のことを、ゴボウさんと名付けることにした。

ゴボウさんは、さっきからずっと狗山神社に居たのだろうか。

お参りだとしたら、ずいぶんと熱心なことだ。

いや、ちょっとしたトレッキングかもしれない。登天郵便局は、行ける人しか行けない場所だから、狗山をぐるりと一周しようが、迷い込む心配はない。

（でも……）

陰気で重苦しい面持ちのゴボウさんをちらちら盗み見て、こんなに沈痛な顔でトレッキングする人もいないだろうなと思った。

そんなゴボウさんとすれ違い、のぼった先の頂上には――登天郵便局と同じ場所であるはずの頂上には――郵便局もなければ無限に続く花畑もない。そこは古びた神社の境内になっていた。

斜面をおおっていたのと同じ樹木が鬱蒼としげり、切り開かれた場所には古くて小さなお社《やしろ》がある。

朱色の塗りがはがれた鳥居がたち、お社には『狗山神社』という扁額が掛けてあった。

このすごく古い神社は、見た目のままに古いわけではない。

いにしえの時代から狗山に建っていた神社が、十年ぶりにここに再建されたのは、おとといのことなのだ。

わたしがアルバイトをしていたころ、登天郵便局と狗山神社は、文字通り食うか食われるかの戦いを繰り広げた。勝負は狗山神社の祭神、狗山比売《ひめ》の圧勝だった。

狗山の北斜面からのぼった先で、登天郵便局が現実ではありえない空間に存在していられるのも、すべて狗山比売のお慈悲とご利益のおかげなのだ。登天郵便局の関係者なら、足を向けて寝られない。それが狗山神社である。

……とはいっても、負けず嫌いの鬼塚さんを「いっしょにお参りしていきましょうよ」と誘ったら、きっぱり断られてしまったのだけど。

賽銭箱に百円を投じ、鈴を鳴らして、祈った。

(罪を洗い流す温泉が見つかりますように)

風の音が重なって、パイプオルガンの音色に聞こえた。

4　占い師と女神

お参りの後、北斜面から登天郵便局へと向かった。

ガラスブロックを通した日差しが、車いす用のスロープを照らしている。わたしはタイル張りの階段を上がって、赤いふち飾りのある正面口のドアを開けた。

「アズサちゃん、ちょうどいいところに来たね。大事なお客さんがお見えなんだ」

赤井局長はナマハゲ似の顔をほころばせて、わたしを迎えた。

何かが始まりそうな緊張感が、局舎を満たしている。

青木さんは事務室の中に入って貯金窓口のイスにすわり、鬼塚さんは仁王さまのように正面口の横に立った。登天さんは、来客用の長イスでうたた寝をしていた。

そして、わたしが紹介されたのは、小柄な女の人だった。

黒くて長い髪は、腰の辺りまで伸びている。いまどきのアニメのキャラクターを真似たような垂れ目のアイメイクには、かなりの量のつけまつげが使われていた。自撮り写真のようなアヒル口で、着ているものは純白のネグリジェみたいなドレス、そしてどう見ても年齢は七十歳を越えていた。

若作りの人は、わたしの方は見ずに視線を宙に浮かせて、アヒル口を開いた。しゃべると、口の回りに、無数のシワが生じた。

「ここは——ここは——。うつし世と冥界の交わる場所。感じます。別世界からの波動を」

「こちらは、ベガ・吉村さん。ほら、あの全国的に有名な占い師の先生だよ」

赤井局長がそういうと、ベガさんはわたしに視線を合わせた。ほうれい線とほうれい線の間にえくぼを作って、ベガさんはピンクのくちびるで微笑んだ。

「こちらの赤井さまのご依頼で、消えた亡者の行方を探しています」

「ベガ先生、こちらのうら若い女性が安倍アズサさんといいましてですね、先生のおっしゃったふたご座B型の女性スタッフなんです」

ベガさんはシワの中のバッチリメイクの目でわたしをじっと見てから、急に視線を転じる。鬼塚さんが仁王さまのように守る正面口から出て、バレリーナみたいな足取りで郵便局の前庭から圧倒的な花の庭へと歩み出た。

「ここが死者のとおり道なんですね!」

ベガさんは、オペラ歌手みたいにお腹から出る、よく響く声でいった。

「しかと、さようでございます。いや、ベガ先生、さすがに鋭い」

「お世辞を聞いている場合ではありません。たった今、浮かんだイメージを、絵に描かねば！」

ベガさんは、舞うような動作で局舎にもどる。

赤井局長とわたしは、あたふたと後を追い、外での会話が届いていたのか、鬼塚さんがスケッチブックとマジックペンをベガさんに差し出した。

「描ーく、描く、透視の景色、描ーく、描く、わたしはベガ、知らーぬこととてない。それーが占い師のさだめー」

ベガさんはとてもユニークな節回しで、即興の歌をうたいながらペンを走らせる。いや、即興ではなくて、これがベガ・吉村のテーマソングなのかもしれないが。

待っている間、わたしはスマホで『ベガ・吉村』を検索した。

すぐに無数ともいえるサイトがヒットする。一番上に表示されたプロフィールのサイトを開くと、年齢は三十二歳と書かれていた。うそだー！

「これを」

そういって差し出されたのは、あまり上手な絵ではなかった。

いや、正直にいってしまうと、すごく下手な絵だった。

大きな「天」という文字の上に四角形と三角形がくっついて重なっている。……これは、おでんのコンニャクとハンペン？　それが、大小、二つずつ並んでいた。

コンニャクとハンペンの横に、ぐるぐると渦を巻いているのは、煙か？

煙は下の端が地面に突き刺さり、反対側の上半分にはとげとげがついていた。

それらの手前には、棒人間が描かれている。

四体の棒人間と、少し離れた場所にもう一体の棒人間。こちらは手に四角いものが付いている——いや、四角いものを持っている。

はたして——これってなんでしょう？

「この場所が入り口です。この人間たちが全てを知っています」

でも、どこ？　この人たち、だれ？

人相書きとか風景画という水準では、全然ない。

集まって来た登天郵便局員一同と、わたしは困ったように顔を見合わせた。ベガさんは満足そうな顔で、感嘆と称賛の声が上がるのを待っている。

困りきったわたしたち五人は、ダメ出しの言葉を探して懊悩《おうのう》した。

「あの……」

「ええと……」

そんな声しか出てこない。

しかし、である。

突然のこと、わたしの頭の中にきらりとひらめいたものがあった。

「消えた亡者の謎――それはつまり、罪を洗い流す温泉ってことですよね。この絵は、罪を洗い流す温泉を描いているんですよね」

「それが、なにか」

歓声が上がらないことに気を悪くして、ベガさんは不機嫌そうに低い声を出す。

わたしがベガさんを怒らせたのではないかと、赤井局長はおろおろし出した。

けれど、わたしは空気を読むことを休んで、自分の記憶の中にダイブする。このおそろしく下手な絵は、もちろん初めて見るものだが、けれどわたしはこれを見たことがあるのだ。

『天』は、文字ではなく鳥居ではないか？

大小のおでんは、建物をあらわす。すなわち、祠と廃屋。

ぐるぐるのとげとげは、幹のねじ曲がった松の木。

すなわちこれは、其田隆俊氏もスケッチしていた――枯ヱ之村の景色だ。

「皆さん、わかりました！　枯ヱ之温泉です。枯ヱ之温泉が、罪を洗い流す温泉なんです！」

＊

翌日、其田邸を訪れた。

ドアホンを押すと、チカッチが出た。

「どなたですか？」

ちょっとよそ行きの硬い声で、チカッチが尋ねてくる。

わたしはもうすっかりチカッチの親友になりきっていたので、リラックスして答えた。

「アズサッチです。お父さんの具合、どうですか？」

「だれ？　なんで、うちのこと知ってんですか？」

撥ねつけるような、当惑の声が答えた。

わたし、なにか、チカッチを怒らせるようなことをしただろうか。昨日の病院でのことを思い起こしてみても、二人にとっては平和裏に終始したはずだった。

「安倍アズサです。今日、来るって約束したので――」

いい終える前に、チカッチはいらいらと言葉をさえぎった。

「ちょっと待ってください」

ドアホンが切れる気配がして、玄関の引き戸が開いた。

紺色のニットのワンピースを着たチカッチが、素足におじいさんの焦げ茶色のサンダルをはいて目の前に現れた。チカッチは見知らぬ人に向ける目で、わたしを見た。

「宗教とかの勧誘ですか？」

「え？」

チカッチ、何をいっているんだろう？　昨日は病院でわたしを頼ってベソをかいていたではないか。お父さんの意識がもどってから、笑顔で別れたじゃないか。

わたしがそう思って茫然とする間にも、チカッチは硬い表情でわたしを見据えている。

「ごめんなさい、あたし、そういうの全然興味ないんで。もう来ないでもらえますか」

「あ……あの、ええと、ごめんなさい」

わたしは、タジタジして自分の手をにぎった。

「あなたに神のお恵みを」

そういって、あいまいな会釈をしてから、回れ右をする。わたしが門を出るより先に、玄関の戸が閉じる音がした。

わたしはのろのろと飛び石を踏みながら、自分の影を見た。

ゆうべ、罪を洗い流す温泉がどこかわかったから、わたしのここでの役目が終わったということなのだろうか。わたしの仕事が終わったとき、チカッチとの即席の人間関係が解除されるように、赤井局長があらかじめ暗示をかけていたのかもしれない。

こういう突拍子もない技を繰り出してくるから、登天郵便局というのは、今でもやっぱり怖いのだ。

＊

そんな登天郵便局に顔を出したわたしであるが、怖いはずの郵便局の面々は、ロビーの長イスに座る一人の少女を前に、身をこわばらせていた。登天郵便局の三人は、恐怖で固まっていたのだ。

獅子の刺繍《ししゆう》のゆったりとした衣装を着け、星飾りの冠をかぶった世にも美しい少女は、わたしを見るなり美しい頬を緩めて微笑む。そして、パイプオルガンのような重低音から超高音までが合わさった太い声でこういった。

『おお、梓子。相変わらず功徳を積んでおるようじゃな。さっそくじゃが、われの頼みも聞いてくりゃれ』

「え……」

わたしは半歩後ずさり、登天郵便局の三人と同じく、その場に凍り付いた。

＊

古風な装束をまとった美少女は、狗山神社の祭神であった。

狗山比売という女神である。

女神と登天郵便局の間には十年にわたる抗争の歴史があり、そこには登天郵便局にとって一分の理もない。つまり、神さまを相手に、バチ当たりなことを重ねてきた。

それでも許してもらって、どうにかこうにか狗山の頂上で不思議な郵便局を開いていられるのは、ひとえに狗山比売の慈悲のおかげである。

だから、登天郵便局員一同は、狗山比売に逆らえない。

かつてコテンパンにやっつけられて大いにプライドが傷つけられた鬼塚さんだって、面と向かったら粛然《しゅくぜん》とこうべを垂れているよりないのである。とはいえ、狗山比売の名を聞いただけで対抗心をむんむん燃やす鬼塚さんが、この場に居合わせなくてまずは安心……。

実際、逆らいでもしたら、神罰覿面《てきめん》、頭からばりばり食い殺されてしまうかもしれない。（くわしいことは別の本で読んでもらうとして）これは、決して比喩などではない。

その狗山比売が、わたしにむかっていったのだ。

『われの頼みも聞いてくりゃれ』

え……。

とだけつぶやいて、わたしは身を硬くした。

『わが社に百度参りをした者が居る』

百度参りとは、同じ神社やお寺に百度お参りすることだ。普通のお参りは、二礼二拍手一礼でおわりである。それを百回……。よっぽどの信仰心と、よっぽど切実な願いごとがなければ、そんな熱心なことはしないだろう。

『今どき、感心な信心じゃから、願いを聞き届けてやりたいと思う。ついては、梓子よ、その手助けをせよ』

「えええ？」

百度も神さまに真摯に祈りをささげるとは、感心なことだ。その祈りを受け止める狗山比売も、なんと慈悲深い神さまだろう。とは、思う。

だけど、なにゆえ、そこに安倍アズサの手助けが必要となるのか？

「いや、わたしは登天郵便局に頼まれていた探し物もおわったし、会社がありますから。明日、東京にもどらないと」

『黙りゃれ！』

高音から重低音まで、パイプオルガンのように響き合う不思議な声で、狗山比売は一喝した。わたしも、登天郵便局の人たちも、風圧で飛ばされてから、両手をついて平伏した。

『登天郵便局を、この狗山に置いてやっているのは、だれだと思うておる。そなたがわれのいうことを聞かぬと申すのなら、われも登天郵便局を追い出すまでじゃ』

「しかし、狗山比売さま。今は登天郵便局にとっても一大事がございまして。罪を洗い流す温泉が、登天郵便局をおびやかしているのでございます」

赤井局長が、大きな赤ら顔に汗をたらたら流しながらいう。

狗山比売は、そんな局長を見て、少し優しい顔になった。

『ふむ』

細い人差し指をもたげて陶器のようななめらかな頰にあてる。

『境界エリア協会集会を開くのじゃ』

「なんですか、それ」

わたしは、こっそり顔を上げて赤井局長に訊いた。

「この世とあの世をつなぐ、郵便局や映画館や汽船会社の責任者が集まってだね……」

『ぐずぐずするでない』

狗山比売は再びパイプオルガンのような声でいい放ち、わたしたちは頭をコンクリートのゆかにこすりつけた。

そんなわたしは、赤井局長、青木さん、登天さんになだめられ、脅かされ、おだてられ、拝みたおされて、狗山比売の手助けというのをすることになってしまった。

「あたしたちを見捨てたら、死んでから後悔するわよ」

青木さんに襟首《えりくび》をつかまれてそんなことをいわれたあげく、わたしは狗山比売に連れられて南斜面からお社に向かう。

そこには、高い杉の木に、人間が注連縄《しめなわ》でしばり付けられていた。

前にもここで見かけた、陰気なおじさん、ゴボウさんだ。

ゴボウさんは、わたしを引き連れて狗山比売が姿を現したとたん、陰気な土気色の顔を引きつらせて、声にならない悲鳴をあげた。

「う、う、う……いひゃあ！」

『梓子よ、これが例の百度参りをした者じゃ』

「そんな感心な人を、木にしばり付けてんですか？」

わたしが仰天すると、狗山比売は『当然じゃ』とパイプオルガンの声でいう。

『人間は、放っておくとどこやらへ行ってしまうでな。用が済むまで捕まえておかねばのう』

「あ……あたしは逃げませんから、捕まえておかなくて大丈夫ですよ」

わたしは声を裏返らせて、釘をさす。

『ふふ』

狗山比売は不気味に笑った。そして、ゴボウさんの縄を解くように、わたしにいった。

『安心せよ。おまえの願いは、神の使いであるこの娘が助けてとらす』

「やっぱり、神さまなんですか？　本当に本物の？　うわ、すごいや、すごい」

しばられたゴボウさんは、怯えつつも、驚き、そして喜んでいた。

「あ、ありがとうございます。ありがとうございます」

ゴボウさんは縄をほどかれて、よろめきながらわたしの手をとった。夏物の背広のポケットをまさぐって、「名刺……名刺……」とつぶやいてから、持ち合わせていないことに気付いたらしく、土気色の手で揉み手して精一杯の笑顔を作った。

「わたし、藤原省吾《ふじわらしょうご》と申します。よろしくお願いいたします！」

「あの、あたし、ようやく就職した会社が東京にあって、住民票とかもむこうで、今はただ帰省しているだけでして――。明日の午後から、会社に行かないといけないんです」

わたしはいうべきことをいったのに、ゴボウさんにも狗山比売にも無視された。

狗山比売はこの上なく美しい顔をゴボウさんに向け、柳眉をつと寄せた。

『この者、聞けば哀れな身の上よ。これ、藤原省吾とやら、梓子にもおまえの悲運を語り聞かせよ』

「ははっ」

ゴボウさんは、胸に手を当て、狗山比売に深くお辞儀をする。

「わたしが勤めていた会社は、いわゆるブラック会社でして。残業代は付かないは、ノルマはきついは、サービス残業無限大でして」

「なんのご職業で？」

訊いてほしそうだったから、合いの手を入れた。

「ブライダル営業でした」

結婚紹介所の営業担当ということか。

「独身のわたしが、なんだってそんなところで働かなくちゃならんのか」

職業選択の自由は、憲法で保障されているではないか。あなたが選んで勤めたんでしょう、とわたしは口には出さないけど、心の中でいった。

「わたし、バツイチでして」

「なるほど、なるほど」

わたしは、あいまいな表情でゴボウさんを見て、それから狗山比売を見た。狗山比売はまたたきもしない、まるっきりの無表情でわたしの視線を返す。美し過ぎて、背中がざわざわして、あわててゴボウさんに目をもどした。土気色の顔に陽光が当たって、恨みがましい顔付きがやわらいでいた。

「わたし、若いころからやりたい仕事がありまして。ライターに憧れておりまして。そもそもフリーの仕事がしたかったんですよ。会社勤めは性に合わないっていうんですか。毎朝早起きして、朝礼なんかで無駄に気合入れたりして、夜は定時を過ぎても帰るに帰れない。一日いっぱい、自分の人生とは無関係な仕事をして、ただ週末だけを楽しみに時間をやり過ごす。そんなことして、人生のほとんどの時間をつぶしてしまうなんて、もったいないとは思いませんか？」

「あたしは、今の会社に入れてよかったなあと思ってますけど」

わたしがそういうと、ごぼうさんは「やれやれ」というふうにかぶりを振った。

「若いうちは、そうなんだな。人生、まだまだ先がありますからね。無駄な時間を過ごしたって大きく構えていられるわけさ」

ゴボウさんは厭世的《えんせいてき》にいった。

「でも、わたしは一念発起した。脱サラして、編集室というものを立ち上げました。広告代理店や出版社から仕事を受けまして、文章を書いて納めるのです。元々、営業をしておりましたから、新しい仕事も案外と苦もなく取りつけました。しかし、問題が起きたんです」

「問題とは？」

「わたしは、どうやら文章が下手なようなのです」

それを、その段階で気付くのか？

わたしは、フォローの言葉につまった。

「でも、どんな仕事でも努力すれば道は開けるものです。仕事のね、方向性をしぼったわけなんですよ」

土気色のゴボウさんの顔に、また木漏れ日が射した。

「グルメ雑誌や、食べ物系のウェブサイトのグルメ記事を専門に受けるようにしました。グルメ記事ですから、長い文章を書く必要はありません。写真撮影して、いかにおいしいかを正直に書く。たまにはサービスして、実際以上の評価をすることもあります。わたしのモットーは必ず完食して書くこと。この正直な方針が認められて、仕事は次々と舞い込みました」

ゴボウさんはそこで言葉を切ると、いかにも苦しげに顔をしかめた。

「どうしたんですか？」

「また、問題が発生したんですよ」

『聞けば哀れな話なのじゃ。先を続けよ、藤原省吾』

「ははっ」

ゴボウさんは狗山比売にむかってかしこまり、それからくちびるを噛んだ。

「完食して書くグルメライターとしてクライアントから信頼を得ていたわたしですが、ご想像のとおり、その影響がからだに現れました。わたしは、どんどん太っていきました」

「しかし、いまさら仕事をやめるわけにはいきません。わたしの書くグルメ記事は定評があるんです。念願のライターの仕事なんです。わたしはそれからも完食グルメライターを続けました。わたしは売れっ子でした。はなはだしいときは、一日十食以上、評判の店を食べ歩いたこともあります」

「それは、ちょっとムチャじゃないかなあ」

『ムチャじゃな』

わたしは狗山比売とうなずき合う。

「そのうち、わたしはやせ始めました。食べても、太らない。むしろ、どんどんやせる。これは良い傾向だと思いました。仕事の神さまに見放されてはいなかったんだ、と」

『気安く神の思惑を計るな』

狗山比売は文句をいう。

ゴボウさんは、うなだれた。

「多少、のどが渇くようになりました。いや、大いにのどが渇くようになっていましたが、気にしないようにしました。そして、奇妙なほど大量の水を飲み、奇妙なほど大量の食事をし、そしてわたしは、やせ続けたのです。

さすがにおかしいと思い始めたころ、地域健康診断というものを受けましたところ
――」

ゴボウさんは、糖尿病と診断された。

医療機関にかかるようにいわれ、そのときはピンとこないまま、近所の内科を受診した。

「わたしの病状はかなり進んでいて、もう完食してグルメ記事を書くような——一日十食を食べ尽くすような仕事は、絶対にしてはいけないといわれました。今の仕事を続けていたら、必ず近いうちに命を落とすだろう、と」

「それは、お気の毒に」

一足す一は二なんだよ。五にもならないし零にもならない。

両親はわたしによくそんなことをいう。奇跡を期待するな、ムチャをするな。世の中はなるようにしかならないのだから。

一日十食の美食を摂取したゴボウさんが病気になるのは、自然なことなのだろう。

狗山比売は美しく無表情な顔でちらりとこちらを見て、『ふう』とため息をついた。神さまだって、きっと同じように考えたに違いない。

「わたしは売れっ子グルメライターでしたが、しょせんはこんな田舎街での話です。一件あたりの実入りは、経費抜きで数千円から一万円。グルメライターとして安定するまでに、少ない貯金は全て取り崩してしまっていました。そして、今も仕事はできず——」

一縷の望みをかけて宝くじを買いまくり、すべてはずれ、入院費用など消費者金融からお金を借りて、今は借金が五百万円――。

「一番の痛手は、妻が――最愛の妻が出て行ったことです。親の死よりも、ブラック会社での苦労よりも、自分の病気のことよりも、離婚が痛手でした。もう一度、妻に振り返ってもらいたいんだ」

ゴボウさんは、この上もなくしょぼくれた様子でそういった。

「そこでわたしは、一大決心をしました。その成就を祈り、こちらにお百度参りをさせていただいた次第なんです」

なにゆえ、そこで百度参りという方向にいくのかが、不思議なんだけど。いよいよ、話は核心にせまったわけだ。わたしは、「うん、うん」とうなずきながら、話の先をうながした。

「なにを決心したんですか？」

「もはや、銀行強盗しかないと思いました」

はあああ？

「神さま、どうか、どうか、わたしに銀行強盗の成功をお授けくださいませ」

『ということじゃ。梓子よ、この者の願いを手助けせよ』

「困りますよ、あたし、明日から仕事だし」

いやいや、そういう問題じゃなく。

「銀行強盗って、それ、犯罪じゃないですか！　たとえ尻尾《しっぽ》が生えたって、銀行強盗なんかいたしません！」

『その言葉、しかとまことか』

狗山比売は美しいかんばせを、チクリといやな感じにゆがめた。わたしは挑発された気になって、きっぱり答える。

「マコトのマコト！」

『ならば、それ！』

狗山比売は、小さな白い手をふいっと払った。

わたしは尾てい骨の辺りに違和感を覚え、すぐさま強烈な胸騒ぎに襲われた。おそるおそる手をおしりにあてると、そこにはもふもふの毛におおわれた尻尾が生えていた。

「げ！」

自分の尻尾を追いかける犬みたいに、わたしは右に左にとくるくる回った。そして、狐の尾のごとく、まるで襟巻のような毛足の長い尻尾が揺れるのを見たのである。わたしは恐慌に陥った。そうだ、この神さまは、テディベアを人食い熊に変えたり、人の意識を操ったり、その神通力《じんつうりき》は一流なのである。

「冗談でしょ？　ていうか、冗談ですよ。とってくださいよ！」

『むふふ』

狗山比売は意地悪く笑った。

『尻尾が生えても、われの手伝いはせぬと申したはず。望みどおり、尻尾をくれてやったわ』

「尻尾ってのはたとえ話であって、本当に生やすなんて反則です！　とってください！」

『いやじゃ』

「いやじゃって……。いやじゃなくて、とって、とって！　お願いだから！」

『銀行強盗をするか？　さすれば、とってつかわす。さもなくば、そなた九十二歳で天寿《てんじゅ》をまっとうするその日まで、尻尾を生やして生きるがよい』

「九十二歳まで生きるんですか。めっちゃ長生き」

わたしは先の人生に思いをめぐらせてから、われに返る。

「いや、それよりも、尻尾とってください！」

すがりついても、うそ泣きしても、狗山比売は耳を貸してくれない。

「わかりましたよ。手伝ったらいいんでしょう、銀行強盗！」

わたしはヤケを起こしていう。

『よういうた』

狗山比売は花がほころぶように微笑み、さっきと同じ仕草で手を小さく払う。

尾てい骨の違和感が消え、わたしは両手で自分のおしりを撫でた。狐の尻尾は消えている。でも、尻尾のために空いたジーンズの穴が、そのままなのである。

ちょっと……。

うら若い乙女であるわたしが、おしりに穴の空いたジーンズをはいているなんて、恥ずかしすぎる。尻尾を消したのなら、どうして尻尾用の穴も元どおりにしてくれないのか。

「困ります！」

『面倒くさい』

「そんな理由で、ほっとかないでくださいよ！」

『まあ、いいではないか。そなたら若いおなごどもは、ヘソの出た装束をまとっておろうが』

「あたし、ヘソの出る服とか着ませんから！　第一、出すにしたって、ヘソとおしりじゃ全然ちがいますよ！　ともかくジーンズを元にもどしてください！」

『ああ、うるさい、うるさい。さほどにいわずとも聞こえるわ、そぉれ、ちちんぷいぷい、じゃ』

狗山比売が、そういって細い指をくるくる回すと、ジーンズの穴はふさがって元どおりになった。わたしは尻尾が消えたおしりを撫でながら、ひとまずホッと息をつく。

『さっきの誓いがいつわりならば、今度は容赦せぬぞ』

これが人にものを頼むときのいい方だろうか。

「その代わり約束してください。人にケガをさせるのは、なし。人殺しも絶対にない。そして、絶対に捕まらないこと。銀行強盗で逮捕されたら、会社をクビになっちゃいますから」

『元より承知のうえじゃ』

狗山比売はゴボウさんとわたしをかわるがわる見て、それから目をみひらいて微笑した。その目は、深淵の色。わたしは、背中がゾクリとした。

「そ……それから、わたしは明日、東京にもどることになってるんで、会社の方をなんとかしてくださいよ」

『そのことでは、喜んで手を貸そうという者がおるわ』

すごみのある微笑みが一変、今度はプププッと吹き出した。それが、尻尾が生えるのに負けず劣らず奇怪千万、滑稽満点な事態の予兆とは、わたしは知るよしもなかったのである。

5 （まちがった）冒険の仲間たち

青木さんがわたしの身代わりになるという。わたしの服を着て、わたしに成りすまして、会社に通うというのだ。

そんなこと、おしりに尻尾が生えてもあり得ない。

だけど、易々と実現した。

新幹線の駅で見送りを受ける青木さんが着ているのは、わたしのTシャツとわたしの短パン。パンチパーマの貧相なおじさんが二十代前半女子の身なりをしているのである。見るだに、異様だ。

だけど、青木さんはなぜか安倍アズサになりきっていた。

本人のやる気だけではない。周囲が青木さんを安倍アズサだと信じきっているのである。

「じゃあ、アズサちゃん。東京もどっても、あっちこっちでクーラーを停めてあるかないのよ。皆さんが熱中症になったら大変だからね」

見送りに来たエリさんは、青木さんに向かってそういった。土田《つちだ》エリさんは、わたしの遠い親戚である。こっちに帰ったときは、わたしはエリさんの家に泊まっていた。

「あら、あたし、クーラーを切ったことなんかなくってよ。汗かきですもの」

「なにいってんのよ。ねえ」

エリさんはわらって、わたしの方を見た。エリさんは、わたしのことを、安倍アズサの友だちだと思っている。

「アズサちゃんは、エアコン停め魔ですよね。迷惑な人です」

正直にいうと、青木さんのコンバースの赤いバッシュで足を踏まれた。わたしの短パンに合わせて、わざわざ買ったものである。足のサイズは、わたしと同じ二十四・五だそうだ。

発車のアナウンスが流れて、青木さんは新幹線のデッキに乗り込んだ。

「お弁当とお菓子はありがたくちょうだいするわ。おいしい食べ物って、いくらあっても足りないもの。ええ、もちろん駅弁だって買ったわよ。それが楽しみなんだから」

そんなことをいう青木さんに向かって、エリさんは真面目に激励した。

「アズサちゃん。食べ過ぎて、お腹こわさないように。休んだ後なんだから、仕事、がんばんなさいよ」

「青木さん、どんな妖術を使ったんですか？」

発車のベルにまぎれてそう尋ねる。

「人間は自分の見たいものを、見たいように見るってだけのことよ」

青木さんは、閉じるドアの内側で上機嫌で手を振った。

「じゃあねえ」

青木さんがわたしの影武者をするので、その間、わたしは狗山比売に命じられたとおり、ゴボウさんの手伝いをせよ――というのが、登天郵便局からの新たな依頼だった。

青木さんは、わたしの仕事が済むまで、代わりに会社にまで行くらしいのだ。おまけに、わたしの部屋に住む気らしい。

しかし、青木さんが本当にわたしになりきるなんて、信じられないし信じたくもなかった。

それよりも、わたしが銀行強盗の片棒を担がされることの方が問題だけど。

＊

登天郵便局にもどると、赤井局長が上機嫌で出迎えてくれた。

「青木くんの変装は、完璧だったでしょう？」

赤井局長は刺繡をしたエプロンのポケットから覗くバールのようなものをポンポンとたたいて、手招きした。

「アズサちゃん、土田エリさんのところにはもう泊まれないだろうと思ってね」

「そうですよね。青木さんを見送ったばかりだから、またもどったら怪しまれちゃいます」

駅前の安いビジネスホテルにでも泊まらなくちゃ……といいかけたら、赤井局長は満面の笑みを浮かべて「だめだめ」といった。

「アズサちゃんには、ここの休憩室に泊まってもらおうと思って」

赤井局長はわたしの後ろに回って、大きな手で両肩を押す。

ぐいぐいと押されて行った先は、お昼を食べたり着替えをしたりする休憩室だった。

六畳の畳敷きに、スチール製のロッカーを置いた殺風景な部屋だったそこは——おとぎ話のお姫さまの寝室みたいにリフォームされていた。

ゆかには深紅の絨緞《じゅうたん》、バラ色のカーテン、同じバラ色のベッドカバー、フリル満点の枕のわきには、ウサギ、クマ、猫、ペンギンのぬいぐるみ。あわい暖色の間接照明、猫足の丸テーブル、ビロード張りのソファに、きのこ形の電気スタンド。たった一日でこしらえたとは思えない、みごとな模様替え、みごとな少女趣味である。

わたしは休憩室の入り口に立ち、口をぽかんと開けて、激甘々の内装に見入った。

「どう、気に入ってくれた？」

期待に満ちた赤井局長の目が、じっとわたしを見る。

「お、わ、はい、すごいです。赤井局長は日曜大工の大王だと思います」

「やだな、そんなにほめられると、照れくさいよ」

そこへ登天さんもやって来て、目を細めて歌なんか詠んでいる。

「にび色の休憩室も一日《ひとひ》にて、匂いやかなる乙女の……乙女の……なんでしょう。出てきませんねえ」

「お部屋に？」

「いいですね。匂いやかなる乙女のお部屋に。匂いやかなる乙女のお部屋に」

登天さんは下の句を二回繰り返し、実際にバニラっぽい匂いのする部屋の空気をくんくんかいだ。ドレッサーの上にポプリポットが置いてあるから、きっとそのかおりだろう。

「今夜はすき焼きでいいかな。登天さんも食べていくでしょ」

赤井局長がいうと、登天さんは目をしわの中にうめて微笑んだ。

「すき焼きですか、それはいい。すき焼きは大好物なのです」

「ところで、枯ヱ之温泉のこと、その後、何か新たな発見とかありました？」

わたしの問いに、赤井局長は困ったようにもじもじした。

「せっかくアズサちゃんに突きとめてもらったんだけど、その温泉がどうしても見つからないんだよね。地図のとおりにいっても、たどり着かないんだ」

「…………」

＊

翌日は、ゴボウさんといっしょに、銀行強盗に必要なものを買いに出かけた。

銀行強盗の買い出しは、お盆や歳末の買い出しとは趣を異にする。つまり何を買っていいのか、見当もつかないのだ。

「テレビのニュースなんか見ると、捕まった犯人がホームセンターで凶器を買いそろえたとかいってません?」

「いやだなあ、捕まった犯人のいうことを参考にするなんて……縁起でもない」

ゴボウさんの土気色の顔がもっと悪い色になったけど、結局は妥当な線だということで、ホームセンターに向かった。

ゴボウさんのクルマは、すごく高そうなピッカピカの左ハンドルだった。わたしはクルマに詳しくないので、その価値も車種もわからなかったが、クルマを売るだけでもかなりのお金になるんじゃないかということは、想像がつく。

「むかしは、おれも東京に住んでいたんだ。億単位の金を動かしていたものさ。そのころ、妻の両親がこのクルマを買ってくれた。だから、手放せないんだ」

奥さんは同郷の人で、離婚後は実家に居る。

ゴボウさんは別れた奥さんに、まだ未練がたっぷり残っているようだった。

「もしもまだ東京に居たら、離婚しなくて済んだのになあ」

最後に勤めたブライダル会社は、地元にもどって再就職した会社のようだ。

「奥さん、東京に居たかったんですか？」

「そりゃそうさ。あのころのおれは――」

ゴボウさんは言葉を選んで沈黙し、そして「格好良かったんだよ」といった。

「でも、おふくろが病気になって、こっちにもどって来たんだ。看病となると、親父はてんであてにならなかったから。

おふくろが亡くなるまで、おれが看病したんだよ。変な気持ちだったなあ。おふくろが生きているうちは、元の生活にもどれないってことだけはわかっていて。それじゃあ、おれはおふくろが死ぬのを待っているのかなって思ったりして。それをね、否定できないんだよ。おふくろのことを思ってもどって来たのに、実は死ぬのを待っている。気がとがめたねえ」

ゴボウさんは赤信号でとまって、サイドブレーキを引いた。

「だけど、結局は元の生活にはもどれなかったんだ。おれはいつでももどれるって、自信があったんだけど、現実は厳しくて。――現実は厳しいなんて、自分の人生をそんな陳腐な言葉で片付けるのは、無念なことだよ」

「そうですね」

ホームセンターの看板が見えてきて、クルマはフェンスで囲まれた駐車場へと入った。

ウィークデーの開店直後、駐車場は空いていた。ということは、店内も空いていた。

「う～ん。銀行強盗って、何を持ってたかなあ」

「とりあえず、軍手とか？　指紋を残しちゃマズイし」

「そうだね」

ゴボウさんは天井から下がっている〈キッチン〉とか〈文房具〉とか〈お風呂〉とか〈家電〉とかのプレートを見ながら通路を歩き回り、目当てのものを探せずに店員に訊いて、そそくさとそちらに向かう。

わたしがペットコーナーに気をとられていたら、ゴボウさんがカートを押しながら血相を変えてもどって来た。

「や、辞めた会社の、しゃしゃ、社長と専務が居た」

「ええと、東京の会社じゃなくて？」

「地元の、ブ、ブライダル会社のだよ」

それは奇遇かもしれないけど、ゴボウさんは、なんでこんなにあせっているんだろう。

「辞めるとき、いろいろあってね。あいつら、ムチャなこといって脅してくるし――」

「何かわかんないけど、大変そう」

身を乗り出して見ると、通路の向こうから、まだ三十歳前に見える若い男が二人、買い物カートを押して近付いて来た。一人は黒い髪を肩までのばし、もう一人は金髪に染めてサングラスをしている。黒髪が社長で、サングラスが専務だという。

社長と専務だというその若い二人は、スニーカーとスポーツバッグと軍手を入れたカゴを、レジに出している。いずれもスーツではなくTシャツにジーンズといった軽装だった。

「ゴボウさん、辞めた会社の名前は？」

「ゴボウさんって、だれ？」

「ええと、藤原さんのあだ名。可愛いでしょ」

わたしがいうと、ゴボウさんは複雑な顔をする。

「それよか、前の会社の名前、名前」

「ラブ……ラブミーブライダルだけど」

スマホで検索してみた。

検索エンジンにはヒットしたけど、開いてみると〈ページが見つかりません〉というエラーメッセージが現れた。掲示板サイトを見たら、「ラブミーブライダルは解散して、会員には会費がもどってこない」という苦情がつらなっていた。

（ゴボウさん、ブラック会社っていってたっけ。そのブラック会社、解散したのか）

社員にとってブラックなら、会員にとってもブラックだったわけか。

ゴボウさんは会社を辞めなくても、結局は失業する運命ではあったわけだ。

「そうだ、そうだ。奪ったお金を入れるバッグと、足跡で身元がバレないような大量生産のスニーカーが要りますよ」

ブラック社長と専務が買ったのと同じものだ。あの二人も、ゴボウさんと同じことを考えているんだったりして。そう思ったら笑いそうになったけど、いや笑いごとではない。

「きみ、冴えてるね！」

そこまではまだよかったのだけど、合いかぎと表札コーナーのとなりに、いかにも危なっかしいナイフが並んでいるショップがあり、ゴボウさんはそれも一丁買い込んだ。

「やめましょうよ。そんな物騒なものを買うの」

「なんのなんの。護身用だよ。積極的には使わないから」

「それで、あたしの罪、重くなったりするんでしょうか？　困るんですけど」

ゴボウさんはわたしのいうことなど聞かずに、今度はカゴの中のものを会計しに行ってしまう。

わたしは慌てて追いかけながら、また立ち止まってペットコーナーの子犬を振り返った。

「犬、飼いたいなあ。マルチーズ、可愛いなあ」

「今度の仕事が成功したら、飼えるぞ」

「仕事？」

銀行強盗も、仕事といえるのだろうか？

「なんで、あたし、こんなことしてんだろうなあ」

次は玩具店に移動して、猛獣戦隊サバンナジャーのマスク、レッドライオンと、ブルーエレファントを買った。決行の日は、ゴボウさんがレッドライオン、わたしがブルーエレファントのマスクをかぶるのだそうだ。

「ただの目出し帽じゃだめなんですか？　ストッキングかぶるとか」

「そんなんじゃ、女子とおじさんのコンビだとバレちゃうじゃないか」

「そりゃ、そうですが……」

買い物が首尾よく済んで、ゴボウさんはご機嫌だった。どう見ても似合わない外車のハンドルを、軽快に操って車道に出ると、市民公園へと向かう。

「ちょっと待っていてくれ」

腹ごしらえすることになり、その前にゴボウさんは公園のトイレに行った。食前に、インスリンの注射をしなくちゃいけないのだそうだ。糖尿病だから、大変だ。

「糖尿病の人の尿から砂糖を精製することって可能だと思いませんか？」

そういうと、ゴボウさんはいやそうな顔をした。

「いやだなあ。汚いことというなよ」

「夏になって汗かくたびに思いますよ。ひと夏に日本中の人がかいた汗を集めたら、塩田ができるんじゃないかって」

「まあ、宇宙飛行士は尿を濾過《ろか》して飲んでいるっていうからね」

「げげ、本当に？　いやだなあ」

「最先端技術で濾過しているんだから、いいじゃない。それに、きみがいいだしたんだよ」

「いや、すみません」

汗かき塩田のことを考えながら頭を掻くと、ゴボウさんは先に立って歩き出す。

「早く食事をしなくちゃ。インスリンを注射して、三十分後にご飯を食べるきまりなんだ。もしも一時間なんて経ってしまったら、低血糖になって倒れてしまう」

「大変なんですね。そんなになるまで、グルメ記事を書いたんだ」

わたしは、ゴボウさんの苦労を想像してみた。

就職に出遅れるという意味では、ちょっとは苦労したかもしれないけど——登天郵便局に振り回されているという意味でも、余計な苦労をしているかもしれないけど——わたしにはゴボウさんの乗り越えてきた苦労が断崖絶壁をのぼるくらい大変なことに思えた。大人というのは、だれしもそんな経験をして……こんな土気色の顔になっちゃうんだろうなあと思った。

「そんなそんな」

わたしの同情はほめ言葉に聞こえたみたいだ。ゴボウさんは照れた。

「ここの定食屋でいいよね」

玉子と出汁のいいにおいがする。

開け放った引き戸から、レジカウンターの上の古びた福助が見えた。満月《まんげつ》食堂より年季の入った店だ。中は混んでいたが、右と左が通路になっている落ち着かなそうな中央のテーブルが、ひとつだけ空いていた。

「そこ、座る？」

「はい」

冷房は入っていないけど、入り口から奥まで風が通るのだろう。暑くはなかった。

わたしは冷水器からお冷を二つ運んでくる。

「おれって基本的に凝り性だからな。今回だって、ＤＶＤ借りて、アル・パチーノの『狼たちの午後』を十回以上は観たよ」

「銀行強盗の映画ですよね。あたしもテレビで観ました。共犯者が射殺されて、主人公が逮捕されるんですよね」

「縁起悪いことというなあ」

ゴボウさんが顔をしかめたとき、白い上っ張りに三角巾のおばさんがオーダーを取りに来た。ゴボウさんは「さんま焼き定食」という。その間にわたしも壁のメニューを急いで見渡した。

「あたし、オムライス」

「野菜も食べなさいよ。まんべんなく摂るのが肝心」

「千切りキャベツが付いてるわよ。それと自家製ピクルス」

三角巾のおばさんが口をはさんだ。

おばさんが立ち去るのを待って、わたしは冷やかすようにゴボウさんを見た。

「グルメライターをしていたときには、野菜もまんべんなく食べてなかった、と」

「一日十食も食べていたからね。バランスを考えている余裕なんてなかった」

「体が大丈夫だったら、グルメライターを続けたかったわけですよね」

「そうだなあ。おいしい思いをして、お店の主人の話を聞けて、楽しかったなあ。味自慢の店をやっている人ってのは、クリエイティブなわけでしょ。だから、ハートがピュアなんだよな。そういう人と接するのは、こっちも刺激を受けるんだ」

ゴボウさんはそこでいったん言葉をとめて、壁の時計を見た。インスリン注射後の時間を計っているのだろう。それから腕時計を見た。なかなか神経質そうだ。

「でも、あれが天職だったかといえば、ちがう気がする。やっぱりタフな取材をして、長い記事を書く仕事をしたかったなあ。若いころは、チャンスさえつかめれば、いくらでもできると思っていたんだけど」

「あたしは、自分のしたいことがわからなくて、就職出遅れたクチです。お菓子を扱っている会社に就職したけど、別にお菓子命ってわけでもないんです。お給料をもらうために会社に行っているって感じ」

「会社員というのは、そういうものだよ」

ゴボウさんは奥の席で煙草を吸っている人を、うらやましそうに見た。

「ゴボウさんは、体がこわれるまでグルメライターをしていたわけじゃないですか。そういう情熱って、あたしにはないなあ」

「それでいいんじゃない？　総合職じゃないいんでしょ？」

軽くいなされて、なんかカチンときた。

「そういうことをいわれると、なんか複雑。所詮、一般職でしょう、みたいな」

「あ、ごめん」

運ばれて来たさんま焼き定食とオムライスを、二人でいっしょに食べ始めた。おいしいので、おたがい無言になった。

黙々と食べていると、頭が勝手にいろんなことを考えた。

青木さんは大丈夫だろうかと思うにつけ、自分の仕事ってなんなのかなあと思う。青木さんが簡単に影武者になれる仕事。食費のために、家賃のために、たまに服や装飾品や靴を買うために、お給料をもらうために働いている。それ以上でもそれ以下でもない、そんな仕事。

（少なくとも、銀行強盗をするよりはいいけどさ）

食べ終えて、二人でレジの前に並んだ。

ゴボウさんはおごるというけど、銀行強盗をするほど切羽詰まっている人にお金を出させるわけにもいかず、かといっておごってあげる義理もないから、強引に割り勘にした。

作戦会議のために、公園にもどった。

公衆トイレと水飲み場が設置された近く、松の木が並ぶそばにブルーシートで出来た秘密基地があった。いや、それは秘密基地ではない、ホームレスの仮住まいだ。

それがゴボウさんの家だとわかって、わたしは驚いた。

こんな暮らしをしてまで、あの外車を手放さない根性って……。ある意味、車庫証明とかはどうなっているのかが解けない謎である赤井局長のミニバンよりも、さらに深い謎かもしれない。

ゴボウさんは近くの水飲み場からヤカンに水を汲んできて、簡易コンロで沸かし始めた。清潔なんだかそうじゃないんだかわからないマグカップに、インスタントコーヒーの粉を入れた。

「狙うのは、乙姫銀行駅裏支店にしようと思うんだ」

「まあ、どこでもいいですけどね」

わたしはゴボウさんの現実の住まいを見回し、どうしてここまで追い詰められてしまったのかと、頭を抱えた。これで病気まで抱えているんだから、ヤケを起こして首でもくくろうとするよりは、まだましなのかもしれない。

そう思ったとき、わたしの目に映ったのは、まさに首をくくろうとする人の姿だった。

ブルーシートハウスのある草地から十メートルほど離れた築山の、こちら側に生えた松の木に、ロープを掛けて――。

（大変！）

もちろん、それはゴボウさんではない。ゴボウさんはわたしのとなりで、お湯が沸くのを待っている。

そんな間にも、松の木のそばに居る人は、踏み台に上がり、輪っかになった縄に首を通そうとしているではないか。わたしと似たり寄ったりな年頃の、まだ若い男の人だった。

「ゴボウさん、大変大変、首つり自殺です！」

わたしはゴボウさんの腕を連打し、ゴボウさんの口から出かかった文句は悲鳴に変わった。

「とめなくちゃ！」

次の瞬間には、わたしたちは申し合わせたように駆け出していた。途中でゴボウさんがブルーシートハウスにもどって、買い物の袋をまさぐり始め、わたしは黄色い声で急かす。

「ゴボウさん！」

「待って、待って！」

「あたしが待っても、あの人が待ちませんて」

「そんな……でも、待って」

ようやく目当ての物を見つけたゴボウさんは、わたしの方に駆けて来る。

わたしも、今まさに自殺しつつある人めがけて突進した。

首つりの人は、ロープを両手で持って、踏み台を蹴ろう……蹴ろうとして躊躇している。

「やめなさい、きみ！」

ゴボウさんが叫んだ。

わたしも走りながら、一所懸命に声をあげる。

「死んで花実が咲くものか！」

わたしたちが駆け付けたとき、首つりの人は踏み台を蹴ってロープにぶらさがった。

ゴボウさんは倒れた踏み台を立て直して、それに乗っかった。

ゴボウさんの手の中で、するどい光がきらめいた。

（ゴボウさん……？）

もがく自殺志願者と並んだ格好で、ゴボウさんは光るものを掲げている。

「ゴボウさん、なにやってるんですか！」

「ロープ、切ってんの！」

「そりゃ名案！　ナイフ買って大正解でしたね！」

まことに、人生とは何が幸いするかわからないものだ。

物騒至極で、持っていたっていいことなんか一つもないと思っていた護身用ナイフは、自殺志願者の首つりのロープを切って——いや、なかなか切れないが、さっそく役立ちつつある。

「がんばれ！」

「ゴボウさんこそ、がんばって！」

「うぐ、あぐ、ぐえ！」

苦しがってあばれる男の人は、やがてどさりと松の木の根元に落ちる。

同時に、ゴボウさんは踏み台の上から落ちてひっくり返った。

「うう」

自殺志願の男の人は、上半身を起こして空中を見つめ、声を出して泣き始めた。

頬の肉がうすくて目鼻立ちが整っていて、さぞや人生が楽しかろうと思うような美男だった。背だって高いし、脚だって長いし、外見からは死にたくなるような事情なんか少しもうかがえない。

でも、恵まれた容姿のこの人は、格好良い顔をゆがませた。

俳優みたいに、声まで良かった。でも、いっていることは絶望的だ。

「死なせてください！　死なせてください！」

「まだ、そんなこといって」

ゴボウさんは、ナイフを剣呑な外見の鞘におさめながら、非難がましくいった。

「なんだって、こんなことを」

わたしが訊くと、死ねなかった美男は、涙の吹き出すまなこを両手で覆った。

「恋……」

「くぉい？」

わたしとゴボウさんは、異口同音にそう訊き返し、顔を思いっきりひん曲げた。

「恋ですかぁ」

いずれも、恋で死ぬなんて慮外の二人だ。だから、わたしたちは、この人の気持ちなんて、全然わからなかった。

「きみ、死ぬより、わたしたちといっしょにスリリングな仕事をしてみないか？」

ゴボウさんは泣く美男に同情することなどせず、実に快活にいった。

6　決行前

公園で助けた人は、生田《いくた》宙《そら》と名乗った。

「悲恋をしちゃったんだね？」

「はい」

婚約者がほかの男と浮気をして、赤ん坊までできて婚約解消となったのだそうだ。

生田さんは、婚約者を心の底から愛していた。婚約したときは、天にものぼる思いだった。

天にのぼったその気持ちは、地面にたたきつけられ、踏まれて蹴られて、後ろ足で砂を掛けられた。自分以外の男との間に、子どもまでつくるなんて――。

「でも、自分以外の男との間の子って、決めつけるのはどうかな。きみの子どもかもしれないんだぜ」

ゴボウさんはそういって、わたしに「なあ」と訊いた？

わたしにそういわれても、困る。

そろそろと目だけ動かして見た先、生田さんは絶望の中に居た。

「その可能性は――ゼロなんです。……してませんから」

「ああ……」

わたしは視線でゴボウさんを責め、ゴボウさんは反省を込めて、ため息に似た声を発した。

「ひょっとして、その浮気相手って、あなたの親友だったとか。デートのときに偶然に居合わせて、紹介してしまったのが運の尽きとか」

生田さんはうつむき、両目から涙がぼとぼと落ちた。

今度はゴボウさんがわたしを非難がましく見て、わたしは手で自分の口をふさぐ。

「ああ……」

「泣くのはよしなさい。時間はもどらないんだ。きみの倍近く生きているおれがいうんだから、これは本当。きみは、進行する現実の中で、傷をいやしながら生きていくよりないんだ」

「という理屈はうなずけるんだけど」

ゴボウさんは、この新しい仲間に、逃走用のクルマの運転手を頼んだ。

ゴボウさんのクルマはなにしろ目立つ。だから、銀行強盗をするときはレンタカーを借りて、自分で運転して逃げるはずだった。

しかし、銀行強盗が登場するドラマや映画を観ると、運転手役が外で待機しているケースの方が、圧倒的に成功率が高いのだそうだ。そこは脚本の都合ではないかと思うのだが、銀行強盗なんかすること自体が無法で無謀で無茶なんだから、いまさら何をかいわんや、なのである。

さらにゴボウさんの分析によると、後で刑事に捕まってしまうのは、つまらん人間ドラマで男の意地なんかを出してしまうせいなのだそうだ。フィクションなんだから、そこがなくちゃ視聴者の共感は得られないでしょう。

「だから、しょせん映画やドラマはフィクションだというんだよ。現実問題、おれにはもはやプライドも意地もないから、警察に捕まるリスクはとても低いんだよ」

ゴボウさんは独特の理屈で、自分の成功を信じている。

そして、もっとやっかいな人が居るのだ。

いや、その人は、人じゃない。

＊

狗山を南斜面からのぼった頂上、怒ったように鳴き交わすひよどりと、つがいのトンボの飛ぶのどかな景色の中に、古色蒼然《こしょくそうぜん》としたお社がある。境内を取り囲むのは、背の高い下草に覆われた手つかずの森だ。

狗山比売は、小柄でこの上もなく美しい身を、獅子の刺繡の衣装に包み、星飾りの冠をかぶった頭を心持ちかしげて、こちらをじっと見ていた。回廊にちょこなんと腰掛けたその姿は、神像さながらだ。いや、像などではない、神なのだから。

狗山比売の霊験あらたかさを、わたしは泣いて逃げ出したいほどよく知っている。百度参りをしたあげく、注連縄で杉の木にしばり付けられたゴボウさんも、この祭神の生身の姿を見知っている。

で、生田さんはというと、初対面なのである。

さっきから、狗山比売の方を見ないふりしてちらりちらりと視線を送っていたが、とうとうこらえきれなくなって、こちらにささやいてきた。

「あの人、本当に神さまなんですか？　神さまって、本当に居るんですか？」

「居るのかも何も、いらっしゃるでしょう、あそこに」

ゴボウさんは、しょぼくれた目を見開きながら、声を押し殺していった。

「すごいスクープじゃないですかっ！」

生田さんも小声で、でもかなりはっきりした口調でいう。泣いていた昨日までと人が変わったような潑剌さで、わたしよりよっぽど活き活きとゴボウさんの無茶につきあっていた。死にたいほどの心の痛手には、銀行強盗という劇薬は、むしろ平静でいるときよりも受け入れやすいのだろうか。

「スクープって、きみ、新聞記者みたいなことをいって」

「新聞記者なんです。文化部ですけど」

「ゲゲ」

ゴボウさんはビビッた。もちろん、わたしもビビッた。

だけど、生田さんは、やる気まんまんの顔で頼もしく微笑む。

「安心してください。銀行強盗のことは、記事になんかしないし、会社にもばらしません。もちろん、神さまのことも内緒にします。ですから、是非にもぼくを仲間にしてください」

「てことは、あたしは抜けてもいいかも、ですよね」

わたしがいうと、ゴボウさんは慌ててかぶりを振った。

「だめだよ。生田くんは運転手、きみはおれがお金を脅し取っている間、お客や行員たちをモデルガンで牽制する役だからね」

「はあ」

わたしが落胆した長い息をつくと、お社から高音と重低音のまざったパイプオルガンのような声が響いた。

『どうやら、着々と大願成就に向けて進んでおるようじゃ。めでたきかな』

「わわわ」

生田さんが、狗山比売の声を聞いて仰天している。死にたかったことなど忘れてしまったかのように、興奮していた。無理もない。死ぬ寸前まで思いつめていたところを助けられたかと思ったら、銀行強盗に加わらないかと誘われて、こんどは正真正銘の神さまに会ってしまったのだ。ジェットコースター並の有為転変だ。

だけど、こっちは狗山比売の怖さをだれよりよく知っている。そして、銀行強盗の成就祈願と合格祈願や安産祈願の区別がつかない非常識な相手なのだという新たな事実も、このたび知ることになってしまった。

そう。話をもどすけど、思い込みがはげしいゴボウさんよりも、人間の常識になど頓着しないくせに霊験あらたかな狗山比売の方がよっぽどやっかいなのだ。

「めでたくないと思いますけど。このままだと、狗山比売さまが、悪の親玉ですよ」

『良き響きじゃ』

どこがいいんだ。

「じゃあ、練習の続き、いくよ」

ゴボウさんがいった。

実は、わたしたち、銀行強盗の稽古をしていたのである。

神社の回廊の手すりをカウンターに見立てて、狗山比売に行員の役をやってもらって、生田さんは離れたところでクルマに乗ったつもりで待機している。

ゴボウさんは右手にモデルガンを、左手にファスナーを開いたスポーツバッグを持ち、狗山比売に向かってすごんだ。

「金を出せ。このかばんに詰めろ！　早くしろ！」

『あなや、命ばかりはお助けを……』

狗山比売はおおげさに芝居を楽しんでいて、札束を詰めるふりをし、非常ベルを押すふりをする。とたんに、狗山比売の神通力により、山のいただきいっぱいに非常ベルが鳴り渡る。

たぶん実際の非常ベルの十倍はけたたましいに違いない。

わたしが耳をおさえて棒立ちになっていると、ゴボウさんに腕をつかまれて、棒で地面に引いた線の外、すなわち銀行の外に引っ張っていかれる。生田さんのクルマに乗ったつもりで、三人そろって逃走した。

非常ベルにおどろいたゴボウさんは、お金を詰めたバッグを持ってくるのを忘れていた。

「ゴボウさん、全然駄目じゃないですか」

わたしは、つい本気になって叱咤した。

ゴボウさんもつい本気になって、懸命に弁解する。

「行員、ビビッてたのに、まさか非常ベルを鳴らされるとは思わなかったんだよ」

「敵はこういうケースにそなえて、日ごろから訓練しているんですよ」

内輪もめするわたしたちを、狗山比売はよく響く柏手《かしわで》を打ってとめた。

『もう一度、最初からじゃ。そなたら、マスクも着けい』

狗山比売にいわれて、わたしたちはレッドライオンとブルーエレファントのマスクを着けた。生田さんは、そんなわたしたちを見て自分の頬を撫でる。

「それ、ぼくも着けた方が良くないですか？」

「生田さんは、いいんですよ。運転席でマスクしていたら、めっちゃ目立つじゃないですか」

いつの間にか、わたしが仕切っている。

生田さんは、残念そうに口をとがらせた。

「そうですか」

レッドライオンのマスクを着けたゴボウさんは、変身効果だろうか前より迫力のある声で、行員の狗山比売を脅した。

「金を出せ！　このかばんに詰めろ！　非常ベルなんか押したら、ぶっ放すからな！」

『あなや、命ばかりはお助けを……』

狗山比売は前と同じく、札束を詰める演技をする。

その姿がすうっと消えたと思ったら、わたしの背後に現れて、背中を突き飛ばした。

「うわっ！」

地面にうつ伏せに転んだ次の瞬間には、わたしは狗山比売に組み敷かれていた。構えていたモデルガンは見えない力によって弾きとばされ、ゴボウさんのモデルガンも同様、手から離れると弧を描いて地面に落ちる。

『梓子、油断大敵！　警備員がそなたを捕まえようぞ』

「それ、困ります！　銀行強盗したってバレたら、会社をクビになっちゃう！」

狗山比売の下敷きになって、わたしは悲鳴をあげた。

『ならば、身を入れて警戒をせい』

「ははっ！」

従順に答えると、狗山比売はようやくわたしの背中から降りてくれた。

「いっそ、神さまにも来てもらうとか」

狗山比売の離れ業に感心して、生田さんがそんなことをいう。

狗山比売はこの上なく美しい顔をほころばせて、うなずいた。

『それは良き……』

「駄目ですよ！　銀行強盗をする神さまなんて、どこの世界に居るんですか！」

わたしがぴしゃりというと、狗山比売は残念そうに美しい眉を下げた。

『駄目か？』

いいと思ったこと自体が不思議だ。

晩夏の山頂でこんな練習を続けるうちに、落ちるのが早くなった夕陽が西の市街地の向こうへと傾いてゆく。夜になるとひんやりするから、今日は赤井局長がポトフを作ってくれることになっていた。鬼塚さんが今日は熊ではなく、ビールを買い込んで来る予定である。あったかいポトフと冷えたビール。一日の疲れと相まって、夕飯の妄想がむくむくと胸に広がる。

「じゃあ、明日は下見だから、今晩はゆっくりと体を休めてくれ。あさっては一日休みにするよ。決行はしあさっての午後二時五十分。銀行強盗は、窓口が閉まる間際を襲うってのが鉄則だからな」

ゴボウさんがニヒルな口調でいった。

わたしは素朴な疑問を口にする。

「どうして？」

「それは、ええと。——わからない」

ゴボウさんは、結局は頼りなくもじもじする。

そんなわたしたちをよそに、生田さんは狗山比売を見つめて深刻につぶやいていた。

「ぼくもお百度参りをしようかな。だけど、ぼくの願いがかなったら、どうなるんだろう。ぼくは、彼女が流産したらいいと……」

　生田さんは頭を抱えてしゃがみこんでしまう。

「生田くん、思いつめないことが肝心だよ」

　公園でホームレスをしていたゴボウさんは、昨日のうちに、一人暮らしの生田さんのマンションに転がり込んでいた。恋に絶望して死ぬ気だった生田さんにとって、この居候《いそうろう》はかえってありがたい存在だったみたいだ。泣きたくなれば話を聞いてくれる、死にたくなれば止めてくれる。そういう人が、今の生田さんには必要なのだ。

「生田くん、きみ、明日の夜は一人で大丈夫？」

「ゴボウさん、下見の後どこかに行くんですか？」

「妻と一泊旅行にね」

　ゴボウさんは照れたように頬を掻いた。

　ゴボウさんは独身では？　ゴボウさん、旅行に行くお金があるの？

　わたしが訊くと、ゴボウさんは胸を張った。

「妻というのは、元妻さ。元妻はお金持ちだから、旅行は彼女のおごりだ」

　その微妙なステイタスを、ゴボウさんは自慢げにいった。

　ゴボウさんの元奥さんは、能登谷《のとや》歯科という大きな歯医者さんの一人娘なのだという。父親がやり手で五階建てのデンタルビルを持っていて、何人も歯科医師をやとって休日診療などもして、おおいに羽振りがよいらしい。元奥さんは、ヨーロッパ遊学もした人らしい。

(そんなすごい女の人が、なんでまたゴボウさんと?)

ゴボウさんのうすくなりかけた頭のてっぺんの髪を掻きわけて、風が吹いた。土気色の頬に、いつにない赤さが浮かんでいた。

＊

登天郵便局の休憩室、すなわちわたしの部屋で、わたしたちは夕食のテーブルを囲んでいた。わたしたちとは、安倍アズサと赤井局長と登天さんと鬼塚さんと、そして狗山比売だ。

あつあつのソーセージ、ほくほくのジャガイモ、きーんと冷えたビール。

登天郵便局の不思議な面々も、狗山神社の神さまも、探し物以外に特技のない平凡なわたしも、皆一様に幸せであった。

「青木さん、今ごろどうしているでしょうかね」

わたしがいうと、狗山比売が大きな袖を左手で押さえて、右の手をテレビに向けてかざした。赤いボディの十四インチのブラウン管テレビだ。

リモコン仕様ではないテレビは、狗山比売の一指しで電源が入り、都会の夜の風景を映し出した。わたしの同僚たちといっしょに、川べりのオープンカフェで涼んでいるのは、青木さんだ。青木さんは、わたしのワンピースを着ていた。

──ねえねえ、営業二課の岸本《きしもと》さんって、総務の寺田《てらだ》さんとヤバくない？

というのは、青木さんだ。「ヤバくない？」のところのイントネーションが、ちゃんと今どきの人みたいになっている。わたしは、背筋がゾクゾクした。ポトフが一気に冷めた。

──ええ、うそ。安倍さん、何か知ってるの？

青木さんを安倍アズサだと信じて、同僚がそんなことを訊いている。

──見たのよ。地下の倉庫で、寺田さんと岸本さんが抱き合ってたんだから。

と、青木さん。

同僚二人が、はしゃぎだす。

──やだやだ、本当？

──でも、岸本ってゲイだとか聞かない？

──やだ、マジ？　マジ？

マジ、マジと繰り返すのは、青木さん。

──でも、寺田さんって、ちょっと男っぽいし。

──そういう問題か！

た。

——ところで、安倍さんって、最近キャラが変わらない？

ギクリとしつつも、そうだ変わったぞと力むわたし。

テレビ画面の中の青木さんは、ベタベタのオネエ言葉に、流し目まで付けていった。

——やだもー。あたしはあたし、ずっとこうよ、うっふん。

——だったっけ。

——だったんじゃない？

わたしはテレビのこちら側に居て言葉を失っていた。

＊

乙姫銀行駅裏支店は、駅裏の古い商店街の角にある。

タイ料理店、八百屋《やおや》、将棋塾、惣菜屋、理容店、映画館、個人経営のスーパー……と並ぶ半世紀くらい時間がとまったような通りの端、せまいコインパーキングにゴボウさんはクルマを入れた。

標的の銀行を下見に来たのである。なんだか、いよいよ犯罪者っぽくてわたしは憂鬱だ。でも、生田さんは外車の助手席に乗ってテンションが上がっている。

「クッションがいいなあ。高いクルマは、やっぱりちがうなあ」

「別にそんなに大したことないさ。でも、生田くんもおれくらいの年になったら、こういうの乗ってみるのも悪くないかな。まあ、左ハンドルなんて面倒なだけだよ」

ゴボウさんは、鼻高々で心にもない謙遜なんかしている。

銀行強盗反対派のわたしは、ふくれっ面で二人の後について行った。

「アケメネス朝ペルシャ、ヤンバルクイナ、ナスカの地上絵、エラリー・クイーン……あ」

古い名画座の前で、制服姿の女子高生がぽつりとたたずんでいた。

顔をうつむき加減に、ぶつぶつと、なにごとかつぶやいている。

セミロングの髪の毛を二つに結って、ひざ丈のスカートに白い靴下、そして黒い革靴。声も姿も顔立ちも、高貴なまでにおしとやかな感じの子だ。

(ナスカの地上絵がどうした？)

つれづれを持て余しているようにも見えるし、懸命に考え込んでいるようでもある。

……いや、しりとりか？

「ナスカの地上絵、エックス線写真……あ」

「エピピラフ？」

思わず、口をはさんでしまった。

「ああ！」

女子高生は嬉しそうに顔を上げ、両手を胸の前に組むと、ぺこりと頭をさげた。

「おそれいります」

「いえいえ」

こんなおしとやかな女の子ってはじめて見た。一人でしりとりする人も、はじめてだけど。

「エピグラフ、フランケンシュタイン……あ」

「婦人服売り場？」

「おそれいります。――婦人服売り場、バッファロー・ビル、ル、ル、ル……」

ルビーじゃ、だめなのか？ ルートじゃ、だめなのか？ なぜに、この子は自らを険しい道に追い込むのだ？ わたしは銀行強盗の下見より、女の子の一人しりとりが気になって、思わずこぶしを握って応援してしまう。

「ル、ル……」

「ルキノ・ビスコンティ」

映画館から出て来た男の人が、そういって女子高生のとなりに立った。だぶだぶの白いシャツに古びたジーンズをはいた、超絶男前だ。女の子のおしとやかさにも感心したけど、この人の美男ぶりには啞然となった。肉のうすい頰、くっきりとした二重まぶた、通った鼻すじ、格好の良い口、ちょっとだけかすれた声、女神の狗山比売にだって負けていない美貌っぷりである。こういう人もこの世の中には居るんだ……。

わたしが感心して見つめていたら、超絶美男はちょっといやな顔をしてこっちを見た。

女の子があわてて、きゃしゃな両手をわたしの方に向ける。

「こちらの方に、しりとりを助けていただいたんです。ナスカの地上絵の次に、エビピラフって」

「へえ」

超絶美男は、やっぱりちょっといやな笑い方をした。この人、すごい美男だけど、性格はアレかなあ。

「ルキノ・なんとかティ？　い——狗山比売」

わたしがいうと、女子高生と美男は、そっくりな動作で首をかしげた。

「知ってる？」

「いいえ」

狗山比売というのは、銀行強盗にも御利益をくれる神さまの名前です。とばっちりを食いたくなかったら、決行の日は銀行に行かないでね。こころの中だけで、そういっていたら、ゴボウさんと生田さんが銀行を見て帰って来た。

「ちょろい感じですね」

「ちょろかったね」

二人はほくそ笑み合っている。わたしの顔を見ると、おばさんっぽい動作で手を振った。

「だめじゃないか、こんなとこに居て。いっしょに来てくれなくちゃ」

「はいはい、はいはいはいはい」

わたしは、やる気のなさを込めて、そう答えた。

美男と女子高生は、とりあえずといったふうにゴボウさんたちに会釈すると、駅の方に向かって歩き出した。

――こぉこは駅裏ぁウラウラ、ハイ！　裏町ウラウラ駅ウラ――

美男が出て来た映画館から、こぶしの回った歌が流れ出した。

7　悪いことはできないもの

銀行強盗、決行の日。

季節が進んで陽が短くなっているから、窓口が閉まる間際には足もとの影が伸びていた。

でも、夏の暑さはまだ残っていて、わたしはむしょうにかき氷が食べたかった。練《れん》乳《にゅう》がかかった、小豆のかき氷を。

「かき氷、食べませんか」

わたしがそういうと、ゴボウさんと生田さんは、無言で振り返る。

「だめですか。はい、いってみただけです」

逃走用のクルマは、先日、しりとり女子高生に会った商店街から通りを一本隔《へだ》てた路肩に停めた。

変にゴージャスなゴボウさんのクルマは目立ちすぎるから、当初はレンタカーを借りるつもりだった。でも、新加入の生田さんがやる気まんまんで、自分のクルマを使ってほしいといいだした。だから、逃走用車両は、紺色のハッチバックだ。

「じゃあ、二人とも、いってらっしゃい。がんばって。ファイッ！　ファイッ！」

生田さんは死にそうだった初対面のときとは違い、さわやかで元気だ。

ゴボウさんも、今日は別人のように、肌つやが良くなっていた。元奥さんと温泉にも行ったそうだから、命の洗濯ができたのだろう。ゴボウさんは銀行強盗を成功させたら、奥さんとヨリをもどすつもりらしい。楽天的な人だよ、まったく……と、わたしはため息をついた。

「アズサちゃん、ため息をつくと、幸せが逃げてゆくぞ」

「大丈夫です。ため息をついた時点で、もう幸せじゃないですから」

「また、後ろ向きなことを」

ゴボウさんは土気色の頬を輝かせている。……土気色でも輝くのだ。

「じゃあ、行ってくる」

わたしとゴボウさんは猛獣戦隊サバンナジャーのマスクを入れた紙袋と、からっぽのスポーツバッグをたずさえ、モデルガンをベルトにはさんで、閉店間際の銀行の自動ドアを入った。

営業時間が終わろうとしているのに、ロビーは案外と混んでいた。

わたしはすぐに、軽いパニックに陥った。

待ち合いのイスに座る人の中に、知った顔を見つけたのだ。

こっちでの保護者代わりの親戚、土田エリさんだ。

（なんで、エリさんが居るの？　エリさんのお店、ここから遠いじゃん！　買い出しの圏内でもないし、この辺りに知り合いが居るとか聞いたこともないし！）

後先考えず、わたしはブルーエレファントのマスクをかぶってしまった。

良いタイミングといえるのだろうか、ゴボウさんもわたしと同時にレッドライオンのマスクをかぶり、モデルガンを取り出す。

銀行強盗、ここにあり！

ゴボウさんがカウンターに向かってモデルガンを構えようとした刹那、わたしはまた別の知った顔を見つけた。

それは、若い男の二人連れだった。

真っ黒な長髪と、金髪にサングラス。

ゴボウさんの勤めていたブライダル会社の社長と専務、いや、今は会社がないらしいから、元社長と元専務だ。

二人は、ゴボウさんが持っているのとそっくりの軽そうなスポーツバッグから、拳銃を取り出し、天井に向けて撃った。

拳銃を取り出し、天井に向けて撃つ？

それってどういうこと？

と、わたしが象のマスクの下で無言の疑問符を放ったと同時に、長髪の元社長がカウンターの女子行員にからっぽのスポーツバッグを突き出す。

「これに、金を詰めろ！」

銀行強盗だ。

先を越されたのだ。

よりによって、ゴボウさんの元上司たちに。

そう思った瞬間、女性客の高い悲鳴があがった。

元専務が、モデルガンではないと証明済みの銃で、ぐるりとお客たちを牽制した。

「伏せろ！　すぐにだ！」

悲鳴とどよめきが同じほど上がって、銀行のお客たちはタイル張りのゆかにうつ伏せになった。エリさんも、サバンナジャーのマスクをかぶったわたしとゴボウさんも。

「非常ベルなんか押したら、ぶっ殺すからな！」

元社長は凶悪な声で、行員を脅した。

元社長と元専務は手際が良かった。

騒ぎだしてから逃走するまで、ものの五分もかからなかったと思う。

わたしたちをゆかに伏せさせ、行員たちにホールドアップさせて、元社長と元専務は物馴れたふうに姿を消した。

同時に警報が鳴り響く。

そんな中を、わたしはゴボウさんに急かされて、出口へと走った。

「早く！」

なるほど、こんなマスクをかぶって、モデルガンを持った状態で警察の到着を待つのは、失敗の上にも失敗。しでもいない罪に問われてしまう。

ありがたいことに、警報が鳴り響く中でも生田さんは待ってくれていた。

その場から逃げきれたわたしたちは、運が良かったというべきなのか。

「なんって、運が悪いんだ！」

となりのシートで、顔からレッドライオンのマスクをはぎ取ったゴボウさんが、泣き声を出す。

いや、銀行強盗をせずに済んだのだから、わたしたちは最高に運が良かったのである。

＊

夜、わたしは登天郵便局の自分の部屋で、狗山比売とチャーハンを食べていた。

チャーハンはわたしが作ったので、あまりおいしくなかった。

『神饌《しんせん》というには、おそまつな』

狗山比売はつまらなそうに、レンゲを口に運んでいる。

わたしは夕飯に関する苦情は無視して、今日の不首尾の報告をしていた。

「というわけで、間一髪のタイミングで銀行強盗をしないで逃げたんです。ゴボウさんの勤めていた会社の元社長と元専務は、いまごろ札束を数えていることと思います」

そういったとき、電話が鳴った。

発信者は生田さんだった。

通話アイコンに触れたと同時に、生田さんの急き込んだ声が聞こえた。

——アズサさん、大変です。藤原さんが出て行ってしまいました！　お金を取り返してくるといって。

「ええ、どこに行ったんですか？」

わたしは基本的にのんびり屋らしいが、このときばかりはただならぬものを感じて声が震えた。

電話の向こう、生田さんの声も震えていた。

——行き先はわかりません。でも、かなりヤバイ感じでした。

「いつのことなんですか？」

——二時間くらい前です。

「二時間って、なんでそんなに前なんですか」

連絡をよこさないで、あなたは一人で何をしていたのか。わたしの声には、自然とそんな非難が混ざっていたと思う。

生田さんは口ごもって、あやまった。

——ごめ……ごめんなさい。だれにもいうなって、ぼくのクルマに乗って……。

狗山比売が大きな袖をもたげる。

リモコン仕様ではない古いブラウン管テレビの電源が入って、明らかにテレビ番組とはちがう映像が映し出された。わたしはひとまず電話を切ることにした。

「あとでまた連絡します。生田さんも早まらないで、部屋で待っていてください」

——はい。すみません、頼りにならなくて。

スマホの終了アイコンに触れてから、狗山比売の顔を見て、テレビに視線を合わせた。

映し出されていたのは、海の風景だった。

砂浜ではなく、埠頭《ふとう》である。

市街地の浜町とよばれる、セメント工場や貸倉庫のある一帯に、紺色の小型車が停まっていた。生田さんの、ハッチバックだ。

ぽつねんと停められたクルマめがけて、男の人が走り込んでくる。ゴボウさんである。

暗いし、アングルが遠目からなのでほとんど輪郭《りんかく》しかわからないけど、前のめりでせかせかした動作のゴボウさんは、見間違いようがなかった。いや、ブラウン管の中のゴボウさんは、いつにも増して前のめりでせかせかしていた。

ゴボウさんは、ぱんぱんに膨れた重たそうなバッグを持っている。

ホームセンターで買って、銀行で使い損ねたスポーツバッグ――いや、ゴボウさんが買ったのと同じ形だけど、銀行強盗に使われた元社長・元専務のスポーツバッグだ。

(……ということは)

生田さんに「お金を取り返してくる」といって出掛けたゴボウさんは、銀行強盗の二人からお金を盗み出してしまったということか。

「あちゃあ」

わたしはひたいを押さえた。

ゴボウさんは生田さんの紺色のハッチバックにたどり着き、運転席に転がるように座りこんだ。

ルームランプがともる。

視点が、ぐいっと近付いて、ゴボウさんが大写しになる。
血走っている白目の色まで見えた。血走ったまなこが見るのは、バッグの中身だった。
ゴボウさんは、そこに詰まった札束を持ち上げる。
ゴボウさんの体が固まった。
わたしも唖然となった。
狗山比売までが『あなや……』といったなり、絶句している。
それというのも、ゴボウさんが持ち上げたそれは札束などではなかったのだ。形は
確かに、百万円ずつの束に見える。だけど、それはお札の大きさをした、ただの紙。
新人行員がお札を数える練習に使う模擬紙幣の束だった。
元社長・元専務も、銀行強盗をしくじっていたのだ。
テレビのこちら側に居るわたしが、札がニセモノだと認識したときである。
リアシートから、黒いぬめっとした影が起き上がった。
いや、それはぬめっとした影ではなく、元社長の光を吸い込むような長い黒髪だった。
元社長が、そこに隠れていたのだ。
その手には、銃がにぎられていた。

モデルガンではない、銀行強盗で使っていた弾丸の出る本物の銃だ。

「ゴボウさん、逃げて！」

やきもき叫ぶわたしの声は、もちろんとどくわけもない。

銃口を首筋に突きつけられて初めて、ゴボウさんは自分の危機に気付く。

白目の黄ばんだゴボウさんの目が、きょろっと動いてルームミラーを見た。

ルームミラー越しに二人の目が合う。

ゴボウさんの顔が引きつり、元社長の細い目が笑った。

同時に、やはり銃を持った金髪の男——元専務が、運転席のドアを開けてゴボウさんを車外に引きずり出す。

ゴボウさんのよれよれのポロシャツの胸ポケットから、ペンを抜き取った。

『違う』

狗山比売がいうので、わたしは「えっ」といってテレビ画面に見入った。

確かに、それはペンなどではなかった。

元社長がゴボウさんを羽交い絞めにして、元専務がゴボウさんのシャツをめくる。

そして、ペンに見えたものの先端をゴボウさんのお腹に当てて、シャープペンシルをノックするみたいに、親指で押した。

「インスリン注射？」

どうして元社長・元専務が、わざわざ糖尿病の治療薬を注射してあげるのだ？

というわたしの疑問は、まったく見当違いであった。

「今日、手に入らなかった金は、あんたの奥さんに出してもらうよ」

インスリン注射は、打ってから一定時間以内に食事を摂らないと低血糖に陥り、さらに放置すると死ぬこともあるらしい。

「助けてください。社長、専務——」

ゴボウさんが怯えきった声で懇願する目の前で、元社長はゴボウさんのポケットから取り出したのど飴の袋を見せつけるようにして破り、中身を自分の口に入れた。

「神さまは、おれたちのことを、まだ見放していなかったみたいだな。あんたも、金持ちの奥さんに見放されてないことを祈っとけよ」

狗山比売は小さな手をちょいと動かしてテレビの電源を落とすと、気を悪くしたように可愛らしい鼻にしわを寄せた。

『百度参りもせいで、神に見放されぬ云々とぬかすとは、図々しいにもほどがある』

そういう問題じゃないと思うが、怒りのツボを突いたらしく、狗山比売はプンプン怒っている。

「どうしたらいいんでしょう」

わたしは、狗山比売のゴージャスな袖にすがりついた。

『警察に電話』

しごくまっとうな答えではあるが、リモコンなしでテレビをつけるような、いや、そのテレビに遠隔地の出来事を映し出すような神通力というもので、チチンプイプイと解決するとかできないものだろうか？

期待して見つめていても狗山比売は無表情なまま目も合わせてくれないので、やむなくわたしは一一〇番に電話を掛けた。

――事件ですか、事故ですか？

電話の向こうから、冷静な声がかえって来た。

わたしは、生まれて初めて掛けた警察への電話に緊張しながら、何度も咳払いをして答えた。

「事件です」

あの……と口ごもった後、こみ上げてくる言葉を一気にまくしたてた。

「今日、乙姫銀行駅裏支店を襲った強盗は、ラブミーブライダルっていう会社の社長と専務です。もう、つぶれた会社なんです。社長と専務って他は、名前はわかんないです。その二人に、元社員の藤原省吾という人が拉致されました。営利誘拐です。藤原さんの元奥さんに、お金を要求するつもりなんです。元奥さんは、お金持ちらしいんです」

――あなたのお名前を教えてください。

「え……」

わたしは口ごもり、躊躇し、そして電話を切ってしまった。

そんな様子をじっとまたたきもせずに見つめていた狗山比売は、愛らしいくちびるをぱくぱく動かして冷静な声を出す。冷静だけど、パイプオルガンみたいな声だ。

『鬼塚と赤井を呼び出せ』

「番号がわかりません。というか、あの二人、電話とか持っているんでしょうか」

『郵便局の職員連絡簿でもさがせばよかろうが』

狗山比売は、ちょっといらいらして答える。

わたしは神さまの怒りを怖れて、事務室にとんで行くと、急いで電灯のスイッチを入れた。

またたきながら灯る蛍光灯の明かりの下で、青木さんの机の上、赤井局長の机の上、書類を立ててあるキャビネットの上などを探し回り、ようやく目当てのものを見つける。

それは、鍵のかかるキャビネットの中に納められていて、中を開けるとなぜかものすごい数の個人情報がファイルされていた。

（ということは？）

一昨年の臨時職員だったわたしのデータを探してみたけど、なぜかなかった。そこでちょっと寂しい気持ちになったんだけど、そんな場合じゃないからと、気を取り直す。

赤井局長と鬼塚さんは携帯電話を持っていた。どうやって契約したんだろう。いや、そもそもどこに住んでいるんだろう。メールアドレスとかも持っているわけだ？　などと、いろいろ詮索したくなる気持ちを抑えて、番号を押す。

三十分ほど待ったら、二人が現れた。赤井局長の自慢の新車で、助手席には鬼塚さんが乗っている。並はずれて大柄な二人が並んで座っているので、クルマが小さく見えた。

「ごめんごめん、武器を積んでいたら、時間食っちゃって」

赤井局長がおおらかにいう。

ゴボウさんは、インスリン注射をしてから三十分後に食事をしなくちゃといっていたから、もう危ない時間だ。

焦るわたしは足踏みしながら、リアシートをのぞき込んだ。

日本刀、石弓、ショットガン、マシンガン、ライフル、手榴弾《しゆりゆうだん》、ロケット砲、レーザーガンなど、持っているだけで何十年も懲役《ちようえき》をくらいそうな、違法な武器が累々と積まれている。

「あわわわ……」

どう見たって、無駄な品揃えではないか。こんなに持ってくるのに時間を食うくらいなら、もっと早く来てくれたっていいではないか。

「乗れ」

わたしが慌てたり憤慨したりしていると、鬼塚さんが低く押し殺した声で命じてくる。

「あ、はい」

物騒な武器をかきわけて座る場所を確保すると、わたしは運転席と助手席の間から顔を出して、二人に問いかけた。

「ゴボウさんの捕まっている先、わかるんですか?」

「きみが強盗をしている間、われわれがただ手をこまねいていたとでも思うのか」

鬼塚さんが厳しい声でいうと、赤井局長が笑顔でフォローした。

「いや、さっきアズサちゃんから連絡をもらってから、推理なんかしてみてね」

「あたし、強盗なんかしてません」

ここは、はっきりさせておかねば。

「失敗しただけだろうが」

「むっ」

「まあまあ、二人とも」

ミニバンは、埠頭の貸倉庫に到着し、わたしはＳＦ映画に出てくるみたいな光線銃を持って、二人の後に続いた。赤井局長と鬼塚さんは各々金と銀の斧を手にしていた。そういうアナクロなものを使うなら、ライフルもロケット砲もマシンガンも要らないではないか。

錆びたシャッターの降りたコンクリートの建物の前に、生田さんの紺色のハッチバックが停めてある。わたしは声を出さずに口の形で「これ、これ、ここ、ここ！」と二人に教えた。

そこから先は、お祭り騒ぎになった。

赤井局長と鬼塚さんは、金と銀の斧でシャッターをたたき壊し、ひしゃげた段ボール箱みたいな残骸を乗り越えて中に入る。

すぐに照明がともされ、がらんどうの空間が細部まで明らかになった。

元社長と元専務はそこに居て、電話をかけているところだった。後で聞いたところによると、ゴボウさんの元奥さんに脅迫電話をしていたらしい。だけど、とどろく破壊音に肝をつぶし、金縛り状態になっていた。

ゴボウさんはインスリンが効いて低血糖に陥り、気絶していた。

「なんだ、こいつらあ！」

元専務が叫ぶ。

でも、威勢がいいのは声ばかりで、鬼塚さんがてのひらを一閃させて頬を張っただけで、ゴボウさんのとなりに伸びてしまった。

元社長は初手から命乞いをして、だけどやっぱり鬼塚さんに平手打ちをくらって、元専務といっしょに土埃まみれのコンクリートのゆかに顔をつけて失神した。

悪人二人のターンはなかったので、赤井局長もわたしも、余裕で腕組みなんかして、ことがおさまるのを見届ける。投げ出された電話からは、ゴボウさんの元奥さんの声がしていた。

——もしもし、どうしたんですか？　なにかあったんですか？　主人は無事なんですか？

「あの、もしもし。ここは浜町埠頭の貸倉庫の中です。犯人は、伸びてます。これから、人質を病院に連れて行きますから、警察に連絡をお願いします」

わたしはそそくさと電話を切り、ゴボウさんをミニバンの助手席に乗せる手伝いをした。

「こうしておいたら、こっちの正体もバレないからね」

赤井局長は生田さんの紺色のクルマから、レッドライオンとブルーエレファントのマスクを出してくると、犯人たちが座っていたパイプいすの上に置く。

猛獣戦隊、サバンナジャー見参！

後から駆け付けた警察の人たちが目にしたのは、赤井局長が残したメモと、てかてかに光る赤と青のマスク、そして、ゆかに伸びている二人の犯人たちだった。

彼らが銀行から盗み出した真っ白な模擬紙幣が、あたり一面に散らばっていた。

＊

わたしは赤井局長と二人で、ゴボウさんを病院に運び、鬼塚さんは生田さんのクルマを本人に届けた。翌日の新聞には、銀行強盗と誘拐の犯人を懲らしめた匿名の正義の味方の記事が躍った。地方紙だったけど、すぐにインターネットで出回って、全国的な評判を呼んだ。

――楽しそうなことしてるわね。

留守番電話に、青木さんのメッセージが入っていた。

＊

持病の糖尿病というよりも、誘拐されたショックをいやすために、ゴボウさんは入院した。元義父の知り合いが経営する、内科のクリニックだそうだ。

「戦隊ヒーローが助けてくれたんだ」

費用は元奥さんが出してくれているのだろう。ゴボウさんは居心地の良い個室で、半身を起こしてわたしたちを迎えた。

そばにはその元奥さんが付き添っている。

栗色に染めた髪をきれいにカールしてからアップに結っている。おくれ毛の一本まで神経の行き届いた身だしなみで、着ているものはこの人じゃなきゃなかなか着こなせないだろう、あわいピンクのツーピースだった。かえすがえすも、どうしてゴボウさんが、こんな美人の大金持ちの令嬢と結婚できたのかが謎だ。

（たで食う虫も好き好き、アバタもえくぼ）

きれいな元奥さんを見ていたら、思わずクスッと笑えた。

別れた後までも厄介ごとを持ち込むゴボウさんは、むちゃくちゃな働き方をして病気になって、もはやほとんど素寒貧《すかんぴん》なくせして、しかもゴボウそっくりにしょぼくれているくせして、愛する元奥さんとよりをもどしかけている。

「この人、よっぽど怖い思いをしたらしくて、記憶が混乱しているんです」

元奥さんは、ごく親しげにゴボウさんを見た。

ゴボウさんは、ここを退院したら、能登谷歯科の患者送迎マイクロバスを運転するのだそうだ。

「良かった」

わたしはそういって、元奥さんや生田さんと笑顔を交わしあった。

長居をしなかったのは、病人を気遣ったというよりも、あまりにも睦まじいゴボウさんたちの様子にあてられて、独り身のわたしたちは背中がむず痒《がゆ》くなってしまったからだ。

＊

昼の食事の残り香と、かすかな薬品のにおいがする廊下を、生田さんと並んで歩いた。

生田さんには、どうやってゴボウさんが助けられたか話していない。だけど、あの夜、アメリカンコミックのスーパーヒーローみたいな男が、生田さんのクルマを返しに来たことや、新聞に載っていた謎だらけの顚末からしても、とっても不思議なことが起こったと考えても無理はない。

「あ、ぼく、病室にもどらなきゃ」

不意に生田さんが立ち止まる。

わたしが問いたげに見上げると、生田さんは、ジャケットのポケットから、一通の封書を取り出した。

「これ、藤原さんに渡し忘れたのを、今、思い出しちゃって」

宛名は藤原省吾様——ゴボウさんへの手紙だ。

ハサミをつかって、封が開けられていた。

「あれ、生田さん読んじゃったんですか?」

とかいいながら、わたしも中の便箋をとりだす。

「ぼく宛てだと思って、間違って開けてしまったんです」

居候のゴボウさんが、ちゃっかりと生田さんの住所を連絡先にしていたのだそうだ。そうとは知らず、生田さんは宛名を見ずに開封した。そして、読んでしまったらしい。

枯ヱ之温泉からのお知らせ
藤原省吾様
先般は、枯ヱ之温泉にお越しいただき、ありがとうございました。
枯ヱ之の湯で、あなたの過ちもキレイに洗われたことと思います。つきましては、ご注意事項がございますので、お知らせ申し上げます。
あなたがお亡くなりになったさいには、登天郵便局での功徳通帳の記帳はお避けになり、あの世に通じる門へはなるべく目立たずにお進みください。あなたは死後も、あの世に行くことはありません。

わたしはいつの間にか立ち止まっていた。

「アズサさん？　アズサさん？」

よっぽど怖い顔をしていたのだろう、生田さんがかなり引いた様子でわたしの名前を呼んでいる。わたしは、取り繕うように「ああ」とか「ええ」とかいって笑った。ぎこちない笑いだった。心ここにあらずとは、今のわたしのことだ。

登天郵便局で功徳通帳に悪行が記載されない。

あの世に通じる地獄極楽門の前で、亡者が消えてしまう。

間違いない。登天郵便局で起こっている変事を裏付ける手紙だ。

（ゴボウさん、よりによって、枯ヱ之温泉に行ったのか！）

わたしは、便箋を元にもどしながら、横目で生田さんを見上げた。

「生田さん、この温泉のこと知ってますか？」

「うん、ここに書かれてある登天郵便局程度にしか知らないんだけど」

生田さんがそんなことをいうもんだから、わたしはたまげた。

「ええ？　登天郵便局のことを知ってるんですか？」

「死んだ人が行く郵便局だそうですよ。あの世とこの世の中間にあって」

そこまでいって、生田さんはなだめるように笑った。死んだ人が行く郵便局というフレーズに、わたしが怯えたと思ったらしい。

「さ、さすが、新聞記者ですね」

そこで、わたしは手紙に目を落としてから、訊く。

「それで、枯ヱ之温泉のことは」

「罪を洗い流す温泉だとか」

生田さんはそういって、自分の言葉に呆れたように頭を掻いた。

「きっと、大袈裟な比喩とかなんでしょうね」

そうじゃない。

でも、わたしは同意するようにうなずいてから、手紙を目の前で振って見せた。

「あたし、これ、ゴボウさんに渡してきますね。生田さんは、先に帰っててください」

いやおうもない強引さでいうと、わたしは病室に向かって駆け出した。

角で止まり、隠れながら来た方を見ると、生田さんは玄関に向かったらしくもうその姿はない。わたしは手紙をポケットに突っ込み、ゆっくりと出入り口の方へともどった。

登天郵便局に報せねばならない。

8　枯ヱ之温泉へ

わたしは登天郵便局に直行した。

お客さんの居ないロビーが、緊急ミーティングの場所になる。

わたしが持ち帰った手紙を見て、登天郵便局の三人は、誇らしげな顔、心配そうな顔、憤った顔をした。心配顔は登天さん、憤ったのは鬼塚さん、誇らしげなのは赤井局長だ。

「アズサちゃん、とうとう尻尾をつかんだね」

高い音をさせてこぶしを叩き、鼻から太い息を吐き出す。

「みたか、枯ヱ之温泉。探し物上手の安倍アズサの目から逃れられると思うなよ」

「でも、ただの偶然なんですけどね」

「狗山比売のすることに、ぬかりはないよ。アズサちゃんに銀行強盗を手伝わせたのも、この手紙に行きつく因果だったんだよ、きっと」

「そうかなあ」

わたしは、登天郵便局とはパラレルワールドの関係にある狗山神社を拝むつもりで、南の方角に顔を向けた。

「死後もあの世に行くことはないって、どういう意味なんでしょうか？　だいたい、枯ヱ之温泉って、どういう場所なのかなあ。この世とあの世の中間点は、登天郵便局のほかにもあるってことですか？」

わたしが訊くと、登天さんが心配そうな顔を、赤べこ人形みたいに小さくたてに振った。

「亡くなった人を次の世に送り出す場所は、登天郵便局だけではありません。映画館や汽船の停泊する桟橋など、いろんな形でこの世界に散らばっているのです。だけど、亡くなった人の行き先があの世ではないというのは、穏やかではありませんよ」

「枯ヱ之温泉などというものは、跡形もなく破壊するべきだ」

鬼塚さんの筋肉だらけの上腕に、静脈が浮いた。

わたしは、ゴボウさん救出のときに見た滅多やたらな数の武器弾薬のことを思い出して、すごく心配になった。いざとなったら、登天郵便局抜きで、なんとかしなくちゃいけない気がする。でも、なんとかとは？

「功徳通帳に悪行が印字されなかった人は、この温泉に入ったんでしょうか？」

「そう考えるべきだと思うね。功徳通帳への記帳をやめさせ、地獄極楽門には目立たず進めってのは、悪行が一つもないこと、地獄極楽門を通る前に消えることを、われわれに気付かせないためだと思うよ」

赤井局長は太い腕を思案げに組んだ。

その横で、ちょこんと小柄な登天さんが、わたしを見上げてくる。

「安倍さんはどうですか？　罪を洗い流してくれる温泉があったら、入りたいと思いますか？」

「いや、あたしはそこまでは」

そういってはみたものの、わたしの功徳通帳にはしっかりと「銀行強盗未遂」という悪行が記されているはずなのだ。狗山比売に命じられて、逃げるに逃げられず、人助けのためにしたことなのに。少なくとも、この一件だけは消してもらいたいと思う。

わたしの答えを受けて、登天さんは赤井局長と同じ仕草で腕を組む。大きい人と小さい人とで、まるでマトリョーシカみたいだ。

「藤原さんはどうして、この温泉に行ったのでしょう？　どうしても消したいと思うような罪を犯した犯罪者だったのでしょうか？」

「いやあ。たまたま行っただけなんじゃないかなあ」

「安易だ」

鬼塚さんが怒った声でいう。

「その温泉に入ったら、死後は成仏できないということなんだぞ。閻魔庁《えんまちょう》の職員になることもできない。生まれ変わることもできない。そういうことを納得した上での狼藉《ろうぜき》か」

「問題なのはそんな危険な温泉が実在するってことだよ。知らないで行くのは仕方ない」

赤井局長がゴボウさんの弁護をした。

「これは不審なエンティティのしわざでしょう。枯ヱ之温泉には何かが、居るのです」

登天さんがいった。

エンティティ、すなわち、物理的な実体をともなわない存在。

「幽霊や妖怪ってことですか？　おばけが祟っているってことですか？」

「あるいは、そういうものかもしれません」

「ぶち壊してしまおう」

鬼塚さんはテンガロンハットをかぶり、憤然と出て行ってしまう。みなぎる気迫が、ドアをぷるぷる震わせた。

「ぶち壊すのは、まずいよねえ。ねえ、まずいよねえ」

おろおろする赤井局長の後に付いて、わたしたちは鬼塚さんを追った。

でも、鬼塚さんは、おニューのミニバンの前で、銀の斧を持って仁王立ちしていた。

「枯ヱ之温泉、いまだ見つからず――！」

鬼塚さんは、空に向かって無念を嚙みしめるように吠える。

それを聞いて、赤井局長が揉み手しながらわたしを見た。

「アズサちゃん、悪いんだけどね、今度は枯ヱ之温泉の場所を……」

「あたしに探せと？」

わたしは、思わず高い声を出してしまった。

「もー、またですかー」

「もちろん、わたしたちだって、一所懸命がんばるからさ」

赤井局長は厚いてのひらをあわせている。

「安倍さん、どうかお願いします」

赤井局長のミニチュアみたいに、横に並んだ登天さんがやっぱり両手を合わせている。登天さんにお願いされると、弱いのだ。だめといえない、わたしになるのだ。

天に向かって吠えていた鬼塚さんは、顔の幅より太い首をぎしりと回してわたしを見た。

「温泉を見つけてくれるだけでいい。あとは、こちらで破壊する」

わたしがしぶしぶうなずくのを見ると、赤井局長がぱっと顔を輝かせて、スマホを取り出した。

「そうと決まれば、善は急げだね」

赤井局長は太い指で液晶画面にぽちぽち触って、電話を掛けている。

「もしもし、青木くん。予定変更でね、アズサちゃんが、もう少しこっちに居ることになったから。青木くんにお願いしているアズサちゃんの影武者のことなんだけど、延長をお願いできるかな」

——あら、いいわよ。

青木さんの声はものすごくけたたましくて、まるでスピーカーを通しているかのように大きく漏れ聞こえた。

——都会のOLって、刺激的よ。たまらないんだから、オッホッホッホッ！

「青木さん、何か変なことしてなきゃいいけど」

——ちょっと、聞こえたわよ。変なことって何よ。あたしが合コンに行って、イケメンと意気投合して営業一課のイケイケ女をギャフンといわせたり、女子会にあんたのおニューのワンピースを着て行って焼き鳥のタレをこぼしたり——しているとでも思ってるわけ？

「そんなこと、してるんだ」

わたしが声をつまらせると、電話からは鬼塚さんとはまた違った、迫りくる怒気が放射された。

――そうよ、悪い？　あんたのためにしていることじゃないのよ！

キンキンする声が聞こえた後、通話が切れた。

＊

人の罪を洗い流す、枯ヌ之温泉。

温泉がある枯ヌ之村は、迷ケ岳の登山口にあるという。

そこでは、むかし、殺人事件があったという話もある。

しかし、いつ？

もしそれが事実ならば、もっと世の中に広まっているはずでは？

（あ、そうだ）

実際に行った人に訊けばいいのだ。

チカッチ――其田千香さんのお父さん、其田俊男氏だ。

意識不明になって登天郵便局に迷い込んで来た俊男氏の功徳通帳には、悪行が一つも印字されなかった。

俊男氏は山菜採りがてら、枯ヌ之温泉にも行ったと話していた。

（いや、ちょっと待て）

俊男氏が枯ヱ之温泉に行ったのは、四、五年前。ここしばらくは、遠のいていたらしい。

でも登天郵便局に来たときは、功徳通帳には一点の汚点もなかった。

四年も五年もの間、一つも悪いことをしなかったというのは、いくらなんでもあり得ない。だれかに意地悪くらいいうだろう。奥さんが居る身でも、スナックのおねえさんに胸がときめいたりもするだろう。

そういうこともなく、きれいな身の上だったわけだ。

数年分の悪いことは、帳消しになっている？

それは悪行がないのではなくて、温泉が効いているから？

つまり、枯ヱ之温泉の効能は一生もの？

（お得だ）

いやいや、ちがうでしょう。一大事でしょう。

思案はそれくらいにして、わたしは其田俊男氏に会いに行くことにした。

消えた隆俊おじいさんの謎を解くため、赤井局長の怪しい催眠術で其田家に近付いたわたしだが、チカッチにかけた催眠術が解けて、わたしは今では怪しい人と認識されている。でも、お父さんの俊男氏を訪ねて行く分には、大丈夫だろう、たぶん。

わたしは、其田工務店を訪ねた。

老舗の和菓子屋でおみやげの羊羹《ようかん》は買ったけど、電話でアポイントはいれなかった。チカッチに連絡を取られたら、まずいからだ。それとも、チカッチは、すでにわたしのことを話題にしていて、安倍アズサは親友と偽る不審人物ということになっていたりして……？

道々いろんなことを考えて不安になったけど、いざ訪ねて行くと俊男氏は愛想良く迎えてくれた。

「アズサッチ、東京に帰ったんじゃなかったのかい？」

初対面のときより親しげだ。わたしは安心して羊羹を差し出した。

「いや、明日、帰るのでご挨拶を、と――」

帰省を終えてもどるのに、友だちの父親の会社を訪れるのは、いささか不自然。しかし、俊男氏はそんなことは追及せずに、おみやげの羊羹を喜んで受け取る。

其田工務店は鉄骨三階建ての小さなビルで、一階が駐車場、二階に工務店の事務所があり、三階には通信設備会社のテナントが入っている。二階の工務店は社長室と事務所に区切られていて、俊男氏は事務所につながるドアを開けると、庶務の女性社員を呼んだ。

「アズサッチから羊羹をもらったんだよ。お茶をくれないかな。羊羹は皆でご馳走になろう」

羊羹、大活躍である。買ってきてよかった。

わたしは社長室の合成皮革のソファにしゃっちょこばってすわり、目だけ動かしてきょろきょろと辺りを見渡した。自己啓発書と自費出版の献本らしい帯がついたままの本がスチールのラックに並び、何かの表彰状が額縁に入れられて壁にかかっていた。まるで登天郵便局にあるような、つまり映るとはとうてい思えないブラウン管テレビの上に、レプリカの縄文土偶が飾られている。書き込み欄が大きくて、実用的なカレンダーが壁の空いたスペースを占めていた。

「ところで、今日お邪魔したのは、枯ヱ之温泉の場所を教えてもらいたくて。数年前まで、よく行ってらしたんですよね？」

最近は遠のいていたが、四、五年前までは山菜採りがてら、よく行っていた。チカッチを訪ねたとき、確かに俊男氏はそういっていたはずだ。

「なんだっけ？　罪を洗い流す温泉だっけ？　うん、枯ヱ之温泉なあ」

俊男氏は笑いながら、わたしの向かい側に腰をおろす。両手を組んであごの下に置き、思い出すように首をかしげてから、「はて？」というような顔になった。

「おや、どうしたんだろう。思い出せないな」

「え？」

迷ケ岳の登山口でしたよね。山菜採りの名所なんですよね。

俊男氏の顔色を見ながら、わたしは思い出すよすがになればと、横からささやいたけど、俊男氏の「はて？」という表情は変わらない。

「これだから、困るんだよ」

俊男氏は、厄介ごとにぶち当たったという様子で、自分のひざを叱りつけるように叩いた。

「なにか、困った……んですか？」

「いやね、この間、風呂場で転んで脳震盪になったでしょう。あれで、まだところどころ、記憶がもどらないんだ」

「あー」

わたしは同情と残念さを込めて、俊男氏の顔を見た。

でも、基本的に前向きな人らしく、俊男氏は簡単には諦めない。デスクに立てたファイルの間からロードマップを持ってくると、わたしの前に広げた。

「迷ケ岳の登山口だといったね」

「ええと、前に其田さんがそう——いってましたよ」

「いや、情けないな。それも忘れているよ」

「枯ヱ之村では、むかし殺人事件が起きて、村人が死に絶えたという伝説があるとか」

「おいおい、物騒だね」

俊男氏は迷ケ岳の近くを指でたどるのだけど、枯ヱ之村は地図には載っていなかった。

お茶を運んできた女性社員がのぞきこんでくるので、俊男氏はその肩をたたく。

「千葉《ちば》さん、枯ヱ之温泉って知らない？」

「ああ、テレビで観たことがありますよ。むかし大量殺人があって、村人が死に絶えたという」

「いや、そうじゃないよ。温泉が湧いていて、迷ケ岳の登山口で――」

「わたしは、枯ヱ之村の都市伝説しか知らないですけどね。あら、村だから都市伝説とはいわないかもねえ。じゃあ、村伝説？　なんか、ぱっとしないですねえ」

千葉さんはそういって、わたしを見て陽気に声をたてて笑った。

「迷ケ岳の登山口っていうなら、榊《さかき》くんに訊いたらいいんじゃないですか？　あの人、山男だから」

「おお、そうか、そうか。今、榊くん居る？」

「ああ、ちょうど、帰って来たところですよ」

「よし、それじゃあ、アズサッチ、ほらほら」

俊男氏はわたしに立つようにうながすと、千葉さんといっしょに事務所の方にいざなった。

「皆さーん。ちょっと、ちゅうーもく!」

なにやら、おおごとになってきた。

俊男氏は社長室のドアの前に立ち、事務所に居る社員たちに呼びかける。

まるで、今日から働くことになった新入社員を紹介するみたいなシチュエーションだ。

事務所に残っている数人の善男善女たちの中には、実際にそう思った人も居るらしい。興味津々とわたしの顔を見て、「若い」とか「どこの係」とかいっている。

「こちら、うちの娘の友だちのアズサッチ」

「どうぞ、よろしくお願いします」

そういうのも奇妙だと思ったが、場の流れから会釈をしないわけにはいかず、わたしは其田工務店の社員たちに頭を下げた。社長の命にしたがってこちらに視線を向ける人たちは、会釈を返す人も居たし、ぱちぱちと手を叩く人も居た。

「ところで、皆、枯ヱ之温泉ってどこにあるか知ってる?」

俊男氏は全員にそう呼びかける。

皆は「はあ〜？」というような顔をした。

新入社員じゃないのか。それにしても、いきなり温泉の話とはなぜ。そんな疑問が全員の顔に浮かんでいるのを見て、わたしはきまりがわるくなる。

社長の俊男氏は、部下たちの発するそんな空気には少しもめげずに、出入り口に近い席に居る若い大柄な人に顔を向けた。

「榊くん、知ってる？　迷ケ岳の登山口なんだけど」

「迷ケ岳の登山口は、高田《たかだ》村ですよ」

「そんなことないでしょう。枯ヱ之村でしょう」

「いやいや、ビールの大ジョッキ賭けます。迷ケ岳にのぼるのは、高田村で決まり」

榊くんは、自信まんまんだ。

大ジョッキの代金がふところから飛んで行くのを目で追うように、俊男氏は視線を空中に漂わせてから、わたしに向き直った。

「……ということらしいよ、アズサッチ」

「わかりました。お時間をとらせてしまって、すみませんでした」

わたしは、いたたまれずに、もはや遁走モードだ。

「いやいや、娘の友だちに頼られるのは、親父冥利《みょうり》につきるよ」

ところが、娘の友だちなんかじゃないんだなあ。

わたしは化けの皮がはがれないうちに、其田工務店をおいとました。

帰り道、図書館に寄った。ひょっとしたら高田村の旧名が、枯ヱ之村ではなかったかと調べるためだ。

しかし、予想していたとおりなのではあるが、そんなことはなかった。

さりとて、ここで糸口がなくなったというわけではない。

＊

退院したゴボウさんを訪ねて行くと、ちょうど午前中の患者の送迎を終えて、マイクロバスを車庫にもどしているところだった。トレードマークだった土気色の顔に血の気がもどってきている。銀行強盗を画策していたころとは別人みたいな表情で、こちらに手を振ってみせた。

「ゴボウさん、枯ヱ之温泉に行ったんですよね」

「温泉？　ああ、そうらしいね」

あいまいないい方をするので、わたしはちょっといやな予感がした。

「ひょっとして、覚えてないんですか？　ゴボウさんが枯ヱ之温泉に行ったのって、銀行強盗の前の日ですよ」

「そんな、大きな声で銀行強盗なんていうなよ」

ゴボウさんは主犯のくせして、そんなことをいう。

「あたしも枯ヱ之温泉に行きたくて、どこにあるのか教えてほしいんです」

「ごめん、覚えていないんだ」

また、そんな話になるのか。落胆すると同時に、服の下の背筋が、なんだかひやりとした。秋風がわたしにだけ吹いたのか。

——これは不審なエンティティのしわざでしょう。枯ヱ之温泉には何かが、居るのです。

登天さんのいった言葉が、不意に胸によみがえる。

不審なエンティティが、枯ヱ之温泉のお客さんたちの運命を操って、その記憶を消している？

「社長たちにインスリンを打たれて、昏睡《こんすい》状態になったろう。あれ以来、記憶がところどころ飛んでいるんだ。温泉旅行のことも、まるで思い出せなくて、妻から責められているんだよ」

「じゃあ、いっしょに行った奥さんに訊いたら、わからないでしょうか？」

わたしがそこに希望を託して明るくいったのに、ゴボウさんの諦め加減の表情は変わらない。

「う～ん、無理だと思うよ。あの人、超が付く方向音痴で、いつもクルマの助手席にいるだけだから」

そういいながらも、奥さん、いや元奥さんと話したかったらしい、電話を掛けて訊いてくれた。しかし、答えは予期したとおりだった。

「ゴボウさん、奥さんと復縁するんですか」

話題を変えると、とたんにゴボウさんは上機嫌になった。まなじりを下げて、両手の人差し指を自分のえくぼに当てる。土気色の顔をしたおじさんがそんなことをするのだから、ちょっと不気味だった。

「ゴボウさん、それ、なんか怖いってば」

わたしにあけすけに指摘されても怒るでもなく、今度は右手の人差し指で、左手の甲に「の」の字を書き始めた。人はこういうとき、本当に「の」の字を書くのだなあと感心した。

「まだ、わかんないけどさ。お互い、前向きに検討中ってところかな」

「それはそれは、ごちそうさま」

ごちそうさまなんていったら、お腹が空いていたことに気付いた。

＊

能登谷歯科の近くの、喫茶店に入った。

古びたゲーム機がテーブルになっていて、会社勤めらしい制服や背広を着たお客で混んでいた。

わたしはカウンターの手前の、柱の横にある一人掛けのテーブルを見つけて、ナポリタンとアイスコーヒーを注文した。ウェイトレスは五十の坂を越したようなおばさんで、それがチャームポイントだというくらい愛想がなかった。

店内には会話が充満していた。新入社員がお客を怒らせて、クレームの電話が来たけど、部長がタイミング悪く出張してて、課長はわれ関せずで電話を引き継がず――。お局さまが、新しく来たバイトの男子に触るのよ、首とか、ほっぺたとか。あれって明らかにセクハラでしょう――。だから、次長はだめなんだ。このままじゃ、炎上だぞ――。

などなどなど。

世の中は、トラブルに満ちているみたいだ。

わたしは、音楽プレーヤーからイヤホンを外してスマホに取り付けると、耳に入れた。

検索エンジンで「枯ヱ之村」を探すと、意外なことに無数のヒットがあった。その中から、動画サイトにアクセスしてみる。

タイトルは『大学生、枯ヱ之村で失踪』。

日付を見たら、十年前に投稿されたものだった。

再生回数は、二千四百五十七回。わたしがアクセスして、二千四百五十八回となる。

いかにも素人の撮影らしく、手ぶれ以前に地面が映ったり空が映ったり、まるでわからない映像が続いた。田園か山の中なのか、映像が動いても、緑が画面の大半をしめている。

若い男女の声がした。はしゃぐような、ふざけ合うような声だ。笑い声も混じる。

やがて撮影者が慣れてきたのか、風景が見渡せるようになる。

廃屋と、それよりもっと古そうな鳥居と、そして奥には小さな祠があった。

祠の脇には、知恵の輪のように幹をからみつかせた、三本の松の木。

(あ……)

亡き其田隆俊氏のスケッチのとおりだ。よっぽど先入観がないと同一視できないけど、占い師のベガ・吉村さんの描いた極端に下手な透視画のとおりでもある。

男の声が笑い混じりに聞こえる。

「オバケ、居ませーん。異常なーし」

声の主たちが画面に映った。

四人の若い男女である。

ベガ・吉村さんは「この人間たちが全てを知っています」といっていた。

四人の被写体と撮影者で五人だけど、ベガさんのいうのが、この五人のことだとしたら——。

(いきなり、ヒットだな)

だとしたら、この人たちを探せばいいということになる。

だけど、今度こそ雲をつかむような話だ。其田俊男氏や、ゴボウさんに話を聞くようにはいかない。どこのだれだか、一人としてわからないんだから。

画面は、素人らしくぶれ続けていた。

揺れながらズームして、一人の女性の顔がアップになる。

「……え」

思わず声を出してしまって、片手で口を押さえた。

スマホの小さな液晶画面に映っていたのは、わたしなのだ。

髪型も着ているものも違うし、第一これが撮影された十年前は、わたしは小学校卒業か中学校入学かそこいらの年だったはずではあるのだけど。でも、まるで鏡を見るくらいに、安倍アズサにそっくりだ。

わたしが呆気にとられているうちにも動画は進み、最初からふざけていた男の声が、急に緊迫した響きになって「なんだ、あれは」と叫んだ。

その声と同時に、画面が大きく揺れた。

撮影者が、カメラを落としたか、転ぶかしたのだろう。

次の瞬間に画面は暗転して、動画は終わっていた。

ふいに視界のわきに人の気配を感じ、わたしは驚いて顔を上げる。さっきの無愛想なウェイトレスが、ナポリタンを載せたステンレスの盆を持ち、横に立っていた。

わたしは耳からイヤホンを外して、テーブルの上のバッグを片付ける。

顔を上げると、さっきまでかしましく昼食をとっていた勤め人たちが、全員姿を消していた。わたしは久しぶりに就職浪人のころのような、社会との距離を感じた。

（いただきます、と）

ナポリタンに粉チーズとタバスコを振って、フォークにからめた。店の雰囲気と同じように、なつかしい味がする。いっしょに運ばれてきたアイスコーヒーに、ガムシロップとミルクをたっぷり足した。これもまた、なつかしい味がする。

食べながら、動画をもう一度再生した。

画面をスクロールさせて、コメント欄に目を通す。

——この動画の撮影者と被写体は大学の友人五人組で、撮影後に行方不明になっている。

——でも、行方不明になったら、どうやって投稿するの？

などと続いてゆく。

なんにしても、十年前の投稿だから、コメントの日付も古い。

比較的新しいコメントがあった。去年の十二月のものだ。

——ここでむかし、殺人事件があったそうだ。

チカッチや、其田工務店の千葉さんも、そういっていた。都市伝説だと決めてかかっての話だったが。

(でも、なんであたしが映っていたんだろう。不気味……)

気を取り直してもう一度検索画面にもどると、今度は「枯ヌ之温泉」で探してみた。

すると思ってもみなかったことに、オフィシャルサイトがヒットしたのである。

わたしは、ナポリタンがのどにつまりそうになって、あわてて水を飲んだ。タバスコの辛さが口に残る。

タイトルも『湯の里　枯ヌ之温泉』と、堂々たるものだ。

ひりひりするくちびるを舐めて、画面をスクロールした。

——迷ケ岳東登山口にひらけた、県内随一のパワースポット。温泉女子に大人気。和室・洋室あり。ウィークデーはスイーツ食べ放題。

なんだかあまりにも平穏で、今まで怖がったり不思議がったりしていた自分が馬鹿みたいに思えてきた。

「★★★★★　美肌効果満点のお湯に大満足です」

「★★★★☆　彼氏ができました！　めっちゃ運が開けます！」

「★★★★☆　ともかく食べ物がおいしい。建物がちょっと古いけど、それもオシャレ」

所在地もはっきり書かれていて、最寄り駅からの送迎バスもあるらしい。

わたしはナポリタンとアイスコーヒーを急いでお腹におさめると、はりきって店を出た。着替えを持たないわけにはいかないから、一度、登天郵便局にもどらなくてはいけない。でも、鬼塚さんにバレると物騒な火器とか金の斧とか持って付いて来られそうだから、注意をしなくては。

＊

『湯の里　枯ヱ之温泉』は、迷ケ岳の東登山口に、確かに存在していた。

広い駐車場の奥に、迷ケ岳の緑を借景にした、鉄筋コンクリートの建物がある。

あまり新しくはなさそうだが、罪を洗い流したり、其田俊男氏やゴボウさんの記憶を消したりするような怪しげな場所には見えない。ましてや、あの油断のならない登天郵便局の面々や、テレビクルーが探しても見つけられないなんて、ありえない気がする。

ロビーにはクリーム色のソファがゆったりと配置され、フロントではモノクロの制服を着た人が、落ち着いた笑顔でお客を迎えていた。

ホームページには、パワースポットという謳い文句が使われていたけど、そんな気配はなかった。売店にも、そんなおまじないめいた商品は見当たらない。しごくまっとうな温泉施設だ。飾られた絵画も、インテリアも、いかにも女性が好みそうな、上品で明るくて真面目そうなもので統一されている。

大浴場は、一変して、古色蒼然としたおもむきだ。

その名も「極楽風呂」とある。

(極楽かあ……。地獄極楽門ってものもあることだしね)

これは、やはり怪しいかもしれない。

登天郵便局だって木造サイディング張りのくせして、あの世とこの世の境界なのだから。

そんなことを考えながら脱衣所に掲げられた効能書きを読んでみたのだが……。

二酸化炭素泉/高血圧、動脈硬化、運動麻痺、筋肉・関節痛、打撲《だぼく》、切り傷、冷え性、肩こり、更年期障害、不妊症。

これまた怪しいところなどない。

犯罪履歴消しますとか、重い過去をいやします、なんてことは書いてないのだ。

いや、そんな怪しい効能を、でかでかと掲示はしないかも。秘密のお客にだけ、秘め事のように明かしているのかも。

おそるおそる服を脱いで入った大浴場には、おどろいたことにおじいさんたちが、わんさと居た。男湯に間違って入ったのかと慌てたが、いや、ぽつりぽつりとおばあさんの姿もある。混浴なのだ。

しかし、大勢を占めるおじいさん集団は、珍しくも果敢に入って来た若いおねえちゃん、つまりわたしを見て、大喜びした。

「どこから来たんだ？　ほうほう、東京か」

「一人かね、彼氏は居ないのかね、こんなおじいさんはどうだい？」

「おっぱい小さいな」

などと、ナンパされたりセクハラされたりで、冷え性や肩こりが治ったんだか治らないんだか、わからないままにお湯から出た。効能書きの横を見ると、別の場所にちゃんと女湯があるという。手抜かりであった……。念のため、女湯の効能書きを見たけど、罪を洗い流すなんて一言も書かれていなかった。

わたしは湯上がりのさっぱりした足取りでロビーにもどると、登天郵便局に電話をした。

青木さんが出張中だから、いつもは庭仕事ばかりしている赤井局長が局舎に居る。

「もしもし。安倍アズサです。あのですね、部屋に置いてあるあたしの功徳通帳なんですけど、記帳してもらえませんか？　実は枯ヱ之温泉に入ってみたんです」

——本当に？

赤井局長の声が、押し殺したように低くなったのは、鬼塚さんが近くに居るせいなのかもしれない。赤井局長は赤鬼風の外見に反して平和主義だから、枯ヱ之温泉を跡形もなく破壊するべきだという鬼塚さんには賛成できないはずだ。けれど、局長としてビシッととめることも、できないと思う。

——ちょっと待ってなさいね。

電話が保留になり、「ここは駅裏ウラウラ……」というユニークな歌詞の民謡みたいな曲が流れた。頭にこびりつきそうな歌だ。

「こぉこは駅裏ぁウラウラ、ハイ！　裏町ウラウラ駅ウラ——」

いっしょになって歌っていると、突然に通話が再開する。

——残念でした。アズサちゃんの功徳通帳には、銀行強盗未遂って悪行が、ちゃんとあるよ。

「ウラウラ……、あ、すみません。やっぱりハズレでしたか」

落胆して目玉をグルンとさせたわたしは、フロントの奥に意外なものを見つけた。

「んん？　あれ？」

——どうしたの、アズサちゃん？

「いや、大丈夫です。こっちの問題なので、関係ないです。じゃ、また掛けます」

ちょっと強引に通話を切った後、わたしはもう一度、目を凝らす。

湯の里　枯ヱ之温泉　楠本《くすもと》観光グループ

（なんと！）

楠本観光グループとは、登天郵便局の生ける常連である楠本タマヱという老婦人が会長を務める地元随一の企業だ。

楠本タマヱ、齢《よわい》八十六。

その名は県下にとどろく。

私鉄や観光バスの運行から、タクシー会社、観光ホテルの経営など観光産業を広く手掛けるばかりか、タマヱ大奥さまは、地元の私立学校や、新聞社、放送局、通信産業の役員を軒並みこなしている辣腕《らつわん》経営者だ。

そんな大奥さまは、自らの功徳通帳の記帳をし、亡くなった長女宛ての手紙を投函するなど、登天郵便局ではおなじみのお客さんだ。辛口クレーマーとしてもおなじみ、なのであるが。

わたしは急いで、タマヱ大奥さまに電話を掛けた。

呼び出し音が二回、なつかしいしゃがれ声がした。

――楠本タマヱでございます。

「大奥さまー！」

なつかしさのあまり激情をぶつけてしまってから、わたしはあわてて居住まいをただした。

「安倍アズサです。おひさしぶりです」

――珍しい人から電話が掛かってきたわね。こっちに来てるの？

「はい、だいぶ前から居ます」

――こちらに来ているなら、まずはわたくしに連絡を入れなさい。相変わらず、ぽーっとした子なんだから。あなたまさか、東京の会社を辞めて帰って来たんじゃないわよね。

「いえいえ。絶賛ＯＬ中ですよ」

――なに、その言葉使いは。

「すみません。それよか、大奥さま、枯ヱ之温泉って、楠本観光グループなんですよね。今、来ているんですけど」

――あら、そう。枯ヱ之温泉に行ってるの。どうですか、うちの温泉は？

「最高です。これからスイーツ食べ放題にも行きます」

思わず声を弾ませてから、急いで話をもどす。

「じゃなくて、ここはずっと大奥さまの温泉なんですか？　ウェブサイトには、パワースポットって書いてあったんですけど、そういうタイプのことで特別な効能とかあるんですか？

──あらあら。

大奥さまは、どこか辟易したような声を出した。

──あなたも、そんな文句に釣られて行ったの？

「いや、どっちかというと、スイーツ食べ放題に釣られました」

わたしがごまかすと、大奥さまは咳払いをして声のトーンを下げた。仕事用の声色らしい。迫力が増した。

──その温泉、元は第三セクターだったのよ。慢性的な赤字でね。それもそのはず、あやしげなパワースポットだとか銘打って、石を売ったり水を売ったり、お湯に入れば御利益があるだとかなんだとか。

「ええ？　ひょっとして、お湯に入ったら悪行が消えるとか？　死んでも、あの世に行かなくて済むなんてのは？」

──なんですか、それは？

大奥さまが呆れたのが、声でわかった。

「いえ、知らなきゃいいんです」

──結局、経営破綻しましてね、うちで買い取ったのですよ。わたくしは、だいたいパワースポットなんていう胡散臭いものは好みませんよ。本物のパワースポットというのは、こちらも本気でなくちゃたどり着けないものですからね。

楠本タマヱ大奥さまは、長女が亡くなってかなしんでかなしんでかなしんだ末に、登天郵便局にたどり着いた。そこに至るまでは、周りの人が見たら、とうとう耄碌《もうろく》したのではと疑うようなことも、いろいろした。亡くなった人に宛てて、手紙を書き続けた。

それがあまりに必死だったから、救いの道が開けたのだ。少なくとも、大奥さまはそう信じている。だから、パワースポットの安売りには、呆れる気持ちが大きいのだろう。

――前の経営者が売りものにしていたパワースポット云々は、極力消したつもりでおりましたのに。

大奥さまは、ぶつくさいう。そして続けた言葉は、意外なものだった。

――あなたはさっき、入浴したら悪行が消えるとか、死んでもあの世に行かずに済むとかいっていましたが、そういう温泉はあったらしいですよ。しかも、名前も同じ枯ヱ之温泉。いえ、先さまの方が本家本元で、あなたが入ったそこはパクリなんですよ。うちの温泉は、昭和のころまでは、迷ケ岳温泉という名前だったそうですからね。

思わぬ収穫だった。

われ知らず、声が弾んだ。

「その本家本元が、どこにあるかわかりますか?」

——さあ、わかりませんねえ。わからないくらいだから、わたしもそこを枯ヱ之温泉のままにしているんですけど。

大奥さまは笑った。実在の温泉だとは思っていない、という意味の笑いかもしれない。

ようやく見つかったと思った糸口が、また消えてしまった。

わたしはスイーツ食べ放題で、スペシャル・トッピングクイーン・パンケーキを食べてから、送迎バスに乗った。駅ビルの地下で夕飯のお惣菜を買った。

*

From：土田エリ

件名：エリだよん

本文：アズサちゃん、東京で元気してる? 今日、コンビニで、すごい変な子を見ちゃった。変ていうか、ゴージャスなのよ。能の衣装みたいなのを着てさ、星みたいなのが付いた冠みたいなのをかぶっててさ、めっちゃ美少女なのね。写メ撮ったから送るよ。あんまり不思議なんで、スマホの壁紙にしちゃった。だって、なんだか神々しくて、縁起いいって感じだし。じゃあね、ちゃんとごはん、たべなさいよ。

親戚のエリさんからメールが来た。

わたしは元気にしているけど、東京には帰ってません。

そう思うと、気がとがめるんだけど、そんなことより、メールの内容にいささかビビッた。能みたいな衣装に星飾りの冠をかぶった美少女といったら、世間広しといえど、狗山比売しか居ないではないか。

添付されていた画像ファイルを開いたら、案の定、思ったとおりの人が、いや神さまが……写っていた。

(なんで?)

コンビニのレジの前、揚げ物のホットショーケースの前で、獅子の刺繡の装束をぞろりと着た美少女が、順番を待って居る。レジ打ちをしている店員も、会計を待っているほかのお客も、あきらかに顔が引きつっていた。

(ねえ、ほんとに、なんで)

わたしはスマホの小さい液晶画面を、まじまじと見つめた。

コンビニで買い物をする神さま。それは、UMA出現とでもいうべき、奇妙な写真だった。ちなみに、狗山比売の買い物は、ポテトチップスとビールである。

9　境界エリア協会集会

午後七時を回って、猫足の丸テーブルにお惣菜をパックのまま並べていたら、当の狗山比売がやって来た。

やはり、いつもどおり、そしてエリさんが写したとおり、星飾りの冠に、重たげな刺繡の装束を着けている。陶器のようになめらかな肌と、信じられないほど美しい顔立ちは、見惚れるよりも畏怖の念を抱かせた。

『こんばんは』

「うわあ、狗山比売さまじゃないですか」

狗山比売はご機嫌だった。複数の男女のハーモニーのような声で笑う。

『なにを驚いておる』

「古今東西、神さまを見た人間は驚くもんなんです」

『口の減らぬやつよの』

「狗山比売さま、コンビニ行ったでしょ」

『コンビニとは、これを売る見世棚のことか？　なにゆえ、それを知っておる？　生意気にも、千里眼か？』

「写メ撮られてますよ」

わたしがエリさんからのメールを見せると、狗山比売は細い首を傾げた。

『あっぱれ、文明の利器』

「んなことといって、テレビの怪奇特番の取材とか来たらどうするんですか？」

『祟るまでよ、ホッホッ』

狗山比売はレジ袋を差しだしてみせた。

開くと、缶ビールとポテトチップスが入っていた。エリさんが写真に撮ったとおりだ。ポテトチップスは激辛唐辛子味だった。

『そなたは確か、ビールが好きだったはず。おお、美味《うま》し肴《さかな》もあるではないか』

お惣菜のコロッケとサラダを見て、狗山比売はにこにこする。

『宴といたそうぞ』

「コンビニ行って、お店の人とかお客さんに、驚かれませんでした？　ていうか、皆、驚いてましたよね」

『さっきから、驚く、驚くと、なんじゃ。なぜ、われが驚かれねばならぬ。失敬なやつかな』

なぜ驚かれないと思えるのか、不思議だ。

『ところで、梓子よ。今度は何を探しておるのじゃ』

「温泉をちょっと」

困ったときの神だのみというくらいだ。神さまの方から尋ねてくれたのだから、わたしは素直にぺらぺらと、これまでのいきさつを話した。狗山比売のすごい神通力で、枯ヱ之温泉の位置をぴたりといい当ててくれるかも、と思ったのだ。

ところが、狗山比売は興味もなさそうにあくびをしただけだった。

『ご苦労なことじゃな。しっかり、はげむがよい』

それで終わりか？

わたしが半分に分けたコロッケにウスターソースを掛けていたら、狗山比売はテーブルの下にある平たい紙箱を指す。

『これは、なんじゃ』

「ああ、オセロゲームですよ。郵便局の休憩時間に、赤井局長と青木さんが、これで遊んでいるんです」

『ほう』

コロッケをほおばり、狗山比売は目を輝かせた。ウスターソースを掛け過ぎて、口の端が茶色くなる。小さい舌が、ペロリとそれを舐めた。

『どれ、相手をいたせ』

「ご飯を食べてからにしませんか？」

『ならぬ。いますぐにじゃ』

テーブルの上のお惣菜や激辛ポテトチップスやビールを端によけて、狗山比売はオセロの盤を置いた。狗山比売は白で、わたしは黒の石で、ゲームを始める。

わたしは左手にご飯茶碗を持ち、右手に箸とオセロの石を持ち、まったく不真面目にしていたのだが、それでも、狗山比売はおそろしく弱かった。四隅を取られて逆転されるならまだしも、ゲームの途中で盤は真っ黒になってしまう。

『勝負はこれから、ゼロからのスタートじゃ』

「狗山比売さま、もう負けてますから。先にご飯を食べましょうよ」

『勝ち逃げとは卑怯なり！』

狗山比売が一喝すると、蛍光灯が不穏にまたたいて、窓のサッシがピシピシと鳴った。

「はいはい、わかりました。あたし、八時からドラマ観たいんですけど」

ぶつくさいって、盤の中央に石を置く。

狗山比売はなめらかな頬をニタリとゆがませ、冷笑を浮かべた。

『いうておれ。目にものを見せてくれる』

「はいはい」

横に置いて白を一個引っくり返した。

白は一個だけになる。

狗山比売の番だ。

横に置こうか、斜めに置こうか、狗山比売は思案に暮れた。

よっぽど熱中しているらしく、またたきもしない。人形のように美しい顔が、本当に人形そのものに見えてくる。

「あの」

『なんじゃ』

ようやく心が決まって、狗山比売は斜めに置いた白い石で先ほどの石を白にもどした。

「赤井局長がいっていたんですけど、狗山比売さまって、因果を見通しているって」

そうだとしたら、このオセロの弱さの説明がつかない気もするが。

『世辞をいうな』

狗山比売は、ちょっと嬉しそうにそういった。

「いや、お世辞じゃなくて」

新しい白の石のとなりに黒を置いて、最初の石をまたもらった。

狗山比売は『しつこいぞ、おのれ』と憤る。

「狗山比売さまは、枯ヱ之温泉に関するヒントをあたしたちに教えたかったんですよね」

『なんのことやら』

「それにゴボウさんがお百度参りまでしてかなえたかった本当の願いってのは、奥さんとの復縁だったんでしょ？　それで、狗山比売さまはそのことを見抜いて、銀行強盗を手助けしたのでは？」

『われはただ、願いをかなえる。それが悪事か善行かなど、知ったことではない』

「とかなんとかいっちゃって」

けっこう、義理人情に篤《あつ》い神さまだよな、とわたしは思った。

『そなた、今、われのことを義理人情に篤いなどと考えたな』

「え、いや、あの」

テーブルの上に突風が起こって、唐辛子色のポテトチップスを飛ばした。オセロの石はなぜか動かないが、またしても白が途中で消滅しそうになっている。

「あーあー。やめてくださいよ」

ポテトチップスが絨緞の上に散らばって、大変なことになった。

わたしはブウたれながら、掃除機を持って来て、激辛ポテトチップスのかけらを掃除した。

『はようせい。勝負はまだぞえ』

「勝負はさっき、ついたでしょう。てか、このポテチ、自分で飛ばしたくせに」

『口うるさきおなごじゃ』

狗山比売は、わたしが掃除機を片付けるのを待って、窓を開けた。

空には満月がのぼっている。今日は十五夜なのだ。秋風に乗って、虫の声が届いた。

『陰暦《いんれき》八月の十五夜は、芋名月《いもめいげつ》というそうな。その芋とは、里芋のことじゃがな。今頃になると、良き里芋が採れるからのう』

「おばあちゃんみたいなことを、知っているんですね」

『おばあちゃんというな』

「狗山比売さまに、枯ヱ之温泉の謎解きをお祈りしたら、かなえてくれますか？」

『どっちみち、おまえが探すのだから、祈ろうが祈るまいが同じことじゃ』

「なんだ、ケチくさ」

『神にむかって、ケチとはなんじゃ』

怒ったけれど、今度は何もしなかった。狗山比売が手をもたげて、ゆらゆらと振ると、テレビの電源が入った。わたしの観たかったドラマのオープニングが映し出される。

狗山比売は白いのどをみせて、ビールをこくこくと飲んだ。

その飲みっぷりに見惚れていると、今度はたもとに手を入れて、「L」の字に折れた二本の棒を取り出した。

『これを授ける』

棒を差し出してくる。

ダウジングの器具だ。

古来からある科学とも魔法ともつかない技で、鉱脈や地下水脈を探しあてるものである。

＊

翌日、登天郵便局にお客さんが来た。

その人たちは、赤井局長の世話するみごとな庭を見るでもなく、功徳通帳の記帳もせず、地獄極楽門をくぐろうともしない。

第一、赤井局長がいつもの庭仕事もせずに、局舎に居た。青木さんの代わりに、筋肉隆々の鬼塚さんが窓口のカウンターに居るせいか、事務室はいつもより狭く、そしていつにない緊張感が漂っていた。

いいや、それはロビーの長イスに腰掛けた三人のお客さんが、ただならぬ雰囲気を醸し出していたからである。その中の一人が、前もここにやって来た、占い師のベガ・吉村さんだった。

そして、この集まりこそ、境界エリア協会集会だったのである。

キョウカイエリアキョウカイシュウカイ。東京特許許可局ではない。

この一帯に存在する、あの世とこの世の橋渡しを行う機関の責任者が一堂に会して、懸案事項を話し合う会議だ。

そういうとすごそうだけど、ロビーの長イスに、おじさん三人と、おばあさん一人が頭を寄せ合ってしゃべっている、ちょっと混み合った日の郵便局の風景といっしょだった。

登天郵便局からは、赤井局長が出席している。

そして、ゲルマ電氣館の支配人は、サルバドール・ダリみたいな「W」形の口ひげを生やした、やせ型の、ダンディーで、きわめてインチキっぽいおじさんだった。

もう一人は、浦島汽船の社長。コガネムシみたいな丸っこい胴体に、丸っこい頭、手足が短く、そんな特徴的な体軀にぴったりとあったスーツを着ている。鼻の下に、海苔をくっつけたようなちょびひげを生やしていた。年齢は、ほかの二人のおじさんたちより少し高めの還暦前といったところだろうか。この人もやっぱり、インチキっぽい。

そして、ベガ・吉村さんはオブザーバーとしての参加だということである。ベガさんは、今日も劇的な若作りをしていた。真っ黒のストレートヘアで、白いネグリジェ風のドレスを着て、手作り感のあるビーズ飾りのついた巾着《きんちゃく》を下げている。少なくとも三枚は重ねたつけまつげと、垂れ目に見える濃いアイメイク、ピンクに塗ったくちびるを、今どきの娘さんのようにアヒルっぽく突き出している。小さな顔は、昔年の美少女ぶりを思わせる造形だが、ともかく今はおばあさんであることに変わりない。しぐさがいちいち少女っぽいのも、なんだか痛々しかった。小さなしわだらけの手をユリの花のようにつぼめて、顔の前にもたげ、おじさんたち三人の話を聞いている。

要するに、この境界エリア協会集会は、なかなか変てこな人たちの集まりなのだ。四人とも、赤井局長が手ずから淹れたハーブティを、ずずず……と音を立てて飲んでいた。ハイビスカスとローズヒップのお茶で、蜂蜜がたっぷり入っている。他人のことを変てこなんていっているが、境界エリア協会集会が郵便局のロビーで開かれることになったのは、わたしのせいなのである。わたしが、休憩室を占領しているので、やむなくロビーの長イスに皆は座っているというわけなのだ。

窓口に来た、亡くなったお客さんたちが、変な人でも見るように、チラチラと赤井局長たちを見ている。それを気にするような小声で、ゲルマ電氣館の支配人がいった。

「亡くなった人を送り出すレイトショーで、中座するお客が居るのですよ。ところが、その人はどこに行くのか、消えてしまう。前から、変だ、変だと思っていたのだ」

ゲルマ電氣館は、古い名画座だ。前にそこで、おしとやかそうな女子高生が、一人でしりとりをしていたっけ。確かあの映画館は、ゴボウさんと銀行強盗を画策した、乙姫銀行駅裏支店の近くにあったはずだ。

劇場が二つ並んでいて、そのうちの普段は使われていない一号館が、あの世との境界になっている。亡くなった人を送り出すために、それぞれの人生の『走馬灯』を上映しているのだそうだ。

その秘密のレイトショーでは、上映が終わると、お客さんたちは全員席から消えている。けれど、そんなゲルマ電氣館でも登天郵便局と同じ異変が起きているらしい。支配人がいった「中座するお客さん」というのが、それだ。

話を聞いていた浦島汽船の社長は、えへんと咳払いして、自分の番が来たことをアピールした。

「うちの汽船も、降りる前に消えている人が居るのだよ。うちは乗船名簿を付けているからね、だれが消えたかはわかっているが、どこへ消えたかとなると皆目わからないのさ。なにせ、海に落ちるわけがない人たちだ。あの人たちは、たとえ船から落ちても、当人がもどろうとさえ思えば、次の瞬間には濡れもせずに船上にもどって来られるんだからね」

「やはり、皆さんのところでも、そうした異変が」

赤井局長が難しい顔をすると、ゲルマ電氣館の支配人が「W」形のひげをしごいた。

「実は、そんなことがあると気付いたのは、かなり前でしたな」

「そうそう」

浦島汽船の社長がお代わりのお茶に蜂蜜を垂らした。

赤井局長がひざを乗り出す。

「いったい、いつごろから」

「ここ、十年だね。ぼくはてっきり、お客の中に次の世に渡れない怨霊が紛れ込んでいて、元居た場所にもどって行ったとばかり思っていたんだ」

浦島汽船がいうと、ゲルマ電氣館がうなずく。

「しかり。わたしも、『走馬灯』の上映途中に帰って行ったものとばかり思っておりましたぞ。なにしろ、成仏できない者にとって、『走馬灯』の映像はつまらなさを極めますからな」

「しかし、成仏違反となると、ゆゆしきことだよ」

「消えるお客は、生涯にわたるすべての罪も消えているそうですな」

「登天郵便局さんは、功徳通帳があるから、そのあたりのことがはっきりするんだよな」

そこで、赤井局長は一同に一通の手紙を見せた。

わたしが生田さんをだまして持ち帰った、ゴボウさん宛ての手紙。枯ヱ之温泉からの案内状だ。

ゲルマ電氣館の支配人、浦島汽船の社長に加え、まだ発言していないべガさんも、赤井局長の手元をのぞき込んだ。

「やや、これは──」と、ゲルマ電氣館。

「つまり、なんだ。消えた人らは、この枯ヱ之温泉とやらのお客で──」と、浦島汽船。

「この温泉が、人の罪を洗い流すというのですかな」

「考えられん」

「消えた人たちは、いずこへ？　はたして、枯ヱ之温泉とはいったいいかなる温泉か？」

ゲルマ電氣館の支配人が、無声映画の弁士みたいな口調になる。

「枯ヱ之温泉とは、迷ケ岳東登山口にある、あの俗っぽい観光ホテルのことだろう。最近のなんとか女子とか、スイーツブームに乗って、スイーツ食べ放題とかやってる」

浦島汽船の社長がいうので、わたしは慌てて口をはさんだ。

「あの——。そこは、ちがいます。その温泉は、元々、迷ケ岳温泉という名前だったそうです。今は楠本観光グループが経営しているんですけど、冷え性や肩こりに効く普通の温泉です。入っても、罪は消えませんから。くれぐれも破壊するとかいわないでください」

わたしは、貯金窓口に居る鬼塚さんの方を、ちらちら見ながらいった。

案の定、腰を浮かしかけていた鬼塚さんは、「普通の温泉」と聞いて座りなおす。心なしか、残念そうだった。

一方、目つきを鋭くしたのは、浦島汽船の社長である。こんなに堂々と話しているくせして、わたしが秘密を知っていることに色を成している。秘密を知られたからには、と何か物騒なことでもしでかしそうな迫力だ。

わたしは、たじろいで後ずさった。

赤井局長が、あわててとりなしてくれる。

「この人はうちの臨時職員……いやいや、元臨時職員の安倍アズサくんです。探し物が得意なので、わざわざ東京の就職先に都合をつけてもらって、枯ヱ之温泉を探索中なんです」

「ほほう。探し物が得意ですとな」

ゲルマ電氣館の支配人が、ひげをつまんでぴよよんと弾いた。

浦島汽船の社長は、さっきとうって変わって笑顔になる。

「それは、頼もしい」

わたしが「えへへへ」と照れていると、それまで黙っていたベガさんが口を開いた。

「皆さん、ずいぶんとのんきですのね。大変なことが起こっているという自覚は、おありなのかしら。今や死者と生者のルールが破られ、生者は死へと、死者は生へと執着しているのですよ。死にきれぬ死者を生む不毛の地が、どこか近くにある！」

ベガさんは、ビシッと人差し指を伸ばし、その手をぐるりと動かした。

「そんな場所を十年間もほったらかしにしているなんて、あなた方――！」

ベガさんは目を怒らせ、境界エリア協会の三人を睨《ね》めつけた。

「面目ない」

「しかり」

「ただの怨霊だと思ったんだ。なにせ、うちは登天郵便局さんみたいに、功徳通帳なんて便利なものがないから、異常に気付きにくい……」

浦島汽船の社長が、目を逸らしてぶつぶついう。

ベガさんは、それを叱りつけた。

「いいわけは、聞きたくないわ！」

三人のおじさんは、しゅんとうなだれる。大柄な赤井局長、中背のゲルマ電氣館の支配人、小柄な浦島汽船の社長がならんで頭を垂れると、いったら悪いけど、ちょっとクスッと笑いたくなる格好だった。

「『月の満ち欠け』に訊いてみませう」

（せう？）

わたしが遠目に見つめる先、反省したおじさんたちが見守る中、ベガさんはビーズが光る黒い巾着から、なにかを取り出した。それは、五百円玉ほどの大きさで、表裏が白と黒とに分かれた――オセロの石である。

ベガさんは、いくつかのオセロの石を、コンクリートのたたきに放った。

「わたしはベガ、知らーぬこととてない。それーが占い師のさだめー」

ベガさんは地獄の番犬の唸り声みたいな、低い声で歌った。

オセロの石は、白と黒の面を見せて転がる。

ベガさんは、同じ動作を何度も繰り返した。

「わからない、わからない」

ベガさんはつぶやき続け、赤井局長たちやわたしの他に、鬼塚さんや登天さんも身を乗り出して、石が白になり黒になるのを見守った。

幾度それを繰り返した後か、わたしは数えていなかったんだけど、ベガさんは突然に「キッ」と、顔を上げた。

「わかった！」

「なにがわかったのですか？」

おじさんたち三人にくわえ、わたしも鬼塚さんも登天さんも、声をそろえ、または固唾をのんだ。

ベガさんはあごをもたげ、昂然と告げる。

「恋です」

「くぉい？」

わたしたちは、そろって変な顔をした。

境界エリアとは、生きるか死ぬかの場所なのだ。いや、死んだ人が次の世に旅立つ、まことに厳粛な場所なのだ。それなのに、色だの恋だのと、ちゃらちゃらしたこといってんじゃないわよ、と思った。……少なくとも、わたしは、そう思った。

「十年間カムフラージュされてきた不浄のならいが、今になって顕在化した理由。それは恋なのです。不毛の地を取り仕切る者が、ことわりにはずれた恋をした」

「ことわりにはずれた恋とは」

おじさんたちが、みごとにハモる。

べガさんの言葉どおりに受け取ると――。つまり、わかりやすくいい替えるとすれば、枯ヱ之村の村長さんが妻子ある身でよその女性を好きになった……ということか？

「行政区でいう村じゃないから、村長というのは違うでしょ」

「だったら、地域の有力者かな。でも、面倒だから、通称、村長ということで」

村長の老いらくの恋？　でも、それが人の罪を洗い流したり、死者の成仏をさまたげていることと、どういう関係があるのか？

いやいや、今になって顕在化したとべガさんはいうんだし、浦島汽船の社長も十年前から亡くなった人が消えているといったわけで、これは十年前――すなわち登天郵便局が建って二年後あたりには起こっていたのだ。それが昨今になってようやく、バレちゃったということだ。

「死者の恋です。邪恋です。――相手の女性の身が危ない」

べガさんが、低くおどろおどろしい声でいう。

赤井局長が丸いお腹の前で手を揉んだ。

「危ないなら、助けなくちゃ。いったい、だれがだれに恋したんです？」

「わからない」

星座のように散らばったオセロの石を見て、ベガさんはかぶりを振った。その声は、老女らしくしわがれている。まるで、美少女のミイラが白いドレスを着ているみたいに見えた。

「じゃあ、アズサちゃん。枯ヱ之温泉のこともそうだけど、そこの村長が恋している女の人のことも探してほしいんだけど」

「わかりました」

とはいったものの、枯ヱ之温泉のことも、まったくつかめていないのだ。村長の愛人のことまで、手が回るだろうか、とても不安だ。

わたしは、休憩室を改装した自室にもどり、スマホを取り出した。

「もしもし、生田さんですか。お願いしたいことがあるんですけど」

電話の向こうの生田さんは、はりきった声で「はい！」といった。

10　探す、探す

土曜日、生田さんが登天郵便局にやって来た。

わたしに会いに来たのだ。

「おはようございます。来ちゃいました」

黒い革のクラッチバッグを小脇に抱えて、Tシャツの上に麻のジャケットとコットンパンツ。いかにも休日の新聞記者といった感じのいでたちだ。

「お——おはようございます」

頼みごとはしたけど、まさか向こうからやって来るとは思わなかったから、驚いた。

登天郵便局で寝起きしているって、わたし、生田さんにいったっけ？

「ええ、ぼく、聞きましたよ」

生田さんは軽く答えるけど、わたしにはいった覚えがない。

生田さんは、そんなことは全然気にしないで、登天郵便局に来られたことにしきりと感激している。

「わあ——わあ——わあ」

公園で首つりしようとしていた人とは思えないくらい、ハイテンションだ。

登天郵便局は、生きている人の多くにとっては秘密の場所だけど、ここが本当に必要な人ならばたどり着ける。逆にいうと、興味本位には、決して来られない場所なのだ。生田さんは初めて来たわけだけど、たどり着けた時点で、来ることを許された人ってことになるのだろう。

赤井局長も、登天さんも、鬼塚さんも、手をとって大歓迎なんてことはしなかったものの、追い返したりもしない。ほかのお客さんに対するのと同じに、勝手に庭を見て回るにまかせ、勝手に感激するにまかせた。

生田さんが一番に驚いたのは、郵便局うらの無限の花の庭だった。

「うわあ、ここが登天郵便局の庭かあ。やっぱり、すごいところですね。こんな庭、見たことがない。東京ドーム何個分？　……なんていい方しても、全然実感とかつかめないけど。ともかく広いですよね。狗山の頂上ってこんなに広いんですか」

まったく、はしゃぐ、はしゃぐ。

「きみ、ここで働いているんですか？」

「よそで就職したんですけど、今はええと、出向みたいなものっていうか」

「そうなんですか。でも、ここの郵便局、ポストがないですね」

「ポストは要らないんですよ」

手紙は登天さんが、燃やすから。

その煙が、明け方の夢として、届くはずのない人にも必ず届くから。

そう説明できないのが、ちょっと残念だった。生田さんにも、故人の知り合いが居て、その人と交流したいと心から願っているとしたら、その人に宛てた手紙の出し方も教えてあげられるのに。

「この先に、赤井局長が日曜大工で作ったあずまやがあるんですよ。すごくおしゃれだから、行ってみませんか？」

「はい、行く、行く」

生田さんは、子どもみたいに目を輝かせた。

心の傷というのも、だんだんと痛くなくなって、人間って生きていけるものなのだなあと思った。生田さんの心の傷がいえたわけが、なんとなくわかる気がしたのは、わたしのうぬぼれか？

「どうしたんですか？　顔、赤いですけど」

「いや、全然、なんでもないです」

紫の小花に縁どられた小道をたどり、西洋風あずまや——ガゼボに到着する。八角形の、アーチ形の入り口が四つに、同じ形の窓が四つ。ベンチには、赤井局長が手縫いしたクッションが置かれていた。床は大理石で、屋根には赤いテラコッタが使われている。

「うわあ、おしゃれだなあ。日曜大工のレベル、超えまくっているじゃないですか。宮殿のお庭のあずまやって感じ」

「赤井局長は、一人でこの庭の手入れをしているんですよ」

わたしは、自分の手柄みたいに自慢した。

「それで、郵便局の仕事もしているの？　タフだなあ」

「局長がタフなことは確かだけど、郵便局の仕事はほとんどしていません。全部、部下にまかせっきりで」

「部下にまかせるのも、上司のスキルのひとつですよ」

生田さんは、そこでわれに返った。クラッチバッグを開けると、プリントしたA4サイズのコピー用紙を取り出す。印刷されているのは、新聞記事だ。生田さんは、にここにして、それをひざの上に載せた。

「その様子からして、収穫ありですか？」

「まずは見てください」

生田さんは、わたしにプリントした紙をよこした。

夏休みの一日、地元の高校生たちが、担任の其田隆俊教諭に引率されて、迷ケ岳登山に挑戦。若き登山家たちは、旧枯ヱ之村の温泉施設で、歴史ある温泉情緒も堪能した。

其田隆俊とは、チカッチのおじいさんである。

わたしが登天郵便局に来た日に、隆俊氏は地獄極楽門の手前で消えた。それが、わたしにとってそもそもの始まりだったのだ。

「枯ヱ之温泉って、歴史は古いみたいですよ。藩政時代には、すでに湯治場だったらしいから。

旧枯ヱ之村は、昭和三十年に浦島市に編入されています。いわゆる、市町村合併というやつですね。むかし、物騒な事件があったなんて話があります」

「事件って？」

わたしは、生田さんの顔を見上げた。

「大量殺人があって、村人が全滅したんだとか」

「うわ――都市伝説のまんまですね」

わたしは言葉をしぼり出した。

「でも、それが事実なら、もっと有名な話になっていませんか？」

「そうなんですよね」

生田さんは考え込み、そしていった。

「もしよかったら、ぼくもこの枯ヱ之温泉のこと、いっしょにもっと調べたいんですけど」

「新聞記者が協力してくれるとは、力強いです。実は——」

わたしは、前に見つけた動画サイトを生田さんに見せた。『大学生、枯ヱ之村で失踪』と題されたものだ。

再生回数は、二千四百五十九回になっていた。前に何回だったのか覚えていないけど、あまり増えていないような気がする。いっときは流行ってアクセスがあったとしても、今はこのコンテンツそのものが廃墟になっているような印象を受けた。

動画の舞台になっている場所には、鳥居と祠と廃屋と、互いにからみあった三本の松の木が見える。

画面はぶれたり、揺れたり、回転したりする。

その間にも被写体の男女は笑い合い、ふざけ合っている。

——オバケ、居ませーん。異常なーし。

ぶれ続ける映像は、やがて二人居る女性のうち一方をクローズアップする。

そこに現れたわたしそっくりの女性を見て、生田さんは驚いたようだった。

「これは、アズサさん？」

「いや、他人の空似らしいです」

会話をはさむうちにも、映像は進み、やがて被写体のうちの一人が緊迫した声を出す。

——なんだ、あれは。

そこで、動画は終わっていた。

「映っている四人プラス撮影者の五人なんですけど、この動画を撮影した後に失踪しているらしいんですよ」

生田さんは驚いて「全員が？」と、わたしに訊いた。

「コメントを読むと、そういうことらしいです」

「それ、怪しいですね」

生田さんは、不敵に笑った。こんな自信ありそうな顔をするのは、初めて見た。しょげて死にそうになっていたときに比べたら、こっちの方がずっと格好いいなと思った。

＊

動画サイトの被写体の一人は、高村佳輝《たかむらよしき》という人物だった。

なぜわかったかというと、生田さんが探しあてたのである。

「ネットの書き込みでは、動画にかかわった五人は、失跡したって話でしたけど」

「そこをまず、疑ってみました。結論をいうと、失跡はしていません」

「さすが」

わたしは思わず、ぱちぱちと手をたたいた。

どうやって調べたのかと訊いたら、生田さんは前と同じにちょっと得意そうにして「企業秘密ですよ」といった。新聞記者とはすごいもんだと、わたしは無邪気に感心するより他に芸もなかった。こういう手腕の持ち主が味方になってくれるのは、頼もしい。

生田さんは登天郵便局にも来ることができたわけだし、もう一切合財を打ち明けてしまおうかと思ったりもした。でも、すぐにそれをしなかったのは、生田さんを信頼していないとかよりも、もっとものぐさな理由からだ。

登天郵便局という信じがたい場所を、信じてもらえるように話すのが、とてつもなく面倒くさかったのだ。

そもそも、「ここが登天郵便局の庭かあ」なんていっていた生田さんは、地獄の一丁目である摩訶不思議な郵便局のことを、どこまで知っているのだろう。

登天郵便局についての知識を、どういったいきさつで得ることになったんだろう。

そんなことまで考えると、なんだかとっても面倒くさい。

思えば……。かつてなんにも知らない臨時職員だったわたしに、登天郵便局の何たるかを説明しおおせた青木さんと赤井局長の根気と話術は大したものだった。当時は、青木さんが新人アルバイトのわたしを、もてあそんでいるようにしか思えなかったけど、何はともあれ、登天郵便局があの世との境目だと納得させてしまったんだから。

だから、わたしは生田さんが登天郵便局について知っていることと知らないことを、全部たな上げにして、目の前の問題だけを考えることにした。

目の前の問題とは、もちろん、枯ヱ之温泉探索である。これが見つからないことには、わたしは会社に帰してもらえない。不気味な扮装をした青木さんが、いつまでも安倍アズサのふりをし続けるのだから。

さて、生田さんが見つけ出した高村佳輝さんの家に、クルマで向かった。銀行強盗の逃走にも使うはずだった、紺色のハッチバックだ。自家用車なんだろうか、それとも会社のクルマか。してみれば、生田さんにも仕事があるわけだから、ウィークデーに、こういうことに付き合わせてもいいのだろうかと心配になる。

「大丈夫、大丈夫。取材だといって来ましたから。消えた五人の男女、舞台は都市伝説で知られる枯ヱ之村なら、後で特集記事を組めるってデスクにもいってあります」

「うわ」

生田さんがハンドルを握ったままで、もの問いたげにこちらを見た。

「その、うわ、は？」

「本格的になってきて、どうしようの、うわ、です」

生田さんを巻き込んだのは、正解だったのだろうかと心配になる。

生田さんはわたしの動揺を気にするでもなく、話をすすめた。

「動画に映っていた人たちは——」

高村佳輝、

林崎《はやしざき》舜《しゅん》、

林崎多香美《たかみ》、

野々村美紅《ののむらみく》、

以上の四人だ。

「撮影した人物は、こちらに見えないので、まだ探せていないんだけど」

「これから行くのは、高村佳輝さんの家だ、と」

クルマが着いたのは、古くからの住宅街だった。

とびらに南京錠のかかったゴミ集積場が目に入った。年配の女性が、ショッピングカートを引っ張って商店街の方向に歩いて行く。近くの小学校から、体育の授業らしい、先生の号令と生徒たちの歓声が聞こえた。

道幅はゆったりして広く、区画は碁盤《ごばん》の目のように整っていた。住み心地のよさそうな街だが、空き地が目立つ。それらはだいたい駐車場になっていて、借り手が少ないのか、クルマも停められていない場所が多い。

さっきの年配の女性が向かった商店街は、シャッターがおりている店が多かった。老いた街という印象を受けた。高村佳輝の住まいは、そんな老いた街の中で、ひときわ古い木造二階建てだった。

玄関の引き戸の横にある、丸いブザーを押した。

反応はない。ウィークデーだから仕事に行っているのだろう。そういうと、生田さんはかぶりを振った。

「彼、この十年、家から出られないらしいんです」

「それって、つまり?」

「引きこもりです」

生田さんは、気の毒そうにいう。

ブザーを辛抱強く押していたら、引き戸の向こうで人の動く気配がした。

「うるさいなあ」

戸が開いた。

出て来たのは、高村佳輝当人だったけど、そうだと気付くのには時間が要った。

上下、汗くさそうなジャージを着たその人は、三十歳から六十歳までどれでもありという姿をしていた。でも、年を計算してみると、三十歳くらいのはずだ。ゴボウさんより血色の悪い顔に無精ひげを伸ばし、洗っていないのがわかる脂じみた髪は、てっぺんがややうすくなっていた。ジャージの胸元にも、腿のあたりにも、食べこぼしの跡がある。

目がしらに目やにをためた腫れぼったい目が、生田さんを見た。なぜなのか、怯えが浮かんだ。そして、わたしを見た。今度は驚愕が浮かんだ。

「高村佳輝さんですよね」

生田さんがそういうと、高村氏は硬い声を出した。

「なにをいまさら」

高村氏は明らかに怯えているし、驚いていた。ことに、わたしを見て驚いているみたいだ。わたしは他人から、こんな顔をされたのは初めてで面食らってしまった。

(あ、そうか)

不意に思い当たった。

動画に映っていた二人の女性のうち、ひとりがわたしにそっくりだったのだ。

生田さんに教えてもらった名前からすると、林崎多香美さん、もしくは野々村美紅さんという人か。こうして名前がわかれば、分身を目の当たりにしたみたいな気味悪さが消えるものだ。わたしは慌てて、胸の前で両手を振った。

「あの、あたし、ちがいますから。あなたの知り合いじゃないです。あなたの知り合いにそっくりだけど、別人なんです。安倍アズサっていいます。あたしたち、枯ヱ之温泉と、あなた方がむかし撮影した動画のことで――」

生田さんにまかせておけばよかったのに、つい口走ってしまう。

高村氏は、わたしのいうのを理解して、ホッとしたような顔になる。それで、よけいに無愛想になった。

「ああ、あの動画か。あんなもの、どうしていつまでもネットにアップされているんだと思う？　おかげで、怪しい動画ってことで、今もおれたちさらしものだ。あれを投稿した三上《みかみ》が死んでしまったから、だれも削除できないんだ」

「三上というのは？」

生田さんが訊く。

「三上怜央《れお》。あれを撮影した人間だよ」

「亡くなったんですか？」

今度の問いに、高村氏の黒目がきょときょとと動いた。

「知っているくせに。そらぞらしいことをいうな！」

「知っているとは、何を？」

高村氏の目が、いよいよ左右に動き出す。まるで、二つの目だけが別の生き物のようだ。目だけが体から逃げたがって、盛んに身じろぎしているように見える。実際、体の方は変に硬直して、今にも倒れそうな印象を受けた。

そんな高村氏は、こういってのけた。

「おれが三上を殺したんだ」

「ええ？」

銀行強盗未遂なんかしたけど——自殺しかけた人を助けたけど——今度の一言はそれを何倍も上回って衝撃的だった。

助けを求めるように生田さんを見上げたものの、答えは返ってこない。

高村氏は、沈黙する生田さんを睨めつけて、威嚇するような低い声でいう。

「告発したければ、すればいいのさ」

「でも、なぜ？」

突然に家を訪問したこちらがいうことではないかもしれないけど、突然に家を訪問した見知らぬ他人に、殺人の告白などするものだろうか？　だけど、わたしは、これが冗談に聞こえなかったし、からかわれているようにも思えなかった。

高村氏は「なぜって？」といって、わたしをじっと見た。ぐるぐると渦が巻いているような凝視だった。

「恋のさや当てっていったら、信じられる？　あの動画にも映っていた美紅って子が居てね。三上に美紅を取られそうだったから、殺した」

美紅――野々村美紅か。

生田さんが調べた名前と一致した。それだけじゃ、信じられるような話ではないけど――。

「恋、ですか」

恋といわれて、思わず訊き返すシチュエーションが、近い過去に二度あった。

一度目は、ほかでもない自殺しかけていた生田さんが、失恋して死ぬんだとしょげ返っていたとき。

あとの一度は、占い師のベガ・吉村さんがいった。

――死者の恋です。邪恋です。――相手の女性の身が危ない。

ひょっとしたら、ベガさんがいっていたのは、このことではないのだろうか。枯ヱ之村の村長さんの浮気とかじゃなくて、亡くなった三上怜央という人が野々村美紅さんに取り憑いて、だから美紅さんが危ない――ということかもしれない。

（いや、死人はこっちの方かもよ）

わたしは、目の前に居る高村氏を疑わしげに見上げた。

初対面のわたしたちに人殺しの罪を告白するのも不自然だし、だいいち、この高村という人は登天郵便局を訪れる亡くなったお客さんたちより、よっぽど死人めいている。

そう考えたわたしは、にゅうと手を伸ばすと、下駄箱に寄り掛かっていた高村氏の手に触れた。通り抜けたら、この人こそが幽霊だ。

しかし、わたしはぼうっと熱い手の甲に触れ、それは通り抜けることなく重なった。

とたん、高村氏は真っ赤になって手を引っ込める。

（わわ、失礼な。汚いものにでも触れられたみたいに――）

わたしは気を悪くしたんだけど、どちらかというと、他人の手にいきなり触る方がまちがっている。

ともあれ、わたしにセクハラみたいなことをされたショックで、高村氏に生気がもどったようだった。相変わらず敵意むき出しだけど、その反面馴れ馴れしく、さらには不自然なほどの正直さでいいつのる。

「おれが、三上を殺した。警察にいいたきゃ、いえばいい。罪をつぐなおうが、どうしようが、おれのしでかしたことは変わらないんだから」

高村氏は口をとがらせて咳をする。あごの下の脂肪が、だぶついて震えた。

この人は何か理由があって自暴自棄になり、「殺した」という言葉をたとえとして使っているのではないか？

でも、何かって？

それを聞きだすのは、難しそうだった。高村氏は倒れそうなくらい無気力で、それでいてこちらに向けて敵意を隠さない。おまけにいっていることが、まるでわからないのだから。

わたしは矛先を変えて、訊きたいことをまっすぐに口に出してみた。

「枯ヱ之温泉って知ってますか？　罪を洗い流せる温泉だそうですよ」

「馬鹿な」

吐き捨てた高村氏は、とうとう後ろに倒れ、尻もちをついた。

わたしたちが助けようと手を伸ばすと、高村氏はいやそうに振り払った。

「悪いけど、帰ってくれないかな」

高村氏は、犬を追い払うみたいに「シッ、シッ」と手を振った。

「冗談だよ。全部、冗談」

「冗談って、そんな――」

憤慨するわたしをとめて、生田さんが外へ出るようにうながした。

「お邪魔さまでした」

クルマにもどると、わたしは高村氏から受けたもやもやをしかめっ面に込めていった。

「高村さんは、あたしの顔を見て驚いてましたよね。それに、生田さんのことは怖がってたみたい。人見知りなんでしょうかね」

「きみを見て驚いたのは、高村のいった美紅って人に、アズサさんが似ていたからだと思います」

「はいはい、高村さんが好きだった人で、その人をめぐって、動画を撮った三上さんを殺したっていう」

わたしは自分そっくりだった動画の女性を思い浮かべる。

「でも、殺したなんて、本当だと思いますか？」

「わからない」

生田さんは、ぽつりといって黙り込んだ。

わからない、という返事は、べガさんのことを思い出させる。『月の満ち欠け』とかいう占いで、オセロの石を投げては拾い、しきりに「わからない」とつぶやいていた。

そうだ。簡単には、なにもかもわかるはずないのだ。べガさんがいんちきおばあちゃんなら、「わからない」なんて連発せずに、でたらめでもしゃべれたのである。

……それとも、勿体をつけていただけなのか？　それもまた、わからない。

「実は、野々村美紅さん、亡くなっていたんだ」

生田さんが唐突にいったので、おどろいた。

「え？」

亡くなっていた、という言葉はショックだった。

自分に似ているから、ショックなのだろうか？

美紅さんが好きだったという高村氏のことを思いやってのショックなのか？

「よかったら、美紅さんのお墓参りに行きませんか？」

生田さんがそんなことをいい出す。意外だったけど、反対する理由はなかった。

「はい」

お墓の中に居たのでは、美紅さんは何も語ってはくれないけど。

それに、高村氏のいうとおり、三上怜央という人まで亡くなっているとしたら、二人は無事に地獄極楽門を通って――もしくはゲルマ電氣館の『走馬灯』という映画を観て――もしくは浦島汽船に乗って、次の世に行けたのだろうか？

＊

郊外の共同墓地は、日差しをさえぎるものがないせいか、市街地よりも暑かった。

春にはみごとだったと思われる桜の木が、初秋の日差しを受けて、濃い色の葉を繁らせている。路傍のコスモスが繁り放題、秋の虫も鳴き放題だった。

霊園内の道路のわきが土手になって、墓地はそこから石段を降りた場所に広がっている。霊園は一つの町のような広さで、わたしはどこがどこやらさっぱりわからなかった。お盆も夏休みも終わったのに、ランニングやウォーキングをしている人の姿が目についた。

「でも、どうしてきみは、枯ヱ之温泉のことなんか調べているんですか？　枯ヱ之温泉は罪を洗い流す温泉だから？　でも、それって冗談というか……」

「そこに、ゴボウさんも行ったんです」

「じゃあ、藤原さんに訊いたら？」

「覚えてないんです。行った人は、どうしてなのか枯ヱ之温泉に行ったことを忘れているんです。こんなことといっても信じてもらえないかもしれないけど、枯ヱ之温泉に入ったら、死んでも死ななくて済むんです。――日本語、変ですけど」

「わわ、びっくりして脱輪するところだった」

生田さんは慌ててブレーキをかける。

「死んでも死なないって……？」

後ろから来たランニングの人が、追い越して行った。

わたしはその細い後ろ姿を見送り、生田さんを見やる。わたしより先に、生田さんの目がこちらの顔をまっすぐに見ていた。その興味津々な視線がまぶしくて、わたしは慌ててフロントガラスに目をもどす。

「でも、死なかった死人がどこに行くのかわからないから、あたしが調べているわけです」

「きみって霊能者か何かですか？」

きみって宇宙人か何かですか？　というのと同じ口調で、生田さんが訊いてきた。わたしは顔が引きつったけど、笑い飛ばすことにした。

「いえいえ、ただの探し物上手ですよ」

クルマを停めたそこが、ちょうど目当ての場所だったらしく、生田さんは外に出た。

それにしても、最初から墓参りに来るつもりで調べてあったのだろうか、生田さんは勝手知った様子で、石段を降りて行く。

野々村家先祖代々の墓は、繁茂するコスモスを背に建っていた。まだ新しい御影石の墓碑だ。

わたしは持ってきた菊の花を供えて、線香に火を点した。

立ちのぼる線香のかおりに、ちょっとむせる。生田さんが代わりに、線香立に立ててくれた。

「野々村さんね、自殺したんですよ」

手を合わせた後で、生田さんはそういった。

わたしは合掌した格好のまま、となりにしゃがむ生田さんを振り返る。

「ええ？　いつ？」

生田さんは故人に内緒の話でもするように、墓前から離れて小声でいった。

「あの動画が投稿されたすぐ後です」

「何があったんでしょう」

わたしは愕然として、声をひそめるどころではなかった。

三角関係のてっぺん、野々村美紅という女性が自殺をした。

美紅さんをあらそって、高村氏は三上という人を殺したという――後で冗談だと否定はしたが。

問題の動画にかかわった五人は全員が行方不明といわれてきたけど、二人も亡くなっているんだとしたら、現実はもっと衝撃的だ。

「枯ヱ之温泉に行って、残る二人にも会ってみませんか」

「行けるんですか？」

わたしは頭のてっぺんから声を出してしまった。

枯ヱ之温泉への道筋を知っている人がそばに居ながら、わたしは今まで何をしてきたのか。脱力しているわたしを見て、生田さんが笑った。

「行けないわけないじゃないですか」

「そういうもんでしょうか？」

「だって、実際に行った人が居るから、死んでも死なないってわかったわけでしょ？覚えてないにしたって、藤原さんも行ったんでしょ。なら、ぼくらだって、行けますよ」

生田さんは、なぜか自信たっぷりだ。

「でも、残る二人が枯ヌ之温泉に居るってのは？」

「林崎舜さんと、多香美さん。結婚して、枯ヌ之温泉で旅館を経営しているみたいです」

「そうなんですか」

藪から棒に、アウェーの枯ヌ之温泉に乗り込むというので、わたしはかなり度胆を抜かれた。でも、残る二人が殺人とか自殺とは無縁な、旅館経営という普通の生活を送っていると聞かされて、安心した。

そこで何も奇妙なことなく過ごせたら、登天郵便局で起きた異例な現象も、もっと平和的に解決しないだろうか。

11　今度こそ、枯ヱ之温泉へ

「というわけですので、これから枯ヱ之温泉に行ってきます」

生田さんのクルマの助手席で、わたしは電話をかけている。

話す相手は、赤井局長だ。

——そんな危険な……。アズサちゃん一人じゃ、行かせられないよ。だって、功徳通帳を書き換えるような、悪魔の温泉なんだよ。亡くなった人を、さらって行くんだよ。

「そこを調べてきます。それに、あたし一人じゃないですから。浦島日日新聞の生田さんって記者の人といっしょです」

——その人って、ひょっとして……。

「そう。ゴボウさんと銀行強盗をくわだてたときの、仲間です」

——ああ！

赤井局長は悲鳴を上げた。

——そんな極悪人といっしょなんて、駄目だ。

「だって、狗山比売の手伝いであたしに銀行強盗をしろって、赤井局長だっていったじゃないですか」

——だけど、嫁入り前の娘が銀行強盗の仲間といっしょなんて、危険だよ。危険すぎる。

「いや、生田さんは、あたしにくらべたら罪は軽いですよ。逃走車の運転者ですから。あたしなんか、立派な共犯で——」

——『月の満ち欠け』が新月を示しています。

ベガ・吉村さんが電話に割り込んできた。赤井局長から、受話器をうばったらしい。

ベガさんは忙しい人といっていたわりには、登天郵便局に頻繁に顔を出しているみたいだ。それにしても、新月ということは、オセロの黒い石だけが出たという意味だろうか？　新月が何を意味するのかを訊く前に、赤井局長が受話器を取り戻した。

——アズサちゃーん。

「大丈夫、大丈夫。林崎舜さんと多香美さんに会ったら、帰りますって」

——それは、だれですか。

またベガさんに代わった。電話の向こう、登天郵便局でのてんやわんやが目に見えるようだ。

「ヘックション」

わたしはくしゃみをした。

＊

迷ケ岳をめざして、クルマは山道を行く。

待宵草《まつよいぐさ》の黄色い花が、どこまでも道端をふちどっていて、気の早い楓が色づく奥では、まだ夏の盛りのような黒ずんだ緑の葉が鬱蒼とした森を作っている。ここでも、コロコロと虫の音がうるさいほどに聞こえた。

斬り裂くようなヒヨドリの声にカラスの声が重なる。森が暗いから、ちょっと不気味な感じがした。

ふもとまで行くと道が折れていて、右に曲がる。その先に見えてきたのは、傾きかけた鳥居だ。完全に朱塗りがはがれて——いや、もしかしたら最初から彩色などされていなかったのか、おあつらえむきに一羽のカラスがとまって、盛んに鳴いている。

その奥に、ごく小さな祠があって、石造りの小さな扉が半分開いていた。祠の中は空洞。小さな闇があった。祠のとなりには、かやぶきの廃屋があり、三本の松がぐるぐると幹をよじらせからみ合って生えている。

チカッチのおじいさん、其田隆俊氏のスケッチのままの風景、そして、謎のエピソードを多く隠したネットの動画と同じ風景だった。

わたしたちはクルマから降りると、これといった目的もないまま、二、三歩、四、五歩と、うろうろする。

夕暮れ時だったので、西日が真っ赤に廃屋の壁を照らし、いいようのない迫力を加えていた。

「ここですね」

わたしがいうと、生田さんはいくぶん詠嘆を加えて「ここですね……」とこたえた。

気を取り直してクルマにもどり、集落を探して進んだ。

川からは白い湯気が立ち上って、ここが確かに温泉郷であることを教えている。

またクルマを停めて、土手へと降りてみた。

赤い欄干《らんかん》の橋のかたわら、コンクリートの急な階段があったのだ。

河原には丸石が小さな円錐《えんすい》形をつくって、いくつも積まれていた。

なんとなく、言葉がなくなっていた。

わたしたちはクルマにもどると、民家の見える方へとのろのろ進む。よろず屋に入って林崎夫妻の名前を出したら、二人が経営している旅館までの道順を教えてくれた。

よろず屋のあった三叉路を右に行くと「蓼屋《たで》」という看板が、漆喰《しっくい》の外壁に直接塗りこまれた温泉宿があった。農家らしいほかの家屋が、ぽつりぽつりと建っているのが見える。それらはかやぶきの家だったが、蓼屋は古びた黄緑色のトタンぶきだった。

建物にそって長い前庭があり、花の季節が終わった庭木が、丸く刈りこまれていた。

可愛い楕円のそれらの植え込みは、ぎっしりと生えそろった細かい葉が緑色というよりは黒っぽく見える。太陽が傾いているからだ。

(あたしが、男の人と温泉旅館に泊まるなんていったら、お父さんとお母さんは、たまげるだろうな)

そんなことを考えていたら、ヘックション、くしゃみが出た。風邪が本格的になってきたような気がする。

玄関の戸は、すりガラスに金文字で、たてに「蓼屋」と書かれている。引き戸になっていて、経年のためかひどく重たかった。

玄関を入ると、パソコンで自作したような、A４コピー用紙をつなげた横断幕に迎えられる。

罪を洗い流す温泉、枯ヱ之温泉

あまりにもあからさまで、わたしは啞然とした。

生田さんはそれが何を意味するのか、今一つ実感がないらしく平然としたものだ。

「ごめんくださーい」

天真爛漫《てんしんらんまん》に声を張り上げている。

割烹着《かっぽうぎ》で手を拭きながら、いそいそと現れたのは、女将だった。でも、テレビドラマで見るような髪を整えた和装の美女ではなく、パーマを掛けた髪の毛を後ろでゴムで留めて、服装はジーンズばき。すっぴんだから、すぐにわかったんだけど、動画で見た女の人だった。ということは、この人が林崎多香美さんか。

割烹着に揃えて、頭に白い三角巾をかぶっているのは、夕飯の支度をしていたせいだろう。いそがしいときにお邪魔してしまい、わたしたちは恐縮した。でも、女将は慣れた笑顔を見せる。

「ようこそ、おいでくださいました」

「お忙しい時間にすみません。泊まりたいんですけど」

生田さんがいうと、女将は古びたカウンターの中に入って、宿帳を開く。生田さんがサインをして、わたしはくしゃみをした。

ヘックション！

「おやおや、彼女さんはお風邪ですか？　今夜は無理に温泉に入らない方がいいかもしれませんね」

「風邪ですけど、彼女さんじゃないんです」

わたしが訂正すると、生田さんはかなしそうに眉毛を下げた。

「そんな……。でも、そうなんです。でも、夕食は同じ部屋で」

部屋は二階にあった。

黒光りして急な階段箪笥をのぼる。

いまにも落っこちそうで、ちょっと怖かった。

階段に負けず磨き上げられた廊下に、客間がならんでいる。

入り口は、どこも、鍵のないふすまで仕切られていた。

生田さんとわたしは、向かい合わせの別々な部屋に、少ない荷物を置いた。

部屋は土壁に小さな床の間をしつらえた六畳間で、とてつもなく古びた漆塗りのテーブルがあった。その上には、レバーを親指で押してお湯を注ぐタイプの、レトロな魔法瓶と菓子皿が載っている。お菓子は一つ一つビニール袋で包装された小さなシベリアケーキ――カステラで羊羹を挟んだものだ。床の間には、飴色になったこけしが二つ、三日月のような目でにんまりと微笑みながら、こちらに顔を向けていた。今日の日付を見せる日めくりカレンダーには、「スグリ酢山田《やまだ》」と屋号のようなものが入っている。

わたしは荷物を解き、甘い上にも甘いシベリアケーキを食べ、ロビーに降りてゆく。

ソファに座ってテレビを観ていると、後ろから生田さんの声がした。

「残念です」

「どうしたんですか？」

振り返る。今ではちょっと懐かしくなった、公園で最初に会ったときみたいな、しょげた生田さんの顔があった。

「きみが彼女さんなら、同じ部屋に泊まれたのに」

「まーたまた」

わたしも、こんな冗談をいわれる年になったんだなあと、しみじみ思った。

「そんな社交辞令的に口説いてくれなくていいんですよ」

「しゃ……社交辞令じゃないですよ！」

生田さんは、両手を握って力説した。

「じゃ、セクハラ？」

「す――すみません。そんなつもりじゃ」

「いえいえ、こちらこそ、そんなつもりじゃ」

失恋して死ぬ気にまでなった生田さんだけど、気が変わってわたしのことが好きになったんだろうか？　それとも、そんな気がするのは、ただの勘違い？

成人式を終えたころから、たまに男の人からこんな扱いをされるようになった。それは、悪い気分じゃない。いや、正直なところ良い気分だ。

だけど、それに乗ってお付き合いしちゃうほど、わたしはお盛んな人でもない。そもそも、男性とお付き合いするには、こっちも気持ちがビビビッとくるものがあるんじゃないのかな。

自分のしたいことを考えていたときもそうだったけど、わたしはこういう〝麻疹〟にかかるのがひとより遅いのだ。

(自分のしたかったこと、みつけたんだろうか)

小さなテレビ画面の中では、白いユニホームのチームがゴールを決めた。観客が沸き立つ。

わたしはその歓声をぼんやり聞きながら、自分の心に訊いていた。

今勤めているお菓子の会社は、夢見た職場なんだろうか？　それとも、普通は就職した採用されたときは、別にビビビッなんてこなかった。それとも、普通は就職したら、そんなことは考えずに、ひたすら働くものなのだろうか。だったら恋愛っていうのも、好きっていわれたらとりあえず付き合って、その流れで別れたり結婚したりするものなのかな？

ぼんやり考えていたら、いつの間にか生田さんの顔をぼーっと見ていた。

生田さんは、見つめられてびくびくしている。

「あの——あの。あんなこといったから、怒っているんでしょうか？」

「あんなこと？」

「彼女さんだったらとか、同じ部屋に泊まりたいとか」

「いやいや、そんなことない。怒ってなんかいませんよ」

ずびっと、はなをすった。生田さんは、ポケットティッシュを渡してくれた。

＊

夕飯は生田さんの部屋に運んでもらった。

向かいにあるわたしの泊まる部屋と、イコールで結んだような設えだ。部屋の大きさも同じなら、土壁の古さも同じ、テーブルも古いし、こけしは飴色になっているし、小さな日めくりカレンダーの「スグリ酢山田」という屋号も同じである。

艶がなくなった漆塗りのテーブルに、猪鍋《ぼたん》、川で獲れたという鮎の塩焼き、冬瓜《とうがん》のいためもの、茶わん蒸し、きのこの白和え、胡麻豆腐、赤飯、スグリ酢のゼリーが並ぶ。

どれも量がたっぷりだったけど、おいしいから平らげてしまえそうだ。

わたしは食事の途中からはなみずがとまらなくなって、生田さんにもらったポケットティッシュを使い切ってしまう。生田さんに頼まれて箱ティッシュを持ってきた女将は、生田さんにビールを注いだ。

わたしは嬉々としてはなをかみ、ひとり占めしているゴミ箱にティッシュを捨てて、鮎の身をほぐした。

「鮎ってはじめて食べました。おいしいなあ」

呑気なわたしをよそに、生田さんは真面目な顔で女将に向き合っている。

「実は今日、こちらにうかがいましたのは、インターネットの動画の――」

「ああ」

女将が笑う。まだ三十そこそこに見えるのに、おばさんっぽく、わたしの二の腕をてのひらで叩いた。「いやあね」という感じのしぐさだ。

「若い頃の肝試しのビデオを見て？」

「はい、そうなんです」

「うち、ホームページは持ってませんけど、そういっていらっしゃるお客さんが多いんですよ。パワースポットを探して、うちにいらっしゃる方もね」

「パワースポットなんですか？」

鮎に熱中していたわたしは、顔をあげた。

「高村佳輝さんにも会って来たんですが、枯ヱ之村に来てそういう御利益があったようには見えなかったですけど」

失言だったろうか。

わたしがちょっと後悔しかけたとき、女将は相変わらず陽気に「はい、はい」といった。

「高村くんね、デリケートな人だったから。今、どうしてました？」

「三上さんを殺した、なんていってましたよ」

わたしがいうと、女将はまた「はい、はい」という。

「むかしっから、そういう悪い冗談をいうんですよ。ブラックジョーク、とでもいうのかしら」

「冗談——ということは、三上さんは生きているんですね」

「あなたと同じくらい、ぴんぴんしていますよ」

「よかったー」

わたしは、すびーとはなをかんだ。

「でも、野々村美紅さんは亡くなったんですよね」

野々村さんのことは、冗談でもブラックジョークでもない。わたしたちは、墓参りまでしてきたのだから。

野々村さんの名前が出て、女将の顔にも影が差した。生田さんのグラスにビールを足して、視線をテーブルの上に落とす。

「美紅ちゃんは、三上くんと高村くんの間で、ずいぶん悩んだみたいだったから。気が弱いようでいて、ときたま思い切ったことをする子でした。一人で外国に行ったり、会社の帰りにふらっとマンションを買ったり」

「そりゃあ、思い切ったことを——」

小心者のわたしからすれば、清水の舞台から飛びおりてもやっぱり無理なくらいの思い切りの良さだ。

「そんな風に思い切って、死んじゃったんでしょうね」

思い切りの良さが、そんなところに落ち着いてしまったのか。

わたしはかなしくなって女将の顔を見つめた。

女将は改まって、ひざの上に手を置く。

「わたしは、あの五人組の中の多香美といいます。林崎舜と結婚して、夫の実家のこの家を継ぎましてね」

「ああ、旦那さんのご実家だったんですか。だったら、当時から枯ヱ之村で肝試しも何もないですね」

わたしがそういっていたら、白い帽子に白い前掛けという、厨房服を着た人が入って来た。筋骨隆々で、手も大きいし顎も立派、鬼塚さんと腕相撲をさせたいような人物だ。

「失礼します」

厨房服の人は、きちんと正座してわたしたちに頭を下げた。それから、女将に向き直る。

「デザートのゼリーが一つ足りないよ」

「あらあら、失礼しました。冷蔵庫の中よ。奥の方に入れていたから、見つからなかったのね」

女将は、わたしたちの方を見て、にっこりとした。

「夫の舜です」

林崎舜――この旅館の主人は、動画の被写体四人のうちでは、一番に面変わりした人だろう。高村佳輝さんはしょぼくれるだけしょぼくれていたけど、見てすぐに当人とわかった。でも、この林崎さんは、若い頃にくらべてずいぶんと体を鍛えたみたいだ。よくよく見ないと、ひょろりとした大学生のころとは別人と間違えそうである。

そんな人が、ちょこんと正座しているものだから、すごく誠実そうに見える。

女将は主人に向かって、わたしたちが肝試しの動画を見たことを告げた。若いころの自分の姿を見られたのはまんざらでもないらしく、主人は照れたように両手で頬を撫でた。

「若かったよなあ」

「わたしったら、あのころは化粧が濃くてね」

主人の方は、そんな妻を見てから、わたしたちに得意そうな笑顔を向けた。

「肝試しするほどの怖い場所ではありませんが、ここは本当のパワースポットなんですよ。ここのお湯に浸かれば、これまでに犯した罪が洗い流されるんです」

出たよ……。

こんなにもはっきりいわれて、わたしは肩すかしを食ったが、さらに疑問が浮かんだ。

罪が洗い流されるなんて絶大な効能が、どうしてもっと有名になっていないのか？

いかにやり方がゆるいとはいえ、罪を洗い流す温泉を探している登天郵便局は、どうしてここを見つけ出すことが出来ずにいたのか？

その反面で、生田さんがいともたやすく枯ヱ之温泉にたどり着いたのが、納得できた。

でも、わたしはここで安穏《あんのん》と飲み食いしていればいいってものではないのだ。なにしろ、登天郵便局の密偵であるのだからして——。

「罪が洗い流されるというのは、具体的にはどういうことなんでしょう」

そんなことはとっくに知っている。

功徳通帳から悪行が消える、ということだ。

でも、わたしは訊いた。

「犯罪を犯しても罪にならないとか？」

「温泉に入ってみればわかります」

答えた主人の笑顔は、どこか立ち向かってくるような迫力があった。

12 告白

部屋にテレビがないので、ロビーに降りて来た。

今の子どもや若者世代はテレビをあまり観ないそうだけど、わたしはテレビっ子だ。仕事から帰って部屋に一人で居るときなんか、テレビの電源が入っていないと落ち着かない。音を消したテレビのわきで音楽を流し、本を読んだりする。

あんたは忙しい人だと、会社の同僚にいわれた。安倍さんは貧乏性なのよ。だけど、テレビの画面に何も映っていないと、一人ぼっちだということが、しみじみと身に染みてしまうのだ。

蓼屋のロビーは、其田隆俊氏の家に似ていた。

混沌なのだ。

壁の棚には客室にあったのと同じ、飴色になった古いこけしがずらりと飾られていて、フック代わりの釘に実用とは思いがたい蓑と笠が掛けられ（これは、其田家にもあった）、茶簞笥には和食器のコレクションが並ぶ。火鉢《ひばち》に行灯《あんどん》にランプに、むかしの氷冷蔵庫まであった。もちろん氷冷蔵庫は実用ではなく、その上には、さまざまな土人形が飾られて、扉の中は本棚になっていた。太宰治《だざいおさむ》とか宮沢賢治《みやざわけんじ》とか古い時代の本が、別に読んでくれなくても構いませんといった落ち着き方で、納まっている。

わたしは受付カウンターに載っているピンク電話を、見るともなく見ながら、思案にふけっていた。

赤井局長には、林崎夫妻に会ったら帰るといったけど、このまま帰ったとしても、収穫なしだ。

温泉に入ってわたしの悪行が消えたら、今度こそ大当たり。

そうなったら、鬼塚さんが来て、この温泉を破壊してしまうのだろうか？

もっと穏便に解決する方法はないのだろうか？

ところで、罪を洗い流す温泉というのは、この蓼屋だけなんだろうか？

他の温泉旅館のお湯はどうなのかな。

（そういえば、狗山比売からダウジングの棒をもらったっけ）

狗山比売は、わたしがここに来ることを見越していたのかも？

罪を洗い流す温泉が、どうして罪を洗い流すのか。それを突きとめたら、鬼塚さんだって温泉ごと破壊するなんてことはしないはずだ。

ダウジングの棒で、その秘密が突きとめられたらいいんだけど。

考えているうちに、頭がぼうっとしてきた。

(明日、考えよう)

どう見ても地デジ対応とは思えないテレビで、地デジ放送のバラエティ番組をぼんやりと見る。そんなわたしに、泊まり客らしい中年の夫婦が、目を丸くして近付いてきた。

「アズサちゃん? 安倍アズサちゃんじゃない?」

「はい……?」

わたしがこたえると、二人は手を取り合ったり、相手の肩をたたいたりして喜んだ。

「須藤《すどう》です。ほら、中央病院に入院していた、彩花《あやか》の両親の――」

「あ」

ヘックション。

わたしはタイミング悪くくしゃみをしてから、謝ったり、驚いたりした。

今から十年前、小学校六年生のときだ。

そのころは転勤族の父親が単身赴任していて、わたしはこの浦島市に住んでいた。

勉強部屋の窓のそばにベッドがあって、わたしは昼寝をした。窓を開けっ放しにしてあった。まだ四月で寒かったのに。

折悪しく雨が吹き込み、すっかり眠りこけていたわたしはずぶ濡れになっても目覚めず、その結果、肺炎になってしまった。

入院することになったが、それほど大した病状でもない。六人部屋に入るところだったのだけど、ベッドが空いていなかったので、二人部屋に入った。二人部屋は、病状が重い患者のための部屋だ。

須藤彩花ちゃんとは、そこで出会った。

この須藤さん夫妻とも、そこで出会った。

十年分の年をとった須藤さんは、当時より幸せそうに見える。

「いや、奇遇だ。大きくなって。立派になって」

「今は大学生？」

須藤夫妻は、ちょっとくすぐったくなるくらい喜んでいる。

「いいえ。一昨年、就職しまして」

「そうなの。お仕事、楽しい？」

「どうして、この温泉に？」

などなどなど。

そんなに本気じゃない、適度な距離をおいた言葉のやり取りが続いた。

だけど、二人はわたしに何かいいたそうに見えた。わたしも——。

風邪だから、昨日は温泉に入らなかった。

ナントカは風邪を引かないってよくからかわれるけど、実際、わたしは風邪を滅多に引かない人なのだ。考えてみたら、六年生のときにうっかり寝冷えして肺炎になって以来、風邪らしい風邪を引いたことがない。だから、入浴しない日など、この十年、一日もなかったのだ。

＊

それが、昨日、温泉に来たというのにお湯に浸かれなかった。

自分が果てしなく、汗と垢のかたまりになったような気がしてならない。

風邪とはいっても寝ているほどではないので、狗山比売からもらったダウジングの棒を持って外を歩いた。この摩訶《まか》不思議な温泉の謎が、ダウジングの棒で突きとめられたら、温泉を破壊するなんて物騒なことをせずにすむ。

でも、「L」の字に曲がった二本の棒を両手に持ってウロウロするのは、まるで奇人変人である。生田さんが同行してくれたので助かった。一人でこんなことしてうろついていたら、絶対に怪しい人と思われてしまう。

今日の生田さんは無口なので、ダウジングに集中できた。

なにもしゃべらないで居ても、気づまりでないのもありがたい。

いや、わたしが黙っているから、気をつかっているんだろうか？　じゃあ、もう少し、気をつかってもらうことにする。

さてと。

では、考えごとだ。

安倍アズサは、枯ヱ之温泉を探しあてた。

枯ヱ之温泉の効能も、はっきりわかった。

横断幕に書いてあったし、蓼屋の主人もはっきりといったからだ。

罪を洗い流す温泉だ、と。

それがただの言葉のあやではなく、真実であるのは登天郵便局で立証済みだ。

だけど、なぜ罪を洗い流すんだろう。

この「なぜ」を「解決」したら、登天郵便局やゲルマ電氣館や浦島汽船の抱える問題はなくなるわけだが……。

温泉のお湯が汗や垢を流すごとく、罪を流すことなんてあるんだろうか？

だとしたら、どうやって？

(あ、ひょっとしたら)

地獄極楽門をパスした人たちは、どこに居るんだろう？

もしかして、この村で普通に暮らしていたりして。チカッチのおじいさんの其田隆俊氏も、この村に居るのでは？

村……といっても、正確には行政区ではないから、集落というのが当たっているんだけど――ともかくこの村は、都市伝説の舞台としてうわさされ、行きたくても行きつけない場所でもある。

だけど、村の人は普通に生活しているのだ。

わたしと生田さんは、来られたのだ。

それは登天郵便局みたいに、枯ヌ之温泉が必要な人だけ、やって来ることができる場所だからなのだろうか？　だったら、枯ヌ之温泉が必要な人とは？　洗い流さなければいけない罪がある人？　つまり、ここに来られたわたしは、それだけの罪を背負っているということなんだろうか？

ともあれ、この枯ヌ之村は、この世とあの世の境目である登天郵便局とは性質がちがったとしても、現実とは半分しかつながっていない亜空間であると仮定しておこう。

（その秘密を探れと――）

ダウジングの棒はぴくりとも動かず、わたしたちは低木の並ぶ畑までやってきた。

人の背丈ほどの木が、まっすぐにどこまでも続いている。花も咲いていないし、実もなっていない木に、おじさんがせっせと堆肥をやっている。おじさんは赤い野球帽をかぶって、ねぶた祭りのTシャツを着ていた。

「こんにちは。何の畑ですか？」

「クロスグリだよ。この村の特産なんだ」

枯ヱ之村は小さな集落だから、住人の目には、わたしたちがよそからのお客だとすぐにわかるのだろう。おじさんは赤ら顔で親切そうに笑った。

「アガサ・クリスティの小説に出てきた？」

「それは、鳥のクロツグミだね」

生田さんが訂正する。

「スグリ酢に加工するんだ。それを道の駅とかに出荷しているんだよ」

奥の方にある蔵造りの建物を指して、いった。

「見たい、見たい」

ダウジングの棒を、手できゅっきゅっと動かす。

おじさんは目を丸くして、わたしの手元を見た。

「それは、何だね？」

「ええと。面白いものを見つける魔法の棒です」

「スグリは面白いかね」

「はい。ゆうべ食べたスグリ酢のゼリーが、激ウマでしたから」

「ほう、激ウマかい。村の名物だからね」

おじさんは、気を良くしたようだった。

「温泉の名物って、温泉饅頭《まんじゆう》だけじゃないんですね」

「名物はたくさんあるさ。川にも温泉が流れているから、簡単に温泉玉子が作れるんだよ」

おじさんは、わたしたちを蔵造りの建物に案内してくれた。

明かり窓と入り口からしか光が射さないので、中は暗くてひんやりとしている。後ろから聞こえる秋虫の声が、しみわたるようだった。

うす暗がりの中には、人が入れるほどの大きな丸い壺が、整然と並べてある。どれも、木製のふたがしてあった。機械的なタンクとちがって、温かみのある眺めだ。棚の上には瓶詰になったスグリ酢が、ずらりと並んでいる。

「見てごらん」

おじさんは壺のふたをひとつ持ち上げて、柄杓を差し入れた。

持ち上げると、ワイン色の液体でたっぷりと満たされている。

「おいしそう！」

「体にもいいよ」

おじさんは、自慢げだ。

「帰りに、道の駅で買います」

「買わなくていいさ。これをあげるから」

おじさんは棚に並んだ瓶をとって、一本ずつ手渡してくれた。

わたしと生田さんは、子どもみたいにはしゃいで目を見かわす。

「いいんですか？」

「ありがとうございます」

「もちろん、いいさ。うちの村に来てくれるお客さんは、特別な人たちだからね」

え……。

それは、やっぱり、登天郵便局みたいに、本当にここのお湯が必要な人だけが来られるという意味なんだろうか。おじさんがこういうんだから、枯ヱ之温泉の秘密は、村の中では秘密なんかじゃなさそうだ。

「ちょっと訊いていいですか？」

「何だろう」

「蓼屋さんに行ったら、『罪を洗い流す温泉』って書かれてあったんですが、それは蓼屋さんだけじゃなく枯ヱ之温泉の全てのお湯がそうなんですか？」

「もちろんだよ」

おじさんは胸を張って答えた。

「それに、枯ヱ之温泉は縁結びのお湯でもあるんだ」

「恋愛成就ですね」

生田さんが、嬉しそうに口をはさんだ。

「それだけではなくて、会うべき人がここで出会うんだ。そんな偶然がいつでも起こる。いつでも起こるということは、もはや偶然ではないだろう。御利益だよ」

「御利益ということは、神さまが居るんですか？」

「そうだなあ。神さまかなあ。わたしらにとっちゃ、神さまと同じだな」

おじさんは、ちょっと謎めいた答えをくれた。その謎まで追及するのは失礼な気がして、わたしたちはスグリ酢の瓶を抱いて畑から出た。

赤い欄干の橋から、熱いお湯が流れる川を見た。

「生田さん、今日は口数が少ないんですね」

「あの――あの」

生田さんは、何かいい澱んでいる。

「あの――あの」

「何ですか？」

ダウジングの棒を向けると、それはなぜか生田さんに反応してゆらゆら動いた。

生田さんはびっくりして「あの――あの」と繰り返し、大きく息を吸うと目をつぶって一気に言葉を吐き出した。

「アズサさん、ぼくと結婚してください」

「え、ケッコン」

生田さんは、そもそも失恋のせいで、あやうく自殺するところだったのだ。

こういうことをいうからには、婚約者に裏切られた痛手は治ったのだろうか。

でも、生田さんはどこに出しても恥ずかしくない美男子だ。昨日も恋愛めいたことをほのめかしていたけど、まさか本気だとは思わなかった。してみれば、生田さんがさっきから黙り込んでいたのは、心やすい沈黙にひたっていたのではなかったのだ。これをいうために、ためらったり、緊張したりしていたんだ。

「うわー」

とわたしはいった。

生田さんは気の毒なくらい真面目な顔をして、わたしの返事を繰り返す。

「うわー？」

「いや、そういうことといわれたの初めてなので、びっくりしました」

「お返事は、いかがなものでしょうか？」

そう訊かれて、わたしはダウジングの棒で頭を掻いた。

「どうも、実感がわかなくて、ですね。結婚の前に、普通はお付き合いとかしませんか？」

「お付き合い、してくれるんですか?」

「いやー」

わたしはさらに、ダウジングの棒で頭を掻いた。

「もうしばらく待っていただいていいですか? 今は枯ヱ之温泉の秘密を突きとめることの方が先だと思うんです」

ダウジングの棒がきゅっきゅっと動いて、なぜかまた生田さんを指す。

生田さんは、棒を怖がるように両手をあげた。

「ひょっとして、ぼく、空気を読んでいませんでしたか?」

「そんなことない、そんなことない。こっちの都合ですみません」

そういってから、肝心なことに気付く。

「いや、ちょっと待ってください。あたしって、東京のOLなんだった。オッケーしたら、遠距離恋愛になりますよ。大丈夫ですか?」

「この際、大丈夫です。スカイプもラインもメールもありますし、毎月一回くらいなら会いに行きます」

「なるほど、便利な世の中ですね」

＊

風邪を引いているのに歩き回って、さすがに疲れた。美男の生田さんにいわれた、心ときめくはずの告白も、頭の上をゆら〜んと通過するだけだった。

昼食は、十畳の宴会場で、生田さんやほかの宿泊客たちといっしょに食べた。須藤夫妻が目であいさつをくれる。わたしのとなりで、生田さんもいっしょに会釈をした。わたしの返事はまだだったけど、心にためていたことを口に出して、生田さんはすっきりした顔をしている。

昼食は、高菜のおにぎりと、玉子焼き、冬瓜のスープ、がんもどきの揚げ焼き、茄子田楽《でんがく》だ。風邪っ引きなのに、おいしいものはおいしい。体がだるかったけど、残さず平らげてしまった。

「風邪が本格的になったみたいなので、午後は部屋でおとなしくしています」

「大丈夫ですか？　ぼくがそばにいましょうか？」

親身に訊いてくる生田さんに、わたしは慌ててかぶりを振る。

「いやいや。はなかんだり、くしゃみしたりして、格好悪いですから」

実際、部屋に入るなりヘックション、ヘックションと続けてから、自分で布団を敷いて服のままもぐりこんだ。

さても、問題が一つ増えてしまった。

生田さんに告白されたことだ。

スグリ畑のおじさんは、枯ヱ之温泉を縁結びのお湯でもあるといっていたけど、お湯に入りもしないのにご縁が生じてしまった。それとも、おじさんの話を聞いて、生田さんは告白する気になったのだろうか。

(だけど、いきなり結婚の話なんかしてたよ)

生田さんは、朝からちょっと思いつめていた。

おじさんが縁結びの話をしようとするまいと、きっと気持ちを固めていたに違いない。

わたしは布団の中でうつ伏せになって、スマホをいじる。

ふすまを開けたら生田さんが居るんだけど、わたしは古びた六畳間でむしょうに人恋しくなり、登天郵便局に電話を掛けていた。

——恋をしましたね、おじょうさん。

電話口にはなぜかベガ・吉村さんが出て、開口一番、そんなことをいってきた。

「いや、あたしはまだしてませんよ。いっしょに居る生田さんがフォーリンラブなんです」

——だれに。

ベガさんは詰問するようにするどくいう。

「あたしに」

——それは祝着《しゅうちゃく》。あなたの星座は?

「ふたご座です」

――そうでした。赤井さんにうかがっていました。それで、殿方の方は？

「さあ」

――あなたの血液型はB型でしたね。

「そうです」

考えてみれば、ふたご座B型だから、わたしはここに居るのだ。ベガ・吉村さんの占いに従い、登天郵便局に再雇用された元臨時職員として。

――殿方の血液型は？

「さあ」

しばらく、カラリ、カラリという音が聞こえた。いつものように、オセロの石を転がしているのかもしれない。電話口から離れた場所から、ベガさんの歌が聞こえた。

――わたしはベガ、知らーぬこととてない。それーが占い師のさだめー。

ベガさんは電話口にもどってくる。

――お付き合いなさい。人助けです。なんとなれば――。

そこでベガ・吉村さんの声が途切れて、フガフガした鼻息が聞こえた。

鬼塚さんが仕留めそこねたイノシシが突進して来たのかと思いきや、鼻息の主は慌てた声で電話を引き取った。

赤井局長だった。

——アズサちゃん、大変だ！　あの動画の高村佳輝って人が登天郵便局に来たよ！

「ええ？　なぜ？　どうやって？　どんな感じでした？」

わたしたちが訪ねて行ったせいで、これまで眠らせていた思いが抑えきれなくなったのだろうか？　亡くなった野々村美紅さんに手紙を出しに行ったのか。

——すごく暗い青年だった。青年というより、見た感じはおじいさんみたいだったよ。

「高村さんは、何しに登天郵便局へ？　まさか亡くなったわけじゃないですよね」

——違うんだ。野々村美紅という人への手紙を持ってきたんだよ。

「やっぱり」

わたしはうなずいたが、当然予想されることを失念していた。

——功徳通帳を作ったんだけど、悪行が印刷されなかった。

高村さんは、仲間たちといっしょにこの村に来た。この温泉に入ったのだ。だから、悪行は消えているというわけか。功徳通帳に悪行が印刷されないなら、当人がいった三上怜央殺害が事実なのかどうかわからない。

「高村さんは、三上怜央さんを自分が殺したんだっていってました」

——三上怜央とは、あの動画を撮った人だね。

「でも、それはただの悪い冗談だって、林崎多香美さんがいってました。こっちに来て、林崎舜さんと多香美さんに会ったんです」

──動画の残りの二人だね。

「はい。今は夫婦で蓼屋って旅館を経営しているんですけど、この二人がいうには三上さんは今も元気だそうです」

──ううむ。

赤井局長はうなった。

──ところで、アズサちゃん、温泉には入ってないだろうね。

「風邪を引きましたから、大事をとって昨日から入浴をひかえています。おかげで、汗くさ小僧です」

わたしがいうと、赤井局長はそんなこと問題でもないというように、真剣な声を出した。

──枯ヱ之温泉のお湯なんか入っちゃ駄目だよ。高村佳輝みたいに──ほかの人たちみたいになっちゃうからね。死んでも、次の世に行けなくなっちゃうからね。

「そこの謎を解くのが、あたしの仕事じゃないですか」

──だけど、枯ヱ之温泉に入るのはいけないよ。いや、そこの場所を教えてくれ。わたしたちも行くから。

わたしは寝返りをうって、あお向けになった。

「赤井局長たちは来られないと思いますよ。登天郵便局だって、行ける人とそうじゃない人がいるじゃないですか。登天郵便局の皆さんは、この温泉を壊す気まんまんなんですから、きっと無理ですよ」

——何いってるんだい。壊す気まんまんなのは、鬼塚くんだけだよ。

「いいですけど」

「どうかなあ」

——いいから、教えなさい。

赤井局長が強くいうので、わたしは不承不承《ふしょうぶしょう》、生田さんの運転する横で覚えた道順を教えた。

「迷ケ岳の西のふもとまで来ると道が折れていますから、そこを右に曲がります。その先に塗りのはがれた鳥居がありまして、温泉はそこから入ってすぐです」

——オッケー。これから行くから、待ってなさいよー。

赤井局長は鼻息も荒く電話を切った。

13　罪びとの話

廊下で人の気配がした。

仕切りがふすま一枚なので、物音がよく聞こえるのだ。

たぶん、わたしが電話している声も聞こえていたのだろう。通話を終えたら、ふすまをポテポテとノックする音がした。

「どうぞ」

といってしまってから、はなをかんだティッシュを慌てて掻き集める。腹ばいになってティッシュのゴミを抱えている先で、ふすまが開いた。

須藤夫妻が立っていた。

須藤夫妻はわたしが寝込んでいるのを見て驚き、わたしははなをかんだティッシュを片付けていなかったことに慌てふためき、お互いにちょっと凝固した。

「どうしたの？　病気なの？」

奥さんが訊く。わたしは、ごっそりとティッシュをゴミ箱に捨てて、あたらしい一わたしがそういうと、夫妻は氷枕を、風邪薬をと、おろおろし始める。わたしは、そんな二人を落ち着かせ、座布団を並べた。

「ほんの鼻風邪です。こんなの、寝てなくても治るんです」

「ひとにうつせば治るといいますからね、わたしたちがうつされましょう」

奥さんがそんな冗談をいって、座布団の上にちょこんと正座した。旦那さんがその横に座る。二人で顔を見合わせてから、奥さんがぽつりぽつりと話し始めた。

「ごめんなさいね、風邪で寝ているところに押しかけて。どうしても、懐かしくて。アズサちゃんの顔が見たくて。彩花が居たころの時間がもどって来たようで」

スグリ畑のおじさんのいう、縁結びのお湯だという御利益は、わたしとこの人たちの間にも効いているのかもしれない。枯ヱ之温泉が、もう決して交差しないはずの、わたしと須藤夫妻の人生を、ここで結び付けたようにも思えた。

「彩花が亡くなってから、次女が生まれました。今は小学校に通っていて、今回はおばあちゃんに預けて、夫婦でここに来ました。彩花を助けられなかったことが、ずっと気持ちのどこかにあって。彩花が亡くなっても、わたしたちはまだ生きている。それが間違ったことのような気がして。わたしたち、ときたま笑うこともある。それがひどい罪なような気がして。その罪を背負ってゆくのも親の務めだと思いましたが、でも苦しくってね――」

奥さんが言葉を切って、旦那さんがわたしに頭をさげる。

「でも、来てよかった。アズサちゃんに会えたんだから、さすがに霊験あらたかな温泉だ」

「いえいえ」

そこまでいってもらうほどのことは、全然していない。申し訳ない気持ちになって、おろおろしたわたしは、テーブルの上の急須とポットを見て、急いでお茶を淹れた。

「次女は可愛い娘です。彩花のことも、わたしたちは、大切に大切にしたつもりです。本当に大切な子でした。あの子はたった三歳で亡くなってしまって――。大きくなれない子だとわかっていたから、ただもう可愛がって甘やかして、わがまま放題にさせていました。あのころ、アズサちゃんは高学年だったから、わたしたちの子育てに呆れたんじゃないのかな」

「いいえ」

わたしは正直に答えた。

自分の親から聞いたのだったろうか、彩花という子が助からない病気だと、小学生だったわたしも知っていた。だから、わがままに育てている須藤夫妻の気持ちを思うと、子どもながらに可哀想だと思った。彩花ちゃんを見ても可哀想だと思った。

ただ、当時のわたしは、今よりもずっと運命というものを受けとめる力が強かったと思う。

強い。

いや、親にいわれることに従い、先生にいわれることに従う。それと同等に、運命の風向きに異を唱えるという発想もなかった。だから、彩花ちゃんが間もなく死んでしまうことも、仕方のないことだと思っていた。

須藤さんの旦那さんが言葉を継ぐ。

「彩花が亡くなってから、まもなく次女が生まれました。女の子なので、周りの人からは、彩花の生まれ変わりだとよくいわれました」

そこで息を吸い込み、須藤さんの旦那さんは強い声になる。

「冗談じゃない」

わたしはちょっと驚いて、旦那さんの顔を見た。

「彩花は彩花です。ほかの誰でもない。次女は次女です。どちらも可愛い。どちらも大切だ。次女で彩花を上書きしてしまうなんて、できるはずがない。次女を可愛がることで、彩花を忘れてしまうなんて、できるはずもない」

「だけどわたしたちは――」

奥さんの声は、何かを諦めたように穏やかだった。

「結局、わたしたちは、そうしてきたんじゃないかなって思うんです。そんな自分たちが許せなくて、このままじゃ次女を可愛がって育てられるか自信がなくなって、この温泉に来ました。時間が経って、彩花を亡くしてかなしかったこともうすれて――。それがわたしたちの罪なんです。でも、罪を背負ったままだと、次女を育てられなくて」

「温泉に入って、罪は消えましたか？」

わたしは奥さんと旦那さんの顔をまっすぐに見た。

二人はわたしを見つめ返し、それから目をそらした。

「いいえ。次女を可愛いと思うことに、どこかでまだ後ろめたい気がしています。ここに来る前と同じです」

「だったら、それは罪じゃないんですよ」

わたしは、ぐずぐずいうはなを、急いでかんだ。

須藤夫妻は虚をつかれたように、わたしを見た。

見つめられて、照れくさくなる。

「枯ヱ之温泉が洗い流せないのは、それが罪じゃないからなんです。次女さんを可愛がることは、罪じゃないから。おじさんもおばさんも、彩花ちゃんのこと、上書きなんかしてないんですよ」

須藤夫妻は息をつめて、わたしを、自分の手を、互いの顔を見て、その息を声とともに吐いた。

「ああ」

やっぱり来てよかった。

ここは本当に、罪を洗い流す温泉だ。

そういって、須藤さんたちは、部屋を出て行った。

飲むのも忘れられた丸い茶碗の中で、お茶が冷めていた。

わたしは二人分のお茶をごくごく飲んで、窓から外を眺めた。

川から湯気があがっている。視野を占める湯気の中に、遠い記憶が見えた。

六年生のとき、やっぱり今日みたいに熱っぽかった。わたしはちょっとぼんやりしていた。

病室は二人部屋で、わがままっ子の須藤彩花ちゃんと、わたしのベッドが並んでいた。新参者のわたしの場所はとても殺風景なのに対して、彩花ちゃんのベッドは枕辺にぬいぐるみがたくさんあって、棚の上には絵本や可愛い食器が、ベッドに敷かれたバスタオルにも、愛嬌たっぷりのディズニーのキャラクターが躍っていた。

彩花ちゃんは三歳だけど、頭の良い子で、もっと上だという印象があった。牢名主《ろうなぬし》……いや、病室名主然としたベッドでのたたずまいもまた、ここでのVIPぶりを誇示しているように思えた。お医者さんも彩花ちゃんには一目置いていて、毎朝の回診では親しげな言葉をかけて行く。

その日は――そう、その日。わたしが今でも覚えているその日は、うちの母が売店に買い物に行っていて、彩花ちゃんのお母さんはナースステーションに呼ばれていた。病室には、わたしと彩花ちゃんが二人っきりという時間が、ぽっかりとできてしまったのだ。

――十年待つの～、十年待てば～。

彩花ちゃんは、幼児らしい細い声で歌っている。

歌いながら、ちらちらとこっちを見ていた。

わたしは困っていた。

十年待つって、どういう意味だろう。十年後には、この子は居ない。

それを思うと、可哀想だった。

だけど、わたしは人見知りしていた。

病室名主の彩花ちゃんに、気圧されていたのだ。

わたしは、二人っきりで居るのに――彩花ちゃんをあやすのは、わたしの務めだったのに、声を掛けられなかった。

甘やかされるのに慣れた彩花ちゃんは、わたしに御愛想をいってもらうのを待っている。そのために、変な歌なんかうたって、水を向けていたのだ。でも、わたしは、これまで一言も言葉を掛けたことのない彩花ちゃんに、何をいっていいのかわからなかった。

やがて彩花ちゃんはべそをかきはじめる。

わたしはますます困った。

もう何をいっても、許してもらえないだろう。いよいよ泣き出すに決まっている。

そう思って逃げた。だんまりを決め込んで、シーツのしわを見つめていた。

彩花ちゃんはわんわん泣き始め、手が付けられなくなってようやく、お母さんがもどって来た。

わたしは、王女さまのように育てられている彩花ちゃんを泣かした罰に、こっぴどく叱られることを覚悟した。それよりも、もうすぐ死ぬ子を泣かせた自分の罪を思って、身がすくんだ。

彩花ちゃんのお母さんは、彩花ちゃんを抱き上げると、「一人にしてごめんなさい」と繰り返しいった。たぶん、うちの母が居て、あやしてくれていると思ったのだろう。それとも、わたしがあやしていると思ったのだろうか。そうだとしたら、わたしはとんだ期待はずれの子である。

——ごめんなさい。はい、はい、ママが悪かった、ごめんなさいね。

違う。本当は謝らなければならないのは、わたしだった。

わたしが、彩花ちゃんを泣かせたのだ。

＊

急に気持ちが沈んで、亀みたいに布団にもぐりこむ。

それっきり、いつの間にか眠ったらしい。

半分だけ目覚め、ひたいの上に濡れタオルが載っているのに気付いた。

枕元に小さい子どもが居て、でたらめな歌をうたっていた。

ひたいにタオルを載せてくれたのは、その子だろうか。子どもの握力ではうまく絞れないのか、タオルはべちょべちょしていた。

わたしは半身を起こしてタオルを絞り直し、そこに居た女の子を見た。三歳ばかりの、まだほんの小さな子どもだった。知らない子だ。でも、ちょっとなつかしい気持ちがしたし、同時に申し訳ない気持ちがこみ上げてきた。

「ありがとう」

わたしがそういうと、女の子はこまっしゃくれた調子でいい返してくる。

「しゃべれるようになったんだ。知らない子にも」

そして、歌う。

十年待つの〜。十年待てば〜。

彩花ちゃんだ。

わたしは飛び起きた。

ひたいの上のタオルが吹っ飛ぶ。

それを手に持って、きょときょと周りを見渡したけど、彩花ちゃんの姿は消えていた。

そして、風邪も消えていた。

十年間、心の隅にあった罪の意識も消えている。

そうだ、ここは罪を洗い流してくれる温泉なのだ。

わたしは、着替えを抱えて温泉に直行した。

*

お湯からあがると、七十過ぎくらいのおじいさんが、ロビーでフルーツ牛乳を飲んでいた。

のどぼとけが上下して、実においしそうだった。

わたしの視線に気付いたのか、おじいさんはこちらに笑顔を向けた。

「おじょうさんもどうです?」

おじいさんは、わたしにも買ってくれた。財布を取りに行こうとするのをとめて、「おごりですよ」と、太っ腹なことをいう。わたしは、ありがたくご馳走になった。

フルーツ牛乳を飲んだ後、合成皮革のソファに二人で並んで座り、再放送のテレビドラマを観た。刑事ドラマだった。探し物しか取り柄のないわたしは、趣味もいたってシンプルで、テレビを観ること、なのである。とくにドラマが好き。とくに刑事ドラマが好き。人情ものも、アクションものも、大抵は観ている。

おじいさんは、わたしのお仲間のようだった。すごく親切な人なのだろう、自分の知っている筋をいちいち説明してくれる。犯人も教えてくれる。トリックも教えてくれる。ちょっと鬱陶しかったけど、フルーツ牛乳をおごってもらったこともあるし、怒って席を立つほどでもない。わたしは、おじいさんと並んで、コマーシャルに切り替わった画面を眺めた。

「皆、テレビみたいに解決したらいいのになあ。正義の刑事が居てさあ」

おじいさんは、からっぽになったフルーツ牛乳の瓶をわたしから受け取って、箱の中に片付けてくれる。とことん親切な人だ。

「そうですね」

わたしは、おじいさんの世話焼きにお辞儀をしながら、同意した。

コマーシャルが終わって、ドラマが再開する。いよいよ犯人を追い詰めるクライマックスだというのに、おじいさんは画面には顔を向けず、自分のしわだらけの両手に目を落とした。

「正義の刑事が居たら、わたしも監獄行きだ」

おじいさんはかなしそうだった。

「十年前になります」

「はい……」

「娘が、働いていたんですよ。だから、孫をわたしら夫婦にあずけて仕事に行っていた。わたしらは年をとって暇ですから、少しでも娘の役に立ちたくて。孫を預かるのは嬉しいし、何より可愛いですからね。

子どもってのは、あっという間に大きくなるんですよ。娘もあんなにすぐに大きくなったっけなあ。娘を育てていたときは、家内に任せっきりだったんです。孫のことは、その分の罪滅ぼしで、そりゃ一所懸命に面倒をみたんです」

おじいさんは、右手で左手の甲をこする。しわになった皮膚が、かさこそと音を立てた。

「ちゃんと『おじいちゃん』『おばあちゃん』と呼ばせるつもりだったのに、娘が流行りの『じいじ』と『ばあば』を教えてしまって、おかげでわたしは『じいじ』ですよ。巻き毛の髪が細くってねえ。それを、ここんとこ――」

おじいさんは、自分の頭に両手をやった。絵本なんかで見る赤鬼の、角が生えている辺りだ。

「ここんとこで二つに結ってね。ピンクのワンピースが可愛いんだ。わたしが買ってやったんですよ。あの子は気に入ってくれて、よく着ていました。あの日も着ていた」

「…………」

わたしは横目でおじいさんの顔を見た。おじいさんは、硬い表情になっていた。手の甲をこする音は続いている。かさこそ、かさこそ、と。

「あの日は、家内が近所の内科の先生のところに行ってました。心臓が良くないんですよ。若いころから、そうだったなあ。何かあると、胸が痛くなって息が苦しくなるそうです。こっちは、そういわれてもオロオロするより他に何もできないんだ」

「病気って、大変ですよね」

わたしは話の先が見えず、当たり障りのないあいづちを打った。刑事ドラマは終わって、コマーシャルばかりが流れている。

「いつもは玄関の鍵を閉めているんですよ。孫はまだ小さくて、鍵は開けられない。ドアだって重たくて開けられない。そう思っていました」

洗剤のコマーシャルで、女優がはじけるような笑顔を見せる。赤ちゃん用紙おむつのコマーシャルで、愛くるしい赤ちゃんが裸で這い這いしている。

「わたしはテレビを観ていました。あのときは、ドラマじゃなくて、通販の番組でした。別に、何かが欲しかったんじゃない。なんでテレビなんか観ていたんだろう。孫が玄関を出て行ったのもわかりませんでした。三十分以内に注文すると得だとか、テレビの中では盛んにいっていました。時間なんか計ってね。わたしは、どれだけ、そうしてテレビを観ていたのかな。孫の姿が見えないと気付いたとき、救急車のサイレンが聞こえました。なぜでしょう。とっさに、しまったと思いました。救急車にだれを乗せたかわからないうちに、わたしは自分の失敗に気付いていたような気がするんです。孫から目を離してしまったことに」

おじいさんは、リモコンを持った手をテレビの方に伸ばして、電源を落とした。

「孫はクルマに轢《ひ》かれて即死でした」

「…………」

わたしはおじいさんの横顔を見た。

おじいさんはこちらに顔を向けることはせずに、うなだれて自分の手を見ている。

一言、一言、おじいさんは苦しそうだった。だけど、その言葉はとまらない。

「小さい子ながら、歩道で信号が青になるのを待っていたそうです。そこへ突っ込んで来たのは、飲酒運転のクルマでした。昼間っから飲んだくれた男が、孫を轢いて逃げたんです。

その男は、小さな子どもが信号も見ずに飛び出して来たといったそうです。

真っ赤な嘘です。

ちょうど病院からもどるところだった家内が見ていたんですから。

犯人は、業務上過失致死傷罪と酒気帯び運転と轢き逃げで懲役十年。わたしの孫の八十年も九十年もの人生を奪って、痛い思いをさせて、怖い思いをさせて、たったの懲役十年だそうです。

そして、わたしはおとがめなしです。娘から頼まれた孫の世話をほったらかして、つまらんテレビを観ていて孫を死なせても、わたしは罪に問われません。

家内はほどなく亡くなりました。

孫が死んでしまったこと――家内の目の前で、家内に手を振って横断歩道の向こうで笑っていた孫が、ぐしゃっとつぶされて死んでしまったこと、それを見てしまったことで、もう生きて居れませんでした。

それなのに、わたしは罪に問われないんです。こんなにも罪が深いのに」

おじいさんは、乾ききった両手で顔をおおった。

「ここは、罪を洗い流す温泉だと聞いて、藁にもすがる心地でやって来ましたが、どうでしょう。わたしの罪が洗い流されたと思いますか」

洗い流せないなら、罪ではない。

須藤夫妻にいった言葉を、このおじいさんにはいえなかった。

14　事件発生

温泉に入ってあたたまったせいだろうか、風邪はすっかり良くなった。

翌日も、狗山比売にもらったダウジングの棒を持って、わたしは村の散策に出掛けた。

生田さんが同行して、今朝の朝食のこととか、空気がうまいとか、シュウメイギクの花はコスモスに似ているとか、あまり重要ではないことをよくしゃべった。でも、昨日の告白の返事は催促しなかった。たぶん、気にしているんだろうけど。

枯ヱ之村の人たちは、おどろおどろしい怪談の土地に住んでいるのに、ごく親切で、人懐っこかった。とくに、子どもたちは、わたしのダウジングに興味津々のようだ。土曜日だから、早い時間から村の中を小学生たちが走り回っている。昨日話を聞いたおじいさんの孫も、こんな村で暮らしていたら、事故に遭うことなどなかったのに。そう思ったら、しくしくと胸が痛んだ。

「なにやってんのー」

オーバーオールに野球帽のつばを後ろにしてかぶった男の子が話しかけてくる。

「宝探しだよ」

「見つかるの？」

オーバーオールの子の後ろから、ちょっと小さな男の子がぴょこんと顔を出した。アニメのキャラがプリントされたTシャツに、半ズボン。ひざに転んだ痕があった。太めで、ふくふくしている。

子どもが相手だから、ここは正確に答えねばと思う。

「宝が何なのかわかったらね」

「何だ、わかんないものを探しているんだ」

今度は女の子だ。長い髪を後ろで一本に結って、小鹿みたいに細い体を、飾り気のないピンクのシャツとジーンズで包んでいた。黙っている間もぴょんぴょん飛び跳ねて、エネルギーが余っている感じだ。

「貸して」

オーバーオールの子が手を差し伸べてくるので、ダウジングの棒を渡した。

オーバーオールの男の子は、上手なパントマイムを始める。

「おおお、引っ張られます。強く引っ張られます」

ダウジングの棒は、生田さんのスーツのポケットを指している。

「しょうがないなあ」

生田さんは、胸ポケットから財布を出して、よろず屋でアイスキャンデーを買って、全員にくばった。もちろん、わたしも買ってもらえた。グレープ味だ。

「学校、見に来る？」

ダウジングの棒を手で動かしながら、オーバーオールの子がいう。

これは、新しいおもちゃをまだ返したくないから、いっしょに居てやるということだろう。

わたしは「うん」と答えた。

村に一校だけあるという小学校——枯ヱ之小学校は、木造二階建ての風情あるオンボロ校舎だった。正面玄関の上に丸くて大きな時計があり、板壁でトタン屋根は赤色。校舎のわきに講堂があって、その前に鉄棒と雲梯《うんてい》があった。

雲梯で遊び出した子供たちは、ようやくダウジングの棒を返してくれる。

わたしと生田さんは、開きっぱなしの戸から、講堂の中を覗き込んだ。

古くなった木のにおいがする。

板張りの床、演壇の横には校歌の歌詞を書いた額が飾られ、真正面に「強い子、良い子、考える子」という横断幕が張られているのは、校訓だろうか。

「アズサさん、あれ」

生田さんが靴を脱いで中に入るので、わたしはおっかなびっくり後に続いた。

その指し示す方に、巨大な壁画が飾られている。

子どもの絵らしく、頭でっかちでバランスの悪い集団肖像画だ。だけど、特徴がよくとらえられていて、わたしはすぐに蓼屋の主人夫妻を見つけた。

その斜め後ろに、毎朝鏡で見る顔がある。

「あれ？　あたしですか？　まさかね」

チェックのシャツを着た短髪の若い女――わたしにそっくりな人物が描かれているのだ。

動画の野々村美紅さんが、わたしにうり二つだったのには驚いたけど、この村の人でもまた別に、わたしに似た人が居るのだろうか。

そんなことを思ってみたんだけど、不意にすごく奇妙な考えが浮かんだ。

温泉に入ってしまったから、わたしはこの村の人間になったのではないのか。

わたしの肖像のとなりには、生田さんの姿が描かれていた。

間違いない。肉のうすい頬、ちょっと眠たそうな目、意外に鍛えていそうな太い首。あれは絶対に、生田さんだ。

「あたしたちですよ、ほら」

「ほんとだ。なんで？」

「温泉に入ったからじゃないでしょうか？」

「温泉客の顔を描き込むサービス？」

「そうじゃなくて——いや、そうかもしれない」

ゴボウさん、其田隆俊氏、其田俊男氏、須藤夫妻の顔も見つけた。

温泉を訪れた人をいちいち描き足しているのだとしたら、大変にマメなことだ。

「ねえ、生田さん」

「はい。何ですか？」

「良い、悪いでいったら、この枯ヱ之温泉はどっちだと思います？」

わたしは胸に浮かんだことをそのまま問いにして投げた。

生田さんは、不思議なことを訊かれたような顔をして、わたしを見つめ返す。

「良い温泉だと思いますよ。夜風に吹かれて露天風呂に入るなんて、最高です」

「です、かね」

後ろで笛の音がして、大勢の人が近付いて来る気配がした。

振り向くと、笛と太鼓、龍の作り物などを持った子どもたちが、次々と講堂に入ってくる。最後尾から来たのは、引率の先生か、白いポロシャツに紺色のジャージのズボン、足には上履きらしい白いスニーカーをはいている。

校庭の雲梯で遊んでいた子どもたちが、いつの間にか、興味津々、こちらをのぞき込んでいた。笛太鼓の子どもたちは、慣れた様子でめいめいの場所に陣取って、楽器を鳴らし始めた。お神楽の練習みたいだ。

わたしたちが慌てて退散しようとすると、先生に引き留められた。

「よろしかったら、ご覧になってください」

「いいんですか？」

先生の申し出にも驚いたが、舞い手らしい男の子が跳躍して、紙でできた棒をくるくると操る鮮やかさにも驚いた。

「はい。大人のお客さんに見てもらうと、子どもたちも張り合いが出ます」

「えー。嬉しい」

子どもたちの役に立てるということに、グッときた。

わたしたちは改めてその場に腰を下ろすと、幸せな気持ちで観客の役を引き受けることにした。

「ちかぢか、お祭りで披露するんですよ。村の大人たちも楽しみにしてくれています」

お囃子《はやし》は古風なメロディと軽快なリズムで繰り返され、舞い手は身振りも、跳躍も、すり足も、自由自在である。子どもたちの演奏と舞いは完璧で、その姿が幼気《いたいけ》なだけに神々《こうごう》しささすら感じた。

「すごい、すてき」

わたしの平凡な賛辞を、先生はさも誇らしげに受け止めた。

「あの壁画もすごいですよね」

わたしは、講堂の入り口の上に飾られた巨大な絵を指していう。

「しょっちゅう、描き加えているんですか？」

わたしの問いに、先生は不思議そうな顔をした。

「この壁画は十年前の児童の卒業制作で、それ以来、手は加えていませんよ。当時は児童が今より多かったから、こうした大掛かりな作品もできたんですが——」

「そうなんですか」

わたしはそれ以上は深く追及することなく、自分の胸の中だけで不合理な結論にいたっていた。

(温泉客の顔が、自然に描き加えられるということなんだね)

良い、悪いでいったら、この枯ヌ之村はどっちなんだろう。さっき生田さんにいった問いの、枯ヌ之温泉というのを枯ヌ之村に替えて自分に訊いた。

(悪いことはまだ起こっていないけど——)

子どもたちの清々しい神楽を見ながら、大人のわたしの気持ちは少なからず濁っていた。この子たちの故郷を、どうしても良い土地だとはいいきれない。

もの思いにふけっていたら、メールの着信音がして、先生や生田さんが驚くほどに慌ててしまった。わたしはぺこぺこ謝って、その場からちょっと離れて液晶画面に触れた。発信者は、ベガ・吉村さんだった。

タイトルは「透視」とある。

本文は短かった。「ここを探しなさい」

この場所を探し出せということか、この場所の中を探せということか、はっきりしない。

添付ファイルがあり、例によって超絶下手くそな絵が描かれていた。

たくさんの箒をさかさまにしたような――あるいは、熊手を逆に立てたような、正体不明の線の群れの向こうに、家らしい三角屋根の建物がある。家の中には、丸印がいくつもかき殴ってあった。

頭上に飾られている不思議な壁画を描いた小学生たちの爪の垢を、煎じて飲ませたいくらいだ。テレビで観る超能力捜査官の透視画は、どれだってもっと上手いのに。

＊

怪しいお客が蓼屋に来た。

黒いパーカーのフードを目深にかぶり、サングラスをしている。

黒いジーンズは、ひざではなく、おしりの部分が擦り切れて、下着が透けて見えていた。

年は四十歳ほどだろうか。

「ここって、わかりづらいでしょう。道に迷いませんでしたか？」

宿帳に名前を書き込むのを待ちながら、女将が愛想良く話しかける。だけど、ジーンズおしり擦り切れ男は、一言も発することなく、荷物をもって二階にあがって行った。

ロビーに居合わせたわたしと生田さんと、須藤夫妻、それから孫をなくしたというおじいさん――津村林蔵《つむらりんぞう》さんというのだと、今さっき名乗り合って知った――五人で、その真っ黒な後ろ姿を見送った。

一等若いわたしは、ちょろちょろと鼠小僧のように立ち回り、宿帳を盗み見る。

西田総一郎《にしだそういちろう》。

皆で見ていたテレビは時代劇の再放送で、今しもチャンバラシーンが始まりそうな緊迫した場面だったが、一同の関心は真っ黒ずくめの西田氏へと引きつけられた。

＊

いつしか食事は宴会場に集まって食べるようになったわたしたちだが、西田氏はやって来なかった。

「蓼屋に来たばかりだから、そんなにすぐにはぼくたちとも馴染めないさ。ぼくたちだって、最初の日は部屋で夕飯をいただいたでしょう」

生田さんは、西田氏の挙動を訝しむわたしを諭して、大人らしい意見をいった。

でも、わたしは西田氏を見た瞬間から、背筋が冷や冷やするような心地を覚えてしかたなかった。風邪っ気が残っていたのか、それともいやな予感というものであったのか。

「津村さんもまだだね。珍しいね」

そこへ主人の林崎舜さんが、白い前掛けで手を拭きながらやって来た。

「皆さま——あの——」

といって、ひざをついてわたしたちの顔を見渡す。それなのに、こっちが視線を返すと、あわてたように目を伏せるのだ。

「何かあったんですか？」

須藤夫妻の、旦那さんの方が訊いた。

「それが、その……」

「何か、あったんですか？」

生田さんが、須藤さんの問いを繰り返す。いつもより強い声だった。

「包丁がなくなったんです」

その言葉を聞いて胸がズシリと重たくなるのが先だったか、それとも、悲鳴が聞こえるのが先だったろうか。

悲鳴は女将の口から出たものだった。

わたしたちは、箸を投げ出して、声のした方へ駆け出した。

女将は、二階の客室で叫んでいた。

客室の出入り口はふすまだから、施錠できない。

それを狙って泥棒が入ったのだろうか。

わたしは、さっきやって来たばかりの西田氏のことが気懸かりで仕方なかった。

そして、津村のおじいさんが食事に降りて来なかったのが、何かよくないことに思えて仕方なかった。

わたしのはやる心が描き出したのは、西田氏が強盗のような危険人物で、津村のおじいさんの身に悪いことが起こってしまったのではないかということだった。

女将は階段の途中で腰を抜かして、しきりと高い声をあげていた。

階段のてっぺんから、津村のおじいさんがそれを見おろしていた。

おじいさんは、ほとんど全身が血だらけだった。

鮮血がしたたる真っ赤な顔は、常の印象を一変させていた。鬼みたいだった。小柄なおじいさんなのに、階段の下から見上げていたせいか、大男に見えたのも、鬼みたいだという印象をいよいよリアルにした。

悲鳴を上げる女将のことは、須藤さんの奥さんが助けて階段からおろした。

生田さんが止めたのに、わたしは階段を駆け上がった。

二階にたどり着き、怖い顔をしたまま動こうとしない津村のおじいさんのわきをすり抜け、開け放たれたふすまの中を見た。

黒いパーカーに黒いジーンズの人が、大の字になって伸びている。着ているものが黒いので、お腹のあたりがただ濡れているようにしか見えなかったが、畳にこぼれているのはおびただしい血だった。サングラスが鼻の下あたりまでずり落ち、半開きの口から血と舌があふれ出ていた。見開いた目には、生命の光がない。出刃包丁が刺さった腹も、胸も手足もどこも、ピクリとも動かなかった。

登天郵便局で働いて、亡くなった人にはずいぶん会ったけど、死体を見るのは初めてだった。

生田さんが急いでわたしを呼びもどそうとする。

「アズサさん、見ちゃ駄目だ」

須藤さんの旦那さんと、主人の林崎さんが、死体を運び降ろそうとしたものの、

「やはり、このままで」とお互いにうなずき合う。

結局、津村のおじいさんだけを抱えるようにして階下におろし、警察を呼ぶことにした。

＊

派出所の警察官が来て、津村のおじいさんは連行されていった。

「あれが、わたしの孫娘を轢き殺した男なんです」

玄関を出しなに、おじいさんはわたしを見て、そういった。

わたしは何も答えることができなくて、連れて行かれるおじいさんに向かって、うなだれるようなお辞儀をした。

(ここで会ったが百年目、か)

西田総一郎という人が、刑期を終えて、この温泉に来た理由は——。

それは、幼児の命をうばった罪悪感から逃れるためか、あるいは本当に罪を消すためか。

枯ヱ之温泉は、そんな人にもたどり着くことを許したことになる。やっぱり、ここは、罪を洗い流したい人でなくては、たどり着けない場所なのだ。

(でも、ひょっとして——)

スグリ農家のおじさんは、枯ヱ之温泉には縁結びの御利益があるといっていた。

実際に、わたしはここで須藤さん夫妻と巡り合って、十年前の罪を彩花ちゃんに許してもらった。それと同様に、十年前の轢き逃げ事件の犯人は、ここで被害者遺族と巡り合った。この悪い縁を結んだのも、枯ヱ之温泉ということなのだろうか。

ところが、なのだ。

村の診療所に運ばれた西田総一郎は、ほどなく目覚めたという。

「そんな馬鹿な」

わたしは啞然としたのに、蓼屋の主人も女将も、須藤夫妻も、津村さんのことを思ってただ喜ぶばかりなのだ。

「殺人ってことになったら、大変ですからね。津村さんは、いい方なんですから」

「そりゃ、そうだけど。――でも、あの人は死んでましたよ、ねえ、生田さん」

わたしは、生田さんに「見ちゃ駄目だ」といわれたのを覚えている。

わたしに強い声で問われて、生田さんは腕組みをした。生田さんにだって、わけがわからないのだろう。

そんなわたしは、本当をいうとわけがわかっていた。

一同のそばから離れて、前庭の床机《しょうぎ》に腰を下ろすと、登天郵便局に電話をした。

電話には、赤井局長が出た。

「黒ずくめで、ジーンズのおしりが破けた人、そっちに行きませんでしたか」

――来た、来た。人相の悪い男でしょう。

赤井局長は急き込んで答えた。

――功徳通帳に悪行が一つもなくて、地獄極楽門の前で消えたんだ。人は見かけによらないとはいうけど、悪行がないなんて感じじゃ、全然なかったもの。やっぱり枯ヱ之温泉がらみだったんだな。

「そうみたいです。はっきりいって、悪党です。でも、生き返ったそうです」

――なんだとお！

赤井局長は電話の向こうで吠えた。

——つまり、何だ。地獄極楽門の前で消えた連中は、皆、生き返っていたのか！

「前から、なんとなくそんな気がしていたんですよ。それがばれちゃいけないから、この村にかくまわれているんじゃないかと思うんですよね。亡くなった其田隆俊さん

——チカッチのおじいちゃんなんですけど、あの人が見つかれば、この説がはっきりするんですが……。

——居ないんだね。

「国勢調査みたいに、きっちりみっちり、調べたわけじゃないですけど」

——われわれも、アズサちゃんから聞いたとおりに、そっちに向かったんだよ。でも、どうしても村の入り口が見つけられないんだ。

「やっぱり」

思ったとおりだ。この村は人をえらんでいる。

「罪を洗い流す必要のない人は入れない可能性大です」

——ということは、アズサちゃんにも洗い流したい罪があったの？

「ええ、まあ」

わたしが口ごもっていると、玄関の引き戸が開いた。

「あ、宿のご主人が来ました。電話、切ります」

床机に腰掛け笑顔を作るわたしに、主人もぎこちない微笑みを返した。

「西田さん、軽傷で良かったよ」

軽傷だって？

死んでいたんだよ。

だけど、それはもう、いわずもがな、なのだ。

枯ヱ之温泉には、現世では通用しないルールがある。

そのルールにしたがい、津村のおじいさんは枯ヱ之村から姿を消してしまった。たぶん、村外に強制送還されたのだと思う。

ここのお湯に浸かってから命を落とした西田氏は、死ねない。

津村のおじいさんは、軽傷で済んだ西田氏のことを、きっとまた襲うだろう。

だとすれば、西田氏をかくまって、おじいさんを追い出すよりないのだ。

顔を上げると、生田さんがこっちに歩いて来るところだった。わたしは、床机の端に移動して、となりが空いていると目で示した。

「ここに来て、あたしは十年前の罪が消えました。でも、西田さんの罪は消えますか？　消えたりしないでしょう？　ここはいい村なんですか、それとも――」

わたしは、生田さんにどう答えてもらいたかったのだろう。

15　村まつり

村の男たちは、女ものの着物をくずして着て、門々を回り、お囃子を披露する。どこの家でも、その客たちを迎えて、日本酒とご馳走を振るまう。

外の神さま、いらっしゃれ。村の土になりなされ。

お囃子の文句は、そんなことを歌っていた。

大人たちの舞いの後から、子どもたちの神楽が披露された。子どもたちもご馳走を食べて、お菓子をプレゼントされた。その日は真夏にもどったような日差しで、白塗りの化粧をした男たちは、おしろいが汗で流れて大変なありさまだ。

見物人は、それを指さして笑い合った。

「三上さんが来てから、村は生き返ったねえ」

という声を、あちこちで聞いた。

「三上さんのおかげで、このお祭りも復活したんだから」

「三上さんて、ひょっとして、三上怜央さんですか？」

わたしが訊くと、村の人は「そうだよ」といった。

三上怜央という人は、行方不明説のもととなった動画の撮影者だ。この人のことは、高村佳輝さんが自分が殺したといっている。

でも、わたしは信じていなかった。

三上という人は村の功労者で、今は別の土地で暮らしているのだろう。

高村さんと、三上さん、そして野々村美紅さんがどんなバランスをとっていたのかはわからないけど、美紅さんの自殺はどちらにとっても痛手だったはずだ。

それで高村さんはノイローゼになって、犯してもいない罪の意識に苦しんでいる？

三上さんに聞けば、そこのところははっきりするはずだが、村の人たちが盛んに感謝している三上さんの姿は、ここにはない。

「何いってるんだ。三上さんは、いつも居るじゃないか」

そういったのは、スグリ農家のおじさんだった。

どこに居るのか？　どの人が三上さんなのか？

訊こうとしたのだけど、舞い手の男の人たちに手を取られて、踊りの輪の中に引き込まれてしまった。基本がスキップをするような単純な踊りで、すぐに覚えられる。

見れば、生田さんも酔っぱらった顔をして踊っていた。酒で上気して、満面の笑みだ。いつもは控えめでおとなしいのに、美男なはずの顔が福笑いみたいになっている。

「アズサさん、ぼくと結婚してください。もうお付き合いなんて、まどろっこしいの、ナシ！　二人で仕事を辞めて、この村に引っ越して来て、スグリの実を作って暮らしましょう！　枯ヱ之温泉、最高！」

村の男たちが「イエー！」と盛り上がると、生田さんも「イエー！」と気勢をあげる。そして、おしりに重石を付けたみたいに、ぺちゃんと座り込んでしまった。

「もう、飲めません。飲めませんよ」

そういいながら、生田さんは大笑いしてお酒をぐびぐび飲んだ。

日本酒はおいしいんだけど、飲み過ぎると腰が抜けるんだよな、とわたしは思った。

「アズサさん、助けてえ、助けてえ」

笑い上戸らしい。生田さんは、おかしくてたまらないという具合に笑いながら、わたしに手を差し伸べる。

「はい、はい」

起こしてやろうとすると、生田さんはプイッと手をひっこめた。

「助けてくれなくて、けっこうです。ぼくも男です。酒の一杯や二杯で、へべれけになっていられますか」

「はい、はい」

見れば、村の人たちもどっこいどっこいに酔っぱらっている。皆、最高に楽しくて最高に幸せそうなので、酔っぱらっていないこっちは、仲間はずれのような心地がした。それ以上に、この飲んだくれの仲間に入らずここに居るのは、すごく悪いことのような気がしてきた。わたしはこの人たちを残して、一足先に蓼屋に帰ることにした。

帰り道、どこも電柱から電柱にワイヤをめぐらせて、赤い提灯が飾られている。ぼうっと丸い光を投げる提灯には、筆で同じ文字が書き込まれていた。

不死、と。

＊

蓼屋では、須藤さん夫妻が、村の小学生たちと縁側で花火をしていた。

小学生は四人、背丈から見て、学年はさまざまのようだ。神楽を披露していた子どもたちである。

伝統芸能を演じていたときの彼らは、どこか神々しさすら感じるほど凛としていたけど、こうしていると無邪気な小学生そのものだ。花火の柄を持ってぐるぐる回して走り回り、ねずみ花火に追いかけられて歓声をあげている。

大人たちは酒を飲み放題だったが、こちらではラムネが飲み放題らしい。わたしも一本手渡された。むかしながらに、ビー玉を「えいやっ！」と押し込む式の瓶だ。子どもたちも須藤さんたちも、わたしが上手くビー玉を押し込めないと決めてかかって、大丈夫かとか、やってあげようかとか、世話を焼きたがった。それが、とってもくすぐったい。

「出来るよ」

わたしはムキになって挑戦の上にも挑戦を重ね、ビー玉が下に落ちたときには泡があがってきて、手がべとべとになった。それをビールを飲むみたいに口から迎えて、生田さんみたいにゲラゲラ笑った。

子どもたちに誘われて、わたしも花火にくわわった。

火薬のにおいが、なつかしい。

花火をするには、ちょっと季節が進み過ぎているけど、楽しかった。大人になれば、自分に子どもができないかぎり、なかなか子どもの遊びの輪に入るのは難しいものだ。花火をするなんて、小学生のとき以来な気がする。

当時は、大人になって花火ができなくなるなんて、花火をしたいと思わなくなるなんて、考えもしなかった。ずっと同じような毎日が、永遠に続くものと、漠然と思っていた。

今のわたしだってそうだ。登天郵便局の臨時仕事はともかく、都会の会社で一番の若手で下っ端で、先輩や上司たちに世話をかけて万事大目にみられながら働いている。そんな毎日が、永遠に続くものと、どこかで漠然と思っている。

「そろそろ、お開きにしましょうか」

須藤さんの奥さんがいった。

＊

花火を片付けるころには、大人たちの喧騒もおさまっていた。

蓼屋の主人が子どもたちを送って行こうとすると、さっきまで生田さんと飲んだくれていた若い男の人が、深刻な顔をして駆けて来た。生田さんもいっしょだ。あんなに酔っていたのに、いつ醒めたんだろう。若い男の人は、親友みたいに生田さんの肩に手を置いて、そして蓼屋の主人に真顔で訴えた。

「山田んとこの昴《すばる》が見えねえ。こっちで、花火をしてねえか？」

「昴くん、居ないよお」

蓼屋の主人より先に、子どもたちが、口々に答えた。

男の人が血相を変えると、狼狽は蓼屋の主人にも伝播した。

「迷子だ」

「そりゃ、いけない。多香美、多香美ー、迷子なんだ」

主人は宿に縁側から飛び込んで、すぐに女将といっしょに懐中電灯を持って出て来た。蓼屋の主人夫婦は、わたしと須藤さん夫妻に向かって、急き込んでいう。

「こいつといっしょに、迷子を捜して来ます」

「すみません。ちょっと、空けますが――」

「ぼくも行きます！」

親友みたいになった男の人のとなりで、生田さんが気負った声を出す。

「では、わたしたちが、留守番をしていますから」

須藤夫妻がいうので、わたしは授業中の子どもみたいに片手をあげた。

「わたしが、子どもたちを家まで送ります」

「申し訳ありません。お客さんたちに、そんなことさせて」

蓼屋夫婦は、須藤さんや生田さんやわたしに、頭をさげた。

「いえいえ。お祭りを見せてもらったから、もう村人も同然ですよ」

須藤さんがいうので、わたしは子どもたちを集めて、それぞれの家の方角を訊いた。

「あ、皆、ちょっと待ってて」

わたしは縁側から部屋にあがると、階段をばたばたのぼってダウジングの棒を持ってきた。子どもたちは、興味津々、わたしを取り囲む。

「なに、それー」

最初に訊いてきたのは、神楽で太鼓をたたいていた坊主頭の子だ。

「たからもの発見器」

「うそ。貸してー」

龍の舞い手の子が、ちょっと擦れっ枯らしみたいなハスキーな声でいって、手を差し伸べてくる。

「いいよ。ほら」

龍の舞い手に棒を貸して、持ち方を教えてあげた。

四人の子どもたちを連れて、歩き出す。

子どもたちは、棒の先に注目していた。龍の舞い手は、真剣そのものだ。

「何探してんのー」

龍と戦う侍役の男の子が訊くと、龍の舞い手は得意げにいう。

「お金に決まってんじゃん。それから、宝石とか」

「そんなの、この辺に落ちているわけないよ」

馬鹿にするように笑ったのは、捕われの姫を演じた女の子だ。六年生で、他の三人の男の子たちより背が高かった。

「おねえさんは、何を探しているの？」

女の子はさぐるような目で、わたしを見上げてくる。

その答えは、わたしもわからないのだ。

「何か、すごいもの」

わたしの答えに女の子は納得してないみたいだったが、男の子たちは目をきらきらさせる。

「すごいものって？　死体？」

そうかもしれない……と思っていると、太鼓係の坊主頭の子が目をくるくる動かした。

「こないだの死体、生き返ったんだよな」

「普通だよ」

女の子が、鼻先で笑った。

「普通なんだ？」

わたしは、驚いた。枯ヱ之村の常識は、世の中の常識とは違うようだ。さて、この先をどう聞きだそう。

「生き返った人はどうなるの？」

「別に、普通だよ。空き家を片付けて、そこで暮らす。働いたり――」

龍の舞い手だった子が、ダウジングの棒を手で動かしながらいった。

「働いたり？」

「壺に閉じ込められたり」

「壺？　閉じ込める？」

わたしが問い返すと、女の子が慌てて龍の舞い手の腕を叩く。

「馬鹿。しッ!」

それからは、子どもたちは無言になってしまった。

沈黙の中で、夜の風景が流れて行く。

生垣の木が黒くてもくもくしていて、怪物が整列しているように見えた。月の下を雲が走るので、月光が明滅する。光と闇は、舗装されていない土の道にまだら模様を描いた。

「昴のやつ、どこ行ったんだ?」

龍の舞い手がいうと、子どもたちはまたにぎやかになった。

「神楽に選ばれなかったから、ふてたもんね」

「あいつ運動神経がにぶいんだよ。だから、神楽が踊れないんだよな」

「リズム音痴だからお囃子もむりだし」

「すぐ飽きるし。キレるし」

「そういうのも、大人になれば、いい思い出になるんだよ」

わたしがいうと、全員が否定的に「えー」といった。

山の方に、明かりの列が登って行くのが見えた。

山田昴くんを捜す、大人たちの列だ。村中が団結して、頼もしい眺めだった。と同時に、これが山狩りなどというものだとしたら、ずいぶん怖いんだろうなと思ってしまう。

「ここ、ぼくたちん家」

そういったのは、ダウジングの棒を持つ龍の舞い手と、太鼓係の坊主頭の子だ。

ダウジングの棒を侍役の子に渡す。

次に見えてきたのは、侍役の子の家で、ダウジングの棒はお姫さまを演じた女の子に渡された。女の子はまじめくさった顔で棒の先を見て、その目をこちらに向けた。

「おねえさん、ただのお客さん？　ここに何しに来たの？」

初手から、なかなか手ごわそうだった女の子は、ズバリ、核心を突いてきた。

「探し物」

わたしは、正直に答える。答えになっているかどうかは、微妙だけど。

「何かなくしたの？」

「うん。あたしじゃないけどね」

さっき見た風景を、逆もどりしていることに気付いた。

怪物が整列したような生垣の前まで来た。

「家、ここなの」

女の子の家は、三人の男の子たちの家より手前にあったのだ。でも、この子は、わたしと二人で話すチャンスがほしかったようだ。ほかの三人は、女の子が口に出さなくても、それを察して黙っていたらしい。

女の子はダウジングの棒をわたしに返した。

「ここには、おねえさんが探しているものなんて、なにもないよ。だから、そろそろ帰った方がいいと思うな。それから、おねえさんにあの人は似合わないよ」

「そう、かな」

わたしはいささか面食らったのだけど、女の子は人懐こく笑った。

「じゃあね」

細い脚で弾むように、玄関の方に駆けて行った。

＊

一人きりの帰り道、わたしは子どもたちを無事に送り届けて安心し、放心状態で歩いていた。われに返ったのは、両手で持っていたダウジングの棒がグイッと揺れて、一方向を指して動かなくなったときである。

(何だ、何だ)

まったく、何が起こったのか最初はわからなかった。

棒は、散歩に疲れた犬のように、頑として動かないのだ。

その先に、低木の並んだ畑があった。スグリ畑である。暗がりの向こうに、蔵造りの建物が黒々とそびえていた。

——壺に閉じ込める。

龍の舞い手の男の子が、ちょっとハスキーな声でいったその一言が胸によみがえった。

同時に、わたしは、ベガさんがメールで送ってよこした透視画のことを思い出す。

——ここを探しなさい。

(探しようのない下手くそな絵だったけど)

逆さにして立てた熊手の列はスグリの木を、ぐるぐると描き殴られた円はスグリ酢を醸造する壺を指しているんだったりして。

わたしは暗がりに隠れるようにして、畑の中に忍び込んだ。

手に持った棒は、蔵造りの建物の近くまで来ると、いっそう引きつけられるように前方を指して、動かそうとしてもまったく動かなくなる。

建物には鉄さびが一面に浮いた重たい扉があるのだが、それが開いていた。

中に入れる!

でも、明かり窓から朱色の淡い光が漏れていた。

誰か居るのだ。

そう悟ったとき、どこからか見られているような気配を感じた。

わたしは、慌てて、その場を離れた。

＊

蓼屋にもどると、窓に明かりは灯っていたけど、人の気配はなかった。

山田昴くんの捜索から主人夫婦はまだもどっていなくて、須藤さんたちがひっそり留守番をしているようだ。

わたしは前庭をぐるりと回って、花火の火がちゃんと消えているかを、念のため確認した。バケツの水を掛けられた花火の残骸たちは、ゴミ箱の中に納まっている。

庭をぶらぶら歩きながら、わたしはダウジングの棒を振って蚊を払った。

西田総一郎は確かに死んでいた。でも、診療所で回復したという。

津村のおじいさんは、村から居なくなった。

おじいさんが西田氏を刺した騒ぎは、たしかにただ事ではないのだ。

だけど、あの事件はまるでなかったことのようになっている。

わたし自身、今夜みたいなお祭りの中では、ともすれば忘れてしまいそうになった。ほんの昨日のことなのに、だ。

そう思ったとき、ふたたびダウジングの棒が一方向を指して動かなくなった。

棒は柿の木の下の地面を指している。

(何か、埋まっている？)

掘り起こそうか。

納屋にシャベルを取りに行こうとしたら、人の声が近付いて来た。主人夫婦と生田さんが帰って来たのだ。

16　逆転、反転、そして……

次の日、須藤さん夫妻は帰ってしまった。

朝食後、キジバトが鳴く朝の景色の中で、二人は何度もお辞儀をしてタクシーに乗った。

主人と女将に加え、わたしと生田さんも玄関の外まで出て見送った。

蓼屋のお客は、わたしたち二人だけになってしまった。宴会場での食事も、昼からは貸し切り状態になってしまう。

「お昼から、またお部屋で召し上がりますか？」

女将がいう。わたしは生田さんと目を見交わしてから、かぶりを振った。

「二階の部屋までお膳を運ぶのは面倒だし」

「そんなことありませんよ。お客さまは、そんなこと気にしないでください」

「でも、ほんと、宴会場で食べるのに慣れましたから」

「気を使っていただいて」

女将は恐縮するが、わたしはよいお客だと思ってもらえることで、気分を良くした。

午前中は、ロビーで風に吹かれながら、文庫本を読んですごした。

すぐに昼になった。

女将は膳を運びながら、ゆうべの迷子のことを話してくれた。

「スグリ酢の蔵の中に居たんですよ」

ゆうべの明かりは、子どもを捜して人が入っていたせいか。ダウジングの棒が、迷子の居場所を教えてくれていたのだとしたら、狗山比売の御利益覿面《てきめん》というものである。わたしは感心しながら玉子焼きを口に運んだ。

「ぼくらも、そろそろ帰りませんか」

生田さんがそういったのには、驚いた。

わたしに、結婚してここに住もうといったのは、ゆうべのことなのに。やっぱり、あれは酔っ払いのたわごとだったのだなあと思うと、ホッとしたような、ちょっと残念なような気持ちになった。

いや、わたしたちは、そもそもここに枯ヱ之温泉の秘密を暴きに来たのだ。

死人がよみがえるのを目撃したから、役目は果たせたといえるかもしれない。子どもたちがいうには、よみがえった人たちは、村で暮らしているらしいけど、それを確認できていないのは心残りだ。

（一度来たんだから、また来られるよ）

わたしの口に出さないひとりごとに答えたのか、ヒヨドリが高く鳴いた。

その声に重なるように、クルマのエンジン音が聞こえ、前庭でとまった。

新しいお客だろうか。

ポケットの中でスマホが震えた。メールのようだ。

（後で見よう）

昆布の佃煮を持ち上げて口に運ぼうとしたタイミングで、庭から騒々しい気配が伝わってきた。

それに続いて、どこかヒヨドリの鳴くのにも似た、切羽詰まった女性の叫び声がした。

女将の多香美さんであるのは、間違いない。

わたしたちは昼食を放り出して、声のする方へと駆けて行った。

「ええ？」

わたしは新しいお客を見て驚き、立ち尽くしてしまった。

庭に居たのは、高村佳輝さんだったのだ。

この蓼屋の主人夫婦といっしょに、肝試しの動画に映っていたあの高村さんだ。

動画から十年してすっかり……というよりも、異様に老け込んだ高村さんは、シャベルを持ってすごい勢いで地面を掘り始めた。その場所は、ゆうべダウジングの棒が指した場所、柿の木の根元だ。

「おい、高村、やめろ！」

主人の舜さんが後ろから羽交い絞めにしようとしたけど、高村さんはそれをふっ飛ばした。

「おまえたちの欺瞞は、もうたくさんだ！　こんなこと、やめさせてやる！」

高村さんは声を裏返らせて叫んだ。

まるで芝居の台詞みたいに聞こえた。

その様子は鬼気迫る感じで、ひたすら地面を掘り続ける。

舜さんと生田さんがふたたび止めようとしたけど、高村さんはシャベルを振りかぶって襲ってきた。シャベルの先は鋭く尖っているから、まともに突かれでもしたら、大変なことになる。

舜さんが助けを呼びに行き、生田さんは女将とわたしをかばって後ずさった。

その間にも、高村さんは、どんどん掘り進む。

わたしはポケットからスマホを出して、さっき着信したメールを開いた。ベガ・吉村さんからだった。

タイトルは、なし。

画像が添付されていた。また変な透視画かと思ったら、そうじゃなくて写真だった。

十年前の、肝試し五人組のスナップ写真である。ベガさんも動画サイトからこの人たちを見つけ出し、わたしとはまた別の方法でこの写真を見つけたのだろう。

五人は大学の構内――食堂みたいな場所で、そろって笑顔を見せていた。

高村佳輝、林崎舜、多香美、野々村美紅――やっぱり、この人はわたしにうり二つだ、そして生田宙――。

（なんで、生田さんが）

わたしは、すぐ前に居て、わたしたちをかばうように手を広げている生田さんの横顔を見上げた。高村さんも、林崎夫婦も十年分の年をとっているけど、生田さんは写真に写っているままだ。

メールには、本文があった。

――浦島日日新聞に生田という社員は居ない。

はあ？

わたしは液晶画面と生田さんの後ろ姿を何度も見比べ、そして、ハッとした。

そもそも、生田さんはどうして高村佳輝さんを探せたのか？

どうして、野々村美紅さんが亡くなっていることを知り、林崎夫妻がここで旅館を経営していることを知っていたのか？

どうして登天郵便局のことを知っていたのか。自力でたどり着けたのか？

いくら新聞記者でも無理な仕事ではないだろうか——いや、メールを信じるならば、彼は新聞記者じゃないっていうし。

（生田さん……）

わたしは、にゅうっと手を伸ばした。

その手で後ろから生田さんの背中に触れる。

わたしの手は、生田さんの背中を通り抜け、みぞおちの辺りから前に突き抜けた。

わたしの横から、女将がそれを見た。

生田さんはたぶん、自分のお腹から出たわたしのてのひらを見たはずだ。

女将の口から、前よりいっそう高い悲鳴が上がった。

そのとき、主人が村の助っ人たちを連れて駆けて来た。

高村さんが土の中から掘り出したものを振りかざして、雄たけびを上げていた。

それは、骨だった。

後ろが丸くてつるりとしていて、前に顔がついている。

人間の髑髏《どくろ》だった。

駆け付けた村の人たちは、よってたかって高村さんを捕まえると髑髏を取り上げて、引きずるようにして蓼屋から連れ出した。

そして、わたしのことも捕まえ、連れて行く。

「アズサさん——アズサさん！」

生田さんが——いや、三上怜央さんが叫んだ。

そうなのだ、この人は三上さんなのだ。とっくに死んでいる三上怜央さんなのだ。だから、登天郵便局のことも知っていたし、行きつくこともできた。わたしは、もっと前に、それがどうしてなのか考えておくべきだったのに。

「やめろ、林崎！　その人は——」

乱暴にわたしを引き立てる蓼屋の主人は、旧友に向かって怒鳴った。

「その人は——何だというんだ？　この女は、美紅じゃないんだぞ！」

わたしと高村さんは、スグリ畑の奥の蔵造りの建物へと連れて行かれた。

スグリ酢を醸造するための壺が、敷き詰められたように並んでいる。

壺、壺、壺壺壺壺壺……こうやって剣呑なシチュエーションで連れて来られて、不自然なまでに居並ぶ壺の大群を見ていると、目がくるくる回ってくる。

男たちはそのふたを開けて、中に高村さんを押し込んだ。

もちろん、高村さんは抵抗したけど、多勢に無勢だった。あんなに常軌を逸して暴れていた高村さんは、壺に入れられ木のふたをかぶせられると、まるでスグリ酢になってしまったみたいにおとなしくなった。

こんな物語が、あったような。

孫悟空の敵が、名前を呼ばれて返事をすると吸い込まれるひょうたんをもっていて、中に入れられた者はお酒に変えられてしまう。

(ちょっと待ってよ！)

いくら、罪を洗い流す温泉だからといって、いくら、死んだ人がよみがえってしまう村だからといって、人間をスグリ酢に変えるなんてあんまりだ。いや、スグリ酢にならなかったとしても、あんなものの中に入れられたら、息ができなくて死んでしまう。

だれか、助けて、助けて。

生田さん——いや、三上怜央さんか、かばってくれたなら最後までかばってください。

わたしが、いったい何をしたというのだ。

生田さんが三上さんだと気付いただけじゃないか。

三上さんが、本当に死んでいるんだと気付いただけじゃないか。

高村さんが掘り出したのが、三上さんの頭蓋骨だと思っちゃっただけじゃないか。

よせ、やめろ、頭をつかむな、押すな、閉じ込めるな――！

という抵抗も空しく、わたしは壺の中に押し込まれ、木のふたをされてしまった。

壺の中は、真っ暗で無音だった。酢の壺なのに、においがしない。からだが窮屈なはずなのに、全身を圧迫する壁の存在を感じない。体が広大無辺な空間に浮いているような気がする。手も足もおしりも背中も、何にも触れないのだ。

つまり、五感が働かない。

すぐに、時間の感覚もなくなってしまった。

息をつめながら、窒息するのを怖ろしい心地で待った。

ところが、どれだけ経過しても、息が苦しくならない。

体育座りから姿勢を動かすことはできないのに、せま苦しさは感じなかった。

壺の内壁を叩いてみた。

触れられない壁。しかし、そこから先が閉じられているのも確かだった。

触れられないが確かに存在する壁を、叩く。

こつこつ、こつこつ、と、音がしない。

音がしない。

どれだけ時間が過ぎたのか。一分か？　一時間か？　一日か？

こつこつと叩くが音はしない。

いや、音がする。

壺のふたを開ける音、スグリ酢が一滴落ちる音。

酸っぱいにおいがした。

ふたが開けられて、光がなだれこんできた。

それはペンライトの、ごく細い光だった。だけど、おそろしく眩しい。

その光の真ん中に、ベガ・吉村さんが居た。

「わあ。来てくれたんですか」

「早く、出なさい」

そのつもりなのだけど、体が固まってうまく動けなかった。

開け放たれた蔵の戸の向こうは闇だ。

昼食の途中で騒ぎが起きて、半日以上が過ぎたのか。

その間、こんな狭い中に閉じ込められていたことを思うと慄然とする。

村の人たちは、わたしをどれだけの間、この中に入れて置こうとしていたのかを想像すると、もっと慄然とする。

壺から出ると、そこには高村佳輝さん、死んだはずの西田氏、津村のおじいさん、そのほかにも大勢の人たちが居た。

助け出された人が、次々と壺のふたを開けて、中に閉じ込められた人たちを助けている。

「この人たちは――」

わたしはまだショックから醒めなくて、よろよろしながら壺の口につかまった。

ベガさんは真っ白い顔を、ペンライトの明かりで下から照らしている。

「枯ヱ之温泉のお湯で罪を洗い流した人たち。死ぬことができずに、永遠の時間を与えられた人たち。だけど、枯ヱ之村にとって、不都合な人たち。亡くなった人も、知り過ぎた人も、ずっとここに閉じ込められていたのです」

「そんな、ひどい」

「話は後です。さあ、逃げますわよ」

ベガさんはミイラみたいに細い腕を振って、壺から出た一同に合図した。

皆はぞろぞろ、ばたばたとベガさんに続く。わたしも、しかり、だ。

村の外から来たベガさんがバスでも用意してくれていたら助かったんだけど、現実はそんなに甘くはなかった。わたしたち大人数の虜囚たちは、徒歩で村の出口へと向かった。

何時なのかはわからないが、寝静まる時間なのだろう、道に村の人は見えなかった。

さりとて、この行列がだれにも気付かれずに逃げられるはずがない。

すぐに、あちこちの戸が開いて、男たちが追いかけて来た。

農作業で鍛えた屈強な人たちだ。

祭りの夜に子どもが迷子になったとき、山狩りということをふと思い浮かべたけど、今夜起こっていることはその印象のままだ。追いかけて来る人の顔も迫力も、すごく怖い。

わたしたちは、懸命に逃げたんだけど、村の出口でとうとう囲まれてしまった。

生田さん……いや、三上怜央さんも来ていた。蓼屋の主人夫婦も居るし、スグリ農家のおじさんも居る。村で出会った子どもや、神楽を披露した子の親たちも残らず居るにちがいない。皆、手に手に、鎌や、斧や、農作業で使う巨大なフォークを持っていた。それをわたしたちに向けて振りかざす。

「こっから先には行かせねえ。さあ、壺の中にもどるんだ」

「待ってくれ、皆」

生田さん――三上さんが、一同をとめた。

「このばあさんと決着をつけなければ、ぼくたちもここからは帰れないぞ」

「だれが、ばあさんですか！」

この期に及んで、ベガさんはその点を怒っている。

「おばあさん、その人たちを村に返してください」

「だから、だれがおばあさんですかといっているのです！」

皆がここでわたしたちを止める気だった中で、ひとりだけ三上怜央さんが愛車をスタンバイさせていた。わたしも乗り慣れた紺色のハッチバックだ。わたしは、それを複雑な気持ちで見た。生田さんのことを、この人は三上怜央さんなのだと、頭の中で変換しなくちゃならないことに、まだ慣れなかった。

「三上さん、これでいいんですか？」

ベガさんはいって、オセロの石を投げた。

「わたしはベガ、知らーぬこととてない。それーが占い師のさだめー」

何度も、何度も、投げる、投げる、投げる。

それをじっと見おろし、しわにおしろいがめり込んだ小さな顔を、キッとさせて三上さんを見た。

「十年前、この温泉であなたたちに何があったのか、当ててみましょう。

あの動画を撮影した夜、あなた方は枯ヱ之温泉の蓼屋旅館に泊まりましたね。そう、林崎さんのご実家です。野々村美紅嬢をめぐってライバル関係にあったあなたと、高村さん――」

ベガさんは、二人の間で視線を往復させる。

「温泉の中でふざけあっているうちに、高村さんがふと本気になった。三上さんをお湯に沈めたんです。いっしょにいた林崎さんが、それに加わりました。あくまでも、ふざけているつもりで。ねえ、そうだったのでしょう」

ベガさんが蓼屋の主人に目を移す。

主人は視線から逃れようと、顔をうつむけた。

「三上さんはお湯の中でもがいていましたが、やがて手ごたえがなくなった。溺れて死んでしまったんです。

そこは林崎さんのご実家ですから、容易に隠し事ができました。

ご両親は旅館から死人を出し、息子が殺人者になるなど耐えられなかったのです。法の裁きに身をゆだねる勇気が、なかったんですよねえ。

三上さんの死体さえなければいい。

だから、三上さんのなきがらを、柿の木の下に埋めました」

やっぱり……。

高村さんが掘り出したのは、三上怜央さんの頭蓋骨だったんだ。

わたしが茫然とする中で、ベガさんの言葉は滔々と続く。

「三上さんは、殺されて埋められましたが、その魂は高村さんを許しました。林崎さんのことも許しました。それだけではありません。全ての人の罪を許すことにしました。

でも、それは許しではなかった。呪いだったのです。以来、枯ヱ之温泉で三上さんの呪いを受けた人は、すべての罪を洗い流され、死後は次の世に向かうことなくふたたび枯ヱ之村へと引き寄せられてきました」

罪が洗い流されたからといって、幸せになるわけではない。その証拠に、高村佳輝さんは、十年前の事件からこっち、引きこもりになって社会に出ることができなくなった。野々村美紅さんは、自殺してしまった。

「生田さん、これってやっぱり、正しくないです。人を許すのはえらいなあと思うけど、生田さんのしていることは、ちょっとちがうと思うよ」

温泉客は元の暮らしに帰って行くけど、死んだらこの狭い村から二度と出て行けなくなる。村にとって不都合な人間は、壺の中に閉じ込められた。五感を殺し、時間を奪う永遠の牢獄だ。そんなことが、「許し」であるはずがない。「呪い」なんだ。

ただ一人、三上怜央さんだけは、自由自在にこの村と外の世界とを行き来できた。なぜなら、三上さんだけは呪いを受けていないからだ。

ただ、死にきれない無念を抱えた怨霊ではあったけれど。

「アズサさんに会ったとき、三上怜央さんがどんなに嬉しかったか、それは言葉では表しようがないくらい」

自分をめぐって殺人事件が起きてしまったことで、野々村美紅さんは自殺してしまった。

死者である三上さんは、それをとめることができなかった。

ほかの人たちにしたように、呪いでつなぎ止めることもできなかった。

「でも、十年して、三上さんはアズサさんを見掛けました。美紅さんが帰って来たと思ったのです」

折も折、わたしとゴボウさんは銀行強盗の準備をしていた。

「三上さんは、アズサさんの前で首つりを演じてみせ、同情を買って仲間になりおおせたのです。あとは、いろんな理由を見つけて、三上さんは架空の人物・生田宙としてアズサさんといっしょに居た。この人が美男子だから、アズサさんはイヤな顔をしなかったのでしょうね」

ベガさんは、黒々とアイラインを引いた目でわたしを見る。

はい、確かにそのとおりです。

生者と死者という隔たりがなかったら、けっこうタイプだったかも。

「そして、アズサさんは、ミイラ取りがミイラになるの言葉どおり、枯ヌ之村へといざなわれ、今ではすっかり村に取り込まれてしまった。わたしの占いには、そのように出ておりますよ」

ベガさんは「ほほほ」と甲高く笑うのだけど、わたしたちを囲む輪はジリッジリッとせまくなっている。

「ベガさん、勝ち誇るのはいいんですけど、勝ち目はないっぽいですよ」

「どうかしら」

ベガさんがしわだらけの小さな手をくいっと反らせて頬にあてると、その後ろから闇に紛れて人影が現れた。

どっしりと大柄な赤井局長と鬼塚さん、ちょこんと小柄な登天さんだ。

わたしは目を丸くして三人を見た。

「いつの間に——どうやってここへ？」

登天郵便局の人たちは、ここには来られないのではなかったのか。

17　恋だったのかも

　ベガさんは、赤井局長たちが現れた、暗い道を示した。

　闇の降りた細道には、点々と白い丸と黒い丸が光っている。オセロの石だ。それは、道にそって、どこまでも続いているらしい。月明かりを返した石が、きらきらと道の果てへと連なっている。

「〈道教えの秘術〉です。わたしがここに来る途中で、ずっと落としてきたのです。それをたどりさえすれば、彼らとて結界の中に入れるというわけです」

「なるほど、なるほど。ヘンゼルとグレーテルの、パンのかけらってわけですか」

　鎌や斧をもった人たちは、ベガさんの長い弁舌にしびれを切らしたように、ずいっと前に進み出た。

　鬼塚さんと赤井局長も、ずずいっと前に出て、登天さんはそそっと後ろに下がる。

　鬼塚さんの手には銀の斧、赤井局長の手には金の斧が握られていた。

その姿は、お寺の門を守る仁王さまのごとし。盛り上がった筋肉と、かっと見開いた目は、凶暴そうで、凶悪そうで、二人を知っているわたしもいささかビビるほどであった。

だから、村の人たちも尻込みせざるを得なかった。

ところが、形勢はオセロゲームのように、またしても逆転した。

三上さんが、わたしの首を今しもちょん切るように鎌を構えたのである。

「ちがう――ちがう――ちがう！」

三上さんは怒った声でいって、赤井局長たちを退かせる。

村人たちも、驚いた顔で後ずさりした。

ぽっかりと開いた道を、三上さんはわたしを脅してクルマの方へと追い込む。片手でドアを開けて、わたしにリアシートに乗るようにいった。

「アズサちゃん」

赤井局長の怖い顔が一変して、泣き出しそうになる。

鬼塚さんは、のどの奥から地鳴りのような音をたてうなった。

登天さんも、細い声で悲鳴を上げた。

「ああっ……！」

これまで殺気立っていた村の人たちも、毒気を抜かれた顔で三上さんの一挙一動を見守っていた。

そんな一同を根こそぎ無視して、三上さんはクルマを急発進させる。

紺色のハッチバックは、猛スピードで走った。

黒い道には明かりもなく、曲がりくねった道で減速もしないのだ。

タイヤが、キーキー鳴った。

クルマの中も、わたしの悲鳴で、いたたまれないほどの騒動になっている。

三上さんは「うるさい」とか「黙れ」なんていわなかった。

ルームミラーから見える顔は、目が釣り上がって、口をきゅっと結んでいる。

(そうか)

——不毛の地を取り仕切る者が、ことわりにはずれた恋をした。

不毛の地を取り仕切る者とは、枯ヱ之温泉を呪いで縛り付けていた三上さんのこと。ことわりにはずれた恋とは、死者の身で生きている女性に恋をしたこと。その女性とは、他ならぬわたしだった。相手の女性の身が危ないというのは、わたしがピンチだってことなのだ。

「きゃー、きゃー、きゃー！　……？」

悲鳴をあげるしか能のないわたしは、ミラーで三上さんの顔を見たとき、何か変なものが映っていた気がして、もう一度目を凝らす。

「はっ？」

わたしは悲鳴を上げるのをやめて、リアウィンドウから後ろを振り返った。

彼方から、白いものが飛ぶように近づいてくる。

それは最初、地面すれすれに浮いた白い布のように見えた。

カーブに合わせてくねくねと曲がりながら、白い布は三上さんのクルマを追いかけてくる。まるで見えない糸で結ばれてでもいるかのように。

やがて、それがただの白い布ではなく、白いネグリジェのようなドレスだと気付いた。

ドレスを着た、小柄なおばあさんなのである。

「ベガさん！」

まぎれもない、ベガ・吉村さんだ。

ベガさんは、シャキッ、シャキッ、シャキッ、シャキシャキシャキシャキ——！と細い手足を車輪のように動かしながら、クルマの後を走ってくる。その速度は、おそらく時速八十キロはくだらないクルマに追いつくほどなのだ。

心強いとか、頼もしいとかいう段階をとうに越して、その姿は奇ッ怪しごく、はっきりいってものすごく怖かった。

「くそっ！」

追っ手に気付いた三上さんは、市街地へは降りず、郊外のバイパス道路へと入る。信号の少ない片側一車線の道路をまっすぐ東へと向かった。低い丘陵をのぼり、左折してまた勾配をのぼる。

（あれ、この道は？）

べガさんはまだ付いて来ていた。

手足の動きはオリンピックの短距離走の選手を思わせた。しかしながらさっきから何十分も走りづめだ。占いや透視より、こっちの方がよっぽどすごいと思う。世界中のどんなアスリートよりも、べガさんの方がすごいと思う。

が――。

さすがにその超人的な走りも、山道ののぼり坂には付いて来られなかったのか。その姿は小さくなり、やがて消えてしまった。

わたしは暗がりの中で窓に張りついて、ここが見慣れた道であることに気付く。柊や白雲木、青だも、藪手毬、肝木が枝を伸ばして、トンネルをつくっている。郊外のちょこんとした丘陵にはありえない深い自然のたたずまい。

登天郵便局に続く狗山の細道なのだ。

舗装されていない悪路をクルマは進み、南の方角に向かって開けた無限の花畑の前で停まった。

「………？」

クルマを降りた三上さんが、リアシートのドアを開けて、わたしに外へ出るようにとうながした。

「乱暴な真似をして、すみませんでした」

三上さんは、わたしに向かって頭を下げた。

そして、うなだれたまま、ぼそぼそと続ける。

「ぼくは美紅が好きでした。本当に好きでした」

「はい」

「でも、アズサさんは美紅の身代わりじゃないんです。最初は確かに、美紅にそっくりだから、きみに近付きました。美紅が帰って来てくれたような気がして、このまますれ違うだけなんて耐えられなくて」

「はい」

「でも、きみといっしょに居て、きみが美紅じゃないことを思い知りました。きみって、美紅と全然ちがいますから」

「すいません」

わたしは、三上さんが鎌を持っていないのに気付いた。逃げるなら、今のうちなのに、逃げる気持ちにはなれなかった。

「だんだん、アズサさんは美紅の身代わりではなくなっていました。アズサさんは、アズサさんで、やっぱり好きなんです。須藤さんがいってましたよね。妹は亡くなった姉の生まれ変わりなんかじゃないって。二人の娘は、どっちも別々に愛しいって。ぼくには、その意味、すごくよくわかります。いえ、話したいのは、須藤さんのことじゃなくて」

三上さんは口ごもって、「すみません」と謝った。

「こんなときだってのに、ぼくは自分の気持ちもうまく伝えられなくて」

「意味、わかります」

「すみません」

三上さんは繰り返した。

「きみが美紅に似ていても、美紅は美紅だし、アズサさんはアズサさんです。ぼくは本当にきみが好きでした。いっしょに居られて、嬉しかったなあ」

「あたしも――」

生田さんが居てくれて助かった。

三上さんが好きだったかも。

呼ぶ名前さえ定まらないのに、そんな恋なんてあるのだろうか。

そんなあいまいな恋なのに、相手に触れることもできないで、終わってしまおうとしている。

「三上さん、行くんですか？」

そこから一歩も動けないわたしは、三上さんの後ろ姿がじわっとにじんで、ぽろぽろと泣き出した。

「それって、勝手じゃないですか。わたしを脅かして、こんなとこまで連れて来て」

三上さんは、夜の花畑を一人で進み、地獄極楽門までたどり着くとこちらを振り返った。

「すみません」

おじぎをして、片手をあげて、門の中へと踏み出す。

歩いて行くその姿がすうっと薄れて消えた。

その瞬間、しずかだった秋虫たちが鳴き出した。

わたしは後ろから聞こえる足音に気付いて振り返った。

ベガ・吉村さんが、ポケットティッシュを差し出しながら近づいて来る。

わたしは、それを受け取って涙を拭き、はなをかんだ。

ベガさんは、あんなに走ったにもかかわらず、ネグリジェに似た白いドレスには、ポテトチップスのかけらがたくさん付いていた。わたしはそれをつまみ上げて、口に入れる。激辛唐辛子味だ。

「狗山比売さま、見届けてくれてありがとうございました」

『なんじゃ。気付いておったのか。そなたも人が悪いのう』

小柄なおばあさんは、両手を顔に当てると、しわだらけのお面を外した。

それは、からりと音をたてて地面に落ち、転がる。

てのひらで首筋や手の甲を撫でると、しわが消えて陶器のような肌が現れた。お面の下に隠されていたのは、比類ない美しい容顔だった。

狗山比売は白いドレスが似合っていて、とてつもなく可愛かった。

その可愛い目が、わたしの涙で濡れた顔を見る。

『やれやれ、そなたも好きだったのか』

「そうかも」

わたしはまたポケットティッシュを引っ張り出すと、ズビイと音を立ててはなをかんだ。

そんなわたしたちを、クルマのヘッドライトが照らす。

道を折れて入って来たのは、赤井局長のミニバンだった。枯ヱ之村から、ずっと追いかけて来たらしい。クルマが停まると、赤井局長と鬼塚さんが、つんのめるような勢いで飛び出してくる。そして、わたしと洋装の美少女を見て、「はて？」というような顔をした。遅れて追いかけて来た登天さんも、小さな顔をきょとんとさせる。

赤井局長は、狗山比売の前で最敬礼の姿勢をとった。

「い、狗山比売さま、知らぬこととはいえ、何かとお世話になり……」

『くるしゅうない。三上怜央は行ったぞ』

三上怜央さんが無事に地獄極楽門から旅立って、その呪いは消えた。

いつの間に現れたのか、登天郵便局の暗い花畑には、其田隆俊氏をはじめとした枯ヱ之温泉のお客たちが居た。

一度は家族たちに送られて旅立ったはずの彼らは、あらためて登天郵便局に咲く花々に見惚れながら、地獄極楽門へと向かう。

紋付袴《もんつきはかま》に、タキシード、黒留袖《くろとめそで》にイブニングドレス。

お客さんたちはめいめいにドレスアップして、とても元気そうで、とても満足そうだった。

「とっても良い温泉だったんですが」

「思わぬ寄り道でした」

「次の世にも温泉はありましょうか？」

「きっとあるでしょう。温泉には、ほら、よく地獄という名が付いているでしょう」

「地獄はいやですよ。そんな悪いことなんかしてません」

お客さんたちは、花に映える正装で地獄極楽門へと進み、こちらに会釈をくれてから全員がすうっと消えた。

三上さんの呪いが解けたから、温泉の効能が消えたのだ。亡くなった人たちも、生きているわたしたちも。

だから、温泉に入ってしまったわたしも、いつかはあの門をくぐって先に進めるのである。

＊

蓼屋の露天風呂は、石造りで、檜《ひのき》のといから、四六時中、無色透明のお湯が注がれている。

風呂は瓢簞《ひょうたん》のようにくびれたつくりで、あがり場からは奥の方が死角になっていた。

迷ケ岳の稜線が、沈んだばかりの夕陽で薔薇色に見えた。暮れ方の藍色の闇と、消え残った西日が、オーロラみたいな色彩を空に放っていた。

「絶景だね、絶景だね」

竹垣の向こうの男湯から、赤井局長のご機嫌な声が聞こえてくる。

青木さんがキャンディーズの『やさしい悪魔』を歌っていた。

登天郵便局の面々は、改めて枯ヱ之温泉に一泊旅行に来たのである。

東京に住みたがっていた青木さんも、ようやく帰って来た。

登天さんと鬼塚さんは、迷ケ岳にキャンプに行っていた。おじいさんの登天さんが、筋肉隆々で元気満点の鬼塚さんに同行して大丈夫かと危ぶんだけど、登天さんは意外なことに旅と登山はお手の物なのだそうだ。

瓢箪形の岩風呂の、くびれた先に、女の人がこちらに背中を向けて、お湯につかっていた。

ずいぶんと長風呂したけど、夕陽が完全に消えるまで空を見ていたいと思った。同じことを考えているのか、先客もやはり迷ケ岳の方を向いて、じっと顔をもたげている。わたしが入るより前から居たから、湯あたりしないかと、ちょっと心配になった。

その人が、わたしの心配に気付いたかのように、こちらを振り返った。

ちゃぷり、とお湯の音がした。

露天風呂の、少し暗い明かりが、その人の肩を首筋を、顔を照らした。

その人は、わたしだった。

髪型がちょっとちがう。楚々とした感じが、粗忽なわたしとはちょっとちがう。だけど、まるで鏡の像みたいにそっくりなその人は、わたしを見てニイッと笑った。

わたしは温かいお湯の中に居て、背筋が寒くなった。

なぜなら、その人はお湯の面に影を落としていなかったのだ。

「ひょっとして、野々村……美紅さん？」

「はい」

その人は微笑んで、ぺこりと頭をさげる。身じろぎしたけど、波が立たなかった。

「あの……お亡くなりになったんじゃ……？」

「自殺したので、成仏できませんでした」

美紅さんは、「寝坊したので、ごはんが食べられませんでした」というくらい普通の調子で、そういった。

「つまり、幽霊で……らっしゃる？」

おそるおそる訊くと、美紅さんは「はい」といった。骨格が似ているせいか、声も似ている。相手が幽霊であることよりも、自分にそっくりなことの方が奇妙な感じがする。

「ひょっとして、ずっと枯ヱ之温泉に居たんですか？」

「ええ。わたしには、このお湯は効きませんでしたけど」

美紅さんには、無念が残っていた。最初から地獄極楽門より先に行けなかったから、登天郵便局で消えた人たちみたいに、ここで村の人としては暮らせなかった。

「多香美にも舜くんにも、三上くんにも見つかりたくなかったんで、いいんです」

「ということは、だれにも気付かれなかった？」

「そのつもりです」

美紅さんは、ちょっと得意そうにいった。得意そうだけど、かなしそうでもあった。

「生田さん……いや、三上さんのことが好きだったんですか？　だから、次の世には行けなかったの？」

「それがねえ」

美紅さんはいいよどむ。

「申し訳ないんだけど、愛してはいなかったんです」

「そっか」

この世で添い遂げられぬなら、あの世でいっしょに――という、江戸時代の浄瑠璃みたいには片付かなかったようだ。だから、なおさら、自分のために起きた三上怜央殺害事件が耐えられなかった。死んだ後でも、美紅さんはいたたまれなかったのだ。罪を洗い流す温泉でも洗い流せない痛さが、美紅さんをこの世に縛り付けていた。

「じゃあ、枯ヱ之温泉にかかった三上さんの呪いのことも、気になってたんですね？」

「はい」

美紅さんは、お湯をちゃぷちゃぷと揺らす。お湯は少しも動かないのだけど。

「あなたは、わたしにできないことを全部してくれた。ありがとう」

「そうかな――あたし、何もできなかったと思うけどな」

「たとえば、三上くんを好きになるとか」

「あ、それならば」

わたしは照れて、笑って、それから急に鼻の奥がツンと痛くなって、顔をお湯でじゃぶじゃぶ洗った。人前でも、幽霊の前でも、泣くのは照れくさいのだ。

初めて恋の告白をされた相手が、幽霊だったとは。まあ、わたしらしいのかもしれない。

探し物上手のわたしが見つけられなかった三上さんの遺骨は、家族の元にもどったそうだ。

「それでね、あなたにお礼がしたいの。ロビーに業者の人が来ているから」

「業者って何の？」

訊き返したときには、美紅さんは消えていた。

お湯からあがった気配もなかった。たぶん、わたしの目には見えない一瞬の間に、きれいにドレスアップして登天郵便局の庭へと飛んで行ったんだと思う。添い遂げられなくても、きっと美紅さんは向こうで三上さんに会うだろう。

ツン……と胸の奥が痛んだ。たぶん、ヤキモチというものだろう。

瓢箪形の岩風呂から上がって、わたしは枯ヱ之温泉の名入りの手ぬぐいで体を拭いた。となりの男湯からは、まだ青木さんの歌が聞こえている。

ロビーに行くと、お葬式帰りのような黒いスーツの人が居た。

(またしても事件？　またしても、だれか亡くなった？)

わたしが身構えると、黒スーツの人はこっちに会釈をよこす。

マネキンとか、球体関節人形を思わせる、端整な若い男の人だった。

黒いまっすぐな髪の毛が背中の辺りまで伸びていて、それを真ん中分けにしている。思いつめたような硬い表情のまま、マネキンのような人はつかつかと近付いて来た。

「わたくし、こういうものです」

渡された名刺には『レーカイ不動産　営業　高野紫苑《たかのしおん》』とあった。

「れ……霊界不動産？」

「レーカイ不動産です」

高野紫苑という、名前のままにうるわしい男の人は、コンピュータで作ったような無表情な声でいった。

「野々村美紅さんの遺言により、東京練馬区のマンションがあなたに譲渡されました」

「へ？」

「へ、じゃなくて」

紫苑という人はあくまで冷静だ。

「こちらが登記済証になります」

レーカイ不動産という社名の入った茶封筒をわたしに押し付けると、うるわしい黒スーツの人は去っていった。封筒を開けてみると、練馬区にあるレジデンス・ザ・サン＆ムーンというマンションの権利証が入っていた。

七〇七号室、２ＬＤＫ。都営大江戸線光が丘駅から徒歩二十分。南向き、買い物便利。

「えええー！」

あわてて追いかけたけど、高野紫苑さんの姿はもうどこにもなかった。クルマの音もしなかったというのに。

＊

駅の売店で、赤井局長が海鮮寿司を買ってくれた。

ウニとカニとイクラが載った、おいしい駅弁だ。

「新幹線に乗ってから食べます」

駅弁は走り出した車内で食べると、おいしさが倍増する。わたしは白いレジ袋に入れられた海鮮寿司を両手で持って、ぺこりとおじぎをした。

「一気食いして。お茶をガブガブ飲むのよ。そしたら、お腹の中で寿司飯が膨張するの。腹ペコから突然に満腹になる感覚、楽しんでご賞味あれ」

青木さんが、海鮮寿司のカルトな味わい方を説く。

そこへ、もう一つ、海鮮寿司を持った人が来た。親戚のエリさんだ。となりには、冷凍ミカンを持った丸岡《まるおか》刑事が付き従っている。丸岡刑事——通称丸ちゃんは、エリさんの経営する満月食堂の常連で、ちょっと心配性の警察官だ。

「アズサ坊、見送りに来たぞ」

「皆さんも、わざわざ、すみません」

エリさんは食堂で鍛えた営業スマイルを登天郵便局の一同に向けてから、わたしに耳打ちする。

「ちょっと、この人たち、だれなの？」

「前のアルバイト先の人たち」

「それよか、アズサちゃん、なんでまた帰って来たの？　ホームシック？」

「なんでまた犯人を捕まえたんだ？　もう危ない真似はよしてくれ」

あの日、登天郵便局の人たちは、林崎舜さんを捕まえた後でずらかった。

林崎さんは、三上さんを殺した犯人なのだ。同罪の高村佳輝さんは、神妙にその場で警察を待っていた。丸ちゃんは、わたしがこの二人の十年前の犯罪を突きとめ、警察に通報したのだと思っている。それというのも、一一〇番通報した赤井局長が、青木さん顔負けの声色と女性言葉でわたしの名を名乗ったらしいのだ。温泉に来たら、たまたま過去の殺人事件の犯人を見つけてしまった、と。

蓼屋は林崎さんが罪をつぐなってもどってくるまで、親戚の力をかりて切り盛りされることになった。

それからもう一人、津村林蔵さんが自首をした。津村のおじいさんは、孫娘を轢き逃げした西田総一郎を刺殺した罪を自供したのである。

「それとも、なにか？　アズサ坊には刑事の素質があるのかな？」

「いえいえ。わたしには、別の夢がありますから」

「アズサちゃんの夢ってなに？」

赤井局長が来て、どんぐりまなこをきらきらさせた。

登天さんも、小さい顔を輝かせている。

「大したことじゃないんですけどね」

わたしは、ないしょ話をするように、ちょっと声のトーンを落とす。

「駅から徒歩十分のアパートに住むことです」

わたしは野々村美紅さんから譲り受けてしまった、大江戸線の端っこのマンションのことを思いながらいった。美紅さんが生前に衝動買いしたマンション。そして、このうえもなく怪しいレーカイ不動産の仲介でわたしの所有となった、レジデンス・ザ・サン&ムーン七〇七号室、駅から徒歩二十分、南向きの2LDKに、わたしはこれから引っ越すことになるのだろうか。

（そんな夢みたいな話ってあるのかなあ）

新幹線の中で考えよう。

見送りの人たちが、わたしのことを話している。

「アズサちゃんは、もうちょっと大志を抱いてもいいかな」

赤井局長がいうと、エリさんが「そうなんですよ」と親戚らしい心配顔をした。

「バーベキュー用の肉を送ろう。住所を書きなさい」

そういって、鬼塚さんからなぜか色紙とマジックペンを渡される。わたしは、まるで芸能人みたいな筆跡で住所、電話番号、名前を書いた。

「年賀状、くださいね」

「登天郵便局が、日本郵便を利用すると思うのか」

「そうか。そうですよね」

わたしは頭を掻いて、新幹線に乗り込む。

大好きな、なつかしい笑顔の人たちが、ドアを隔ててホームに並んでいた。わたしはバックパックを揺すって背負い直し、二つの海鮮寿司を持ち上げてにこにこした。

「それでは、皆さん、また」

解説

堀田純司（作家）

面白いから、好きになるのか。好きになったから、面白いのか。「ニワトリが先か、卵が先か」みたいな話ですが、堀川アサコさんの幻想シリーズの第一作『幻想郵《げんそうゆう》便局《びんきょく》』は、僕にとって圧倒的に読んで大好きになった面白い作品でした。

この『幻想温泉郷《げんそうおんせんきょう》』は、その続編にあたる物語。もっとも、前作とは独立したエピソードになっていて、こちらから読んで下さっても、まったく問題なくお楽しみいただけます。

シリーズの主人公は安倍《あべ》アズサ。『幻想郵便局』の冒頭で、かたっぱしから面接に落ちて就職浪人中だった彼女は、「探し物」という冗談みたいな特技を買われて、ある郵便局で働くことになります。

その郵便局、「登天郵便局《とうてん》」は山の上にある。不思議なことに狭いはずの頂上に建っていながら、裏には無限の広さの庭が広がっている。大柄でいつも庭仕事に勤しんでいる赤井《あかい》局長をはじめ、オネエ言葉の青木《あおき》さん、アメリカンコミックのヒーローみたいなボディの鬼塚《おにづか》さんたち職員も、どことなくその存在が浮き世離れしています。それもそのはず、この郵便局の所在地は地獄の一丁目。あの世とこの世の境目にあり、生者と死者の世界をつなぐ役割を担《にな》っていたのでした。

フワッとしてゆるい感じの職員たちですが、そこはやはり、人の世の理《ことわり》を超えた存在。常識が通用しない怖さも垣間見えます。おおらかな性格のアズサもさすがに怖くなったのですが、結局は働き続ける。

そうして、郵便局サイド「まったくクロ」の、弁解の余地のない地権争いに巻き込まれ、神のお怒りを経験しつつ、友だちになった幽霊、真理子《まりこ》さん殺人事件の謎に体を張って（張るハメになって）、挑むことになります。

「魅力的な物語」とは、さまざまな読み方ができて、いろんな共感ポイントがあるものだと思います。

僕の場合、この『幻想郵便局』から受け取ったのは、「必要とする心、必要とされたい心があれば、死者とさえ、つながる（だったら生者とつながらないはずがない）」というメッセージ。

アズサは、面接に落ちまくっていた。つまり誰からも必要とされなかった訳で、いくら両親が「なりたいものになればいいよ」と言ってくれていても、本人も内心では、寂しかったことでしょう。その気持ちは、刺さるほどよくわかります。

そこに、たとえ人外であっても必要とされたら。もしかすると手先として操《あやつ》られるだけであっても、それはうれしかったはず。

必要としたい欲望があるのも人間ですが、必要とされるとうれしいのも人間。だからこそ誰からも必要とされないことは、なによりも寂しい。ラストに来てその気持ちは意外な展開を見せるのですが、とても心地よく心にグッとくるものでした。

この『幻想温泉郷』はその続編。アズサが登天郵便局で働き出したのは二年前。今では東京に出てお菓子を輸入する会社のOLとして働いています。

突然ですが『スクリーム2』という映画をご存じでしょうか。その名の通り『スクリーム』という映画の続編なのですが、この映画の作中で「続編のお約束」が語られます。

いわく、殺人場面の大幅アップ、血しぶきも倍増といった感じなのですが、まっ、このシリーズはホラー映画なのでそうなるのですが、『幻想温泉郷』も愉快なことにスペクタクル度が急展開。ハードなクライム・サスペンスあり、甘く危険な香りのラブロマンスあり、しかもその背景には「人の罪が洗い流され、しかも死んでもあの世に行かないケースが発覚する」という、郵便局の役割を根本から揺さぶる、巨大な謎がそびえ立ちます。もっとも職員たちは、自分たちの存在意義に関わるそのミステリーの解明を、ちょうど帰省して郵便局に顔を出したアズサに押し付けてしまう。アズサは、無事に東京でのOL生活に戻ることができるのでしょうか。ベガ・吉村《よしむら》さんという新キャラも登場する中、アズサの大いなる「探し物」がはじまります。

さきにスペクタクル度アップと書きましたが、「必要とする心、必要とされたいと思う心があれば死者とさえ結ばれる（むしろ、死くらいで分かたれてたまるものか）」というテーマも、本作でもより哀切さと悲傷を帯びて描かれます。本当のことを言うと、人の世の理は、きれいごとだけでは済まない。恨む心が悪意を増幅し、許す心がかえって事態を悪くすることもある。だったら、誰も必要とせず、誰からも必要とされないほうが、傷つかなくていい、のか？　謎の核心に迫る物語のクライマックス。紛《まぎ》れ込んだ不思議な時と場所の中で、ページを追っていくあなたの心は、きっと熱くなっていたはず。

ただ……。僕の知り合いの芸人さんが語っていたのですが、悲しみも笑えば、前に進むことができる。確かに、僕なんかでもそう思います。

物語を最後まで読んで、あなたは著者の堀川さんに「それが伏線だったんかーい！」と叫びたくなることでしょう。少なくとも僕はそうでした。叫んで笑って、心が晴れて、前向きになる物語。きっとあなたも、この作品の世界が好きになったことと思います。

もっとこの世界にいたい。体験したい。まだ未練があってこれじゃあ成仏できないよ。怨霊になるかもしれないよ。そうお感じのあなた。もし未読であれば『幻想映画館』もぜひお薦めです。「郵便局」のあの人が、まだまだがんばってこの世に自分の居場所を見つけています。

やっぱり求める心さえあれば、人はつながるのでしょう。実は本作ともちゃっかりつながっているのですが。

本書は書き下ろしです。

|著者| 堀川アサコ　1964年青森県生まれ。2006年『闇鏡』で第18回日本ファンタジーノベル大賞優秀賞を受賞してデビュー。『幻想郵便局』、『幻想映画館』（『幻想電氣館』を改題）、『幻想日記店』（『日記堂ファンタジー』を大幅改稿の上、改題）、『幻想探偵社』の「幻想シリーズ」、『大奥の座敷童子』『おちゃっぴい　大江戸八百八』（以上、講談社文庫）で人気を博す。他の著書に「たましくるシリーズ」（新潮文庫）、「予言村シリーズ」（文春文庫）、『月夜彦』『芳一』（ともに講談社）、『おせっかい屋のお鈴さん』（KADOKAWA）、『小さいおじさん』（新潮文庫nex）などがある。

幻想温泉郷《げんそうおんせんきょう》

堀川《ほりかわ》アサコ

© Asako Horikawa 2016

2016年12月15日第1刷発行

発行者――鈴木　哲
発行所――株式会社　講談社
東京都文京区音羽2-12-21　〒112-8001
電話　出版（03）5395-3510
　　　販売（03）5395-5817
　　　業務（03）5395-3615

Printed in Japan

講談社文庫

定価はカバーに
表示してあります

デザイン―菊地信義
本文データ制作―講談社デジタル製作
印刷―――中央精版印刷株式会社
製本―――中央精版印刷株式会社

落丁本・乱丁本は購入書店名を明記のうえ、小社業務あてにお送りください。送料は小社負担にてお取替えします。なお、この本の内容についてのお問い合わせは講談社文庫あてにお願いいたします。

本書のコピー、スキャン、デジタル化等の無断複製は著作権法上での例外を除き禁じられています。本書を代行業者等の第三者に依頼してスキャンやデジタル化することはたとえ個人や家庭内の利用でも著作権法違反です。

ISBN978-4-06-293544-9

講談社文庫刊行の辞

二十一世紀の到来を目睫に望みながら、われわれはいま、人類史上かつて例を見ない巨大な転換期をむかえようとしている。

世界も、日本も、激動の予兆に対する期待とおののきを内に蔵して、未知の時代に歩み入ろうとしている。このときにあたり、創業の人野間清治の「ナショナル・エデュケイター」への志を現代に甦らせようと意図して、われわれはここに古今の文芸作品はいうまでもなく、ひろく人文・社会・自然の諸科学から東西の名著を網羅する、新しい綜合文庫の発刊を決意した。

激動の転換期はまた断絶の時代である。われわれは戦後二十五年間の出版文化のありかたへの深い反省をこめて、この断絶の時代にあえて人間的な持続を求めようとする。いたずらに浮薄な商業主義のあだ花を追い求めることなく、長期にわたって良書に生命をあたえようとつとめるところにしか、今後の出版文化の真の繁栄はあり得ないと信じるからである。

同時にわれわれはこの綜合文庫の刊行を通じて、人文・社会・自然の諸科学が、結局人間の学にほかならないことを立証しようと願っている。かつて知識とは、「汝自身を知る」ことにつきていた。現代社会の瑣末な情報の氾濫のなかから、力強い知識の源泉を掘り起し、技術文明のただなかに、生きた人間の姿を復活させること。それこそわれわれの切なる希求である。

われわれは権威に盲従せず、俗流に媚びることなく、渾然一体となって日本の「草の根」をかたちづくる若く新しい世代の人々に、心をこめてこの新しい綜合文庫をおくり届けたい。それは知識の泉であるとともに感受性のふるさとであり、もっとも有機的に組織され、社会に開かれた万人のための大学をめざしている。大方の支援と協力を衷心より切望してやまない。

一九七一年七月

野間省一

講談社文庫 最新刊

上田秀人
参勤〈百万石の留守居役(八)〉
藩主綱紀《つなのり》のお国入り。道中の交渉役を任された数馬に思いがけぬ難題が!?〈文庫書下ろし〉

松岡圭祐
水鏡推理V〈ニュークリアフュージョン〉
文科省内に科学技術を盗むシンカー潜入か? 現役キャリアも注目の問題作!〈書下ろし〉

堂場瞬一
埋れた牙
女子大生の失踪、10年ごとに起きていた類似事件。この街《吉祥寺》に巣くう〈牙〉の正体とは?

五木寛之
青春の門〈第八部 風雲篇〉
青春の証とは何か。人生の炎を激しく燃やす青年、伊吹信介の歩みを描く不滅の超大作!

堀川アサコ
幻想温泉郷
今度の探し物は〝罪を洗い流す温泉〟!? 大ヒット『幻想郵便局』続編を文庫書下ろしで!

馳星周
ラフ・アンド・タフ
向かうは破滅か、儚《はかな》い夢か? 北へ逃げるヤミ金取立屋と借金漬けの風俗嬢の愛の行方。

織守《おりがみ》きょうや
霊感検定〈心霊アイドルの憂鬱〉
高校生アイドルに憑いたストーカーの霊は何を訴えるのか。切なさ極限の癒し系ホラー。

周木律
双孔堂の殺人〈~Double Torus~〉
異形の建築物と数学者探偵、十和田《とわだ》只人《ただひと》再び。真のシリーズ化、ミステリの饗宴はここから!

森博嗣
つぼみ茸《きのこ》ムース〈The cream of the notes 5〉
森博嗣は軽やかに「常識」を更新する。ベストセラ作家の書下ろしエッセィシリーズ第5弾!

瀬戸内寂聴
新装版 **寂庵説法**
人はなぜ生き、愛し、死ぬのか、に答える寂聴〝読む法話集〟。大ロングセラーの新装版。

講談社文庫 最新刊

江上　剛　家電の神様
雷太がやってきたのは街の小さな電器屋さん。大型家電量販店に挑む。〈文庫書下ろし〉

堀川惠子　死刑の基準〈「永山裁判」が遺したもの〉
「死刑の基準」いわゆる「永山基準」の虚構を暴いた、講談社ノンフィクション賞受賞作。

神田　茜　しょっぱい夕陽
まだ何かできる、いやできないことも多い――中年男女たちの〝ほろ苦く甘酸っぱい〟5つの奮闘。

倉阪鬼一郎　娘飛脚を救え〈大江戸秘脚便〉
料理屋あし屋の看板娘おみかがさらわれた。急げ、江戸屋の韋駄天たち。〈文庫書下ろし〉

モーリス・メーテルリンク 作　江國香織 訳　宇野亜喜良 絵　**青い鳥**
青い鳥探しの旅に出た兄妹が見つけた本当の幸福の姿とは。麗しき新訳と絵で蘇る愛蔵版。

中島京子　妻が椎茸だったころ〈泉鏡花賞受賞作〉
「人」への執着、「花」への妄想、「石」への煩悩。「少し怖くて、愛おしい」五つの偏愛短編集。

風森章羽《しょう》　清らかな煉獄〈霊媒探偵アーネスト〉
依頼人は、一年も前に亡くなった女性だった――。霊媒師・アーネストが真実を導き出す！

喜国雅彦　国樹由香　メフィストの漫画
本格ミステリ愛が満載の異色のコミックス、待望の文庫化！　人気作家たちも多数出演。

本城雅人　嗤うエース
哀しき宿命を背負う天才は、八百長投手なのか。衝撃のラストに息をのむ球界ミステリー！

パトリシア・コーンウエル　池田真紀子 訳　**邪悪 (上)(下)**
シリーズ累計1300万部突破！　事故死とされた事件現場にスカーペッタは強い疑念を抱く。

ジョージ・ルーカス 原作　マシュー・ストーヴァー 著　上杉隼人／有馬さとこ 訳　**スター・ウォーズ**〈エピソードIII　シスの復讐〉
新三部作クライマックス！　恐れと怒りがアナキンの心を蝕む時、暗黒面《ダークサイド》が牙を剥く――！

講談社文芸文庫

林 京子
谷間 再びルイへ。
十四歳での長崎被爆。結婚・出産・育児・離婚を経て、常に命と向き合い、凛として生きてきた、齢八十余年の作家の回答「再びルイへ。」他、三作を含む中短篇集。
解説=黒古一夫、年譜=金井景子
はA8
978-4-06-290332-5

小沼 丹
木菟燈籠
日常のなかで関わってきた人々の思いがけない振る舞いや人情の機微を、井伏鱒二ゆずりの柔らかい眼差しと軽妙な筆致で描き出した、じわりと胸に沁みる作品集。
解説=堀江敏幸、年譜=中村明
おD9
978-4-06-290331-8

三好達治
諷詠十二月
万葉から西行、晶子の短歌、道真、白石、頼山陽の漢詩、芭蕉、蕪村、虚子の句、朔太郎、犀星の詩等々。古今の秀作を鑑賞し、詩歌の美と本質を綴った不朽の名著。
解説=高橋順子、年譜=安藤靖彦
みD4
978-4-06-290333-2

講談社文芸文庫ワイド
不朽の名作を一回り大きい活字と判型で

小島信夫
抱擁家族
鬼才の文名を決定づけた、時代を超え現代に迫る戦後文学の金字塔。
解説=大橋健三郎、作家案内=保昌正夫
(ワ)こB1
978-4-06-295510-2

星野智幸　毒身
星野智幸　われら猫の子
本田靖春　我、拗ね者として生涯を閉ず(上)(下)
本田透　電波男
本城英明　警察庁広域特捜官　梶山俊介〈広島・尾道「刑事《デカ》殺し」〉
堀田純司　スゴい雑誌〈「業界誌」の底知れない魅力〉
堀田純司　僕とツンデレとハイデガー〈ヴェルシオン　アドレサンス〉
本多孝好　チェーン・ポイズン
穂村弘　整形前夜
堀川アサコ　幻想郵便局
堀川アサコ　幻想映画館
堀川アサコ　幻想日記店
堀川アサコ　幻想探偵社
堀川アサコ　幻想温泉郷
堀川アサコ　大奥の座敷童子
堀川アサコ　おちゃっぴい〈大江戸八百八〉
本城雅人　境界〈横浜中華街・潜伏捜査〉
本城雅人　スカウト・デイズ
本城雅人　スカウト・バトル

本城雅人　嗤うエース
堀川惠子　裁かれた命〈死刑囚から届いた手紙〉
堀川惠子　死刑の基準〈「永山裁判」が遺したもの〉
堀川惠子・小笠原信之　チンチン電車と女学生〈1945年8月6日・ヒロシマ〉
ほしおさなえ　空き家課まぼろし譚
誉田哲也　Qros《キュロス》の女
松本清張　草の陰刻
松本清張　黄色い風土
松本清張　黒い樹海
松本清張　連環
松本清張　花氷
松本清張　遠くからの声
松本清張　ガラスの城
松本清張　殺人行おくのほそ道(上)(下)
松本清張　塗られた本
松本清張　熱い絹(上)(下)
松本清張　邪馬台国　清張通史①
松本清張　空白の世紀　清張通史②
松本清張　カミと青銅の迷路　清張通史③

松本清張　天皇と豪族　清張通史④
松本清張　壬申の乱　清張通史⑤
松本清張　古代の終焉　清張通史⑥
松本清張　新装版　増上寺刃傷
松本清張　新装版　彩色江戸切絵図
松本清張　新装版　紅刷り江戸噂
松本清張　大奥婦女記〈レジェンド歴史時代小説〉
松本清張他　日本史七つの謎
松谷みよ子　ちいさいモモちゃん
松谷みよ子　モモちゃんとアカネちゃん
松谷みよ子　アカネちゃんの涙の海
眉村卓　ねらわれた学園
眉村卓　なぞの転校生
丸谷才一　恋と女の日本文学
丸谷才一　闊歩する漱石
丸谷才一　輝く日の宮
丸谷才一　人間的なアルファベット
麻耶雄嵩　翼ある闇〈メルカトル鮎最後の事件〉
麻耶雄嵩　夏と冬の奏鳴曲《ソナタ》

講談社文庫　目録

牧　秀彦　美《び》剣《けん》〈五坪道場一手指南〉
牧　秀彦　無《む》我《が》〈五坪道場一手指南〉
真梨幸子　孤《こ》虫《ちゅう》症《しょう》
真梨幸子　深く深く、砂に埋めて
真梨幸子　女ともだち
真梨幸子　クロク、ヌレ！
真梨幸子　えんじ色心中
真梨幸子　カンタベリー・テイルズ
真梨幸子　イヤミス短篇集
まきの・えり　ラブファイト(上)(下)〈聖母少女〉
牧野　修　黒娘　アウトサイダー・フィメール
牧野　修／巴　亮介　漫画原作　ミュージアム〈公式ノベライズ〉
毎日新聞夕刊編集部　女はトイレで何をしているのか？〈現代ニッポン人の生態学〉
前田司郎　愛でもない青春でもない旅立たない
間庭典子　走れば人生見えてくる
松本裕士　兄弟〈追憶のhide〉
枡野浩一　結婚失格
円居　挽　丸太町ルヴォワール
円居　挽　烏丸ルヴォワール

円居　挽　今出川ルヴォワール
円居　挽　河原町ルヴォワール
松宮　宏　秘剣こいわらい
松宮　宏　くすぶり亦《また》蔵《ぞう》〈秘剣こいわらい〉
松宮　宏　さくらんぼ同盟
丸山天寿　琅《ろう》邪《や》の鬼
丸山天寿　琅《ろう》邪《や》の虎
町山智浩　アメリカ格差ウォーズ　99％対1％
松岡圭祐　探偵の探偵
松岡圭祐　探偵の探偵II
松岡圭祐　探偵の探偵III
松岡圭祐　探偵の探偵IV
松岡圭祐　水鏡推理
松岡圭祐　水鏡推理II〈インパクトファクター〉
松岡圭祐　水鏡推理III〈パレイドリア・フェイス〉
松岡圭祐　水鏡推理IV〈アノマリー〉
松岡圭祐　水鏡推理V〈ニュークリアフュージョン〉
松岡圭祐　探偵の鑑定I
松岡圭祐　探偵の鑑定II

松岡圭祐　万能鑑定士Qの最終巻〈ムンクの〈叫び〉〉
松島泰勝　琉球独立宣言〈実現可能な五つの方法〉
松原　始　カラスの教科書
益田ミリ　五年前の忘れ物
三好　徹　政・財　腐蝕の１００年
三好　徹　政・財　腐蝕の100年　大正編
三浦哲郎　曠野の妻
三浦綾子　ひつじが丘
三浦綾子　岩に立つ
三浦綾子　青い棘《とげ》
三浦綾子　イエス・キリストの生涯
三浦綾子　あのポプラの上が空
三浦綾子　小さな一歩から
三浦綾子　増補決定版　言葉の花束〈愛といのちの792章〉
三浦綾子　愛すること信ずること
三浦光世／三浦綾子　愛に遠くあれど〈夫と妻の対話〉
三浦明博　死《し》水《すい》
三浦明博　サーカス市場
三浦明博　感染広告

三浦明博　滅びのモノクローム
宮尾登美子　新装版天璋院篤姫(上)(下)
宮尾登美子　新装版　一絃の琴
宮尾登美子　東福門院和子《まさこ》の涙(上)(下)〈レジェンド歴史時代小説〉
皆川博子　冬の旅人(上)(下)
宮崎康平　新装版　まぼろしの邪馬台国　第1部・第2部
宮本輝　ひとたびはポプラに臥す1〜6
宮本輝　骸骨ビルの庭(上)(下)
宮本輝　新装版二十歳《はたち》の火影《ほかげ》
宮本輝　新装版命の器
宮本輝　新装版　避暑地の猫
宮本輝　新装版　ここに地終わり 海始まる(上)(下)
宮本輝　新装版　花の降る午後(上)(下)
宮本輝　新装版　オレンジの壺(上)(下)
宮本輝　にぎやかな天地(上)(下)
宮本輝　新装版　朝の歓び(上)(下)
峰隆一郎　寝台特急「さくら」死者の罠
宮城谷昌光　俠骨記
宮城谷昌光　夏姫春秋(上)(下)

宮城谷昌光　花の歳月
宮城谷昌光　重耳《ちょうじ》(全三冊)
宮城谷昌光　春秋の色
宮城谷昌光　介《かい》子《し》推《すい》
宮城谷昌光　孟嘗君　全五冊
宮城谷昌光　春秋の名君
宮城谷昌光　子産(上)(下)
宮城谷昌光他　異色中国短篇傑作大全
宮城谷昌光　湖底の城一〈呉越春秋〉
宮城谷昌光　湖底の城二〈呉越春秋〉
宮城谷昌光　湖底の城三〈呉越春秋〉
宮城谷昌光　湖底の城四〈呉越春秋〉
宮城谷昌光　湖底の城五〈呉越春秋〉
水木しげる　コミック昭和史1〈関東大震災〜満州事変〉
水木しげる　コミック昭和史2〈満州事変〜日中全面戦争〉
水木しげる　コミック昭和史3〈日中全面戦争〜太平洋戦争開始〉
水木しげる　コミック昭和史4〈太平洋戦争前半〉
水木しげる　コミック昭和史5〈太平洋戦争後半〉
水木しげる　コミック昭和史6〈終戦から朝鮮戦争〉

水木しげる　コミック昭和史7〈講和から復興〉
水木しげる　コミック昭和史8〈高度成長以降〉
水木しげる　総員玉砕せよ！
水木しげる　敗走記
水木しげる　白い旗
水木しげる　姑《クー》娘《ニャン》
水木しげる　決定版　日本妖怪大全〈妖怪・あの世・神様〉
水木しげる　ほんまにオレはアホやろか
宮脇俊三　古代史紀行
宮脇俊三　平安鎌倉史紀行
宮脇俊三　室町戦国史紀行
宮脇俊三　徳川家康歴史紀行5000㌔
宮部みゆき　ステップファザー・ステップ
宮部みゆき　新装版　震える岩〈霊験お初捕物控〉
宮部みゆき　新装版　天狗風〈霊験お初捕物控〉
宮部みゆき　ICO《イコ》―霧の城―(上)(下)
宮部みゆき　ぼんくら(上)(下)
宮部みゆき　新装版　日暮らし(上)(下)
宮部みゆき　おまえさん(上)(下)

講談社文庫　目録

森村誠一　悪道　西国謀反
森村誠一　悪道　御三家の刺客
森村誠一　ミッドウェイ
森村誠一　棟居刑事の復讐
森村誠一　日蝕の断層
森　瑤子　夜ごとの揺り籠、舟、あるいは戦場
守　誠　3分単〈1日3分・「簡単パズル」で覚える・英単語〉
森　詠　吉原首代　左助始末帳
毛利恒之　月光の夏
毛利恒之　地獄の虹
毛利恒之　虹の絆〈ハワイ日系人　母の記録〉
森まゆみ　抱きしめる、東京〈町とわたし〉
森田靖郎　東京チャイニーズ〈裏歌舞伎町の流氓たち〉
森田靖郎　TOKYO犯罪公司《コンス》
森　博嗣　すべてがFになる〈THE PERFECT INSIDER〉
森　博嗣　冷たい密室と博士たち〈DOCTORS IN ISOLATED ROOM〉
森　博嗣　笑わない数学者〈MATHEMATICAL GOODBYE〉
森　博嗣　詩的私的ジャック〈JACK THE POETICAL PRIVATE〉
森　博嗣　封印再度〈WHO INSIDE〉

森　博嗣　まどろみ消去〈MISSING UNDER THE MISTLETOE〉
森　博嗣　幻惑の死と使途〈ILLUSION ACTS LIKE MAGIC〉
森　博嗣　夏のレプリカ〈REPLACEABLE SUMMER〉
森　博嗣　今はもうない〈SWITCH BACK〉
森　博嗣　数奇にして模型〈NUMERICAL MODELS〉
森　博嗣　有限と微小のパン〈THE PERFECT OUTSIDER〉
森　博嗣　地球儀のスライス〈A SLICE OF TERRESTRIAL GLOBE〉
森　博嗣　黒猫の三角〈Delta in the Darkness〉
森　博嗣　人形式モナリザ〈Shape of Things Human〉
森　博嗣　月は幽咽のデバイス〈The Sound Walks When the Moon Talks〉
森　博嗣　夢・出逢い・魔性〈You May Die in My Show〉
森　博嗣　魔剣天翔〈Cockpit on knife Edge〉
森　博嗣　今夜はパラシュート博物館へ〈THE LAST DIVE TO PARACHUTE MUSEUM〉
森　博嗣　恋恋蓮歩の演習〈A Sea of Deceits〉
森　博嗣　六人の超音波科学者〈Six Supersonic Scientists〉
森　博嗣　捩れ屋敷の利鈍〈The Riddle in Torsional Nest〉
森　博嗣　朽ちる散る落ちる〈Rot off and Drop away〉
森　博嗣　赤緑黒白〈Red Green Black and White〉
森　博嗣　虚空の逆マトリクス〈INVERSE OF VOID MATRIX〉

森　博嗣　φ《ファイ》は壊れたね〈PATH CONNECTED φ BROKE〉
森　博嗣　θ《シータ》は遊んでくれたよ〈ANOTHER PLAYMATE θ〉
森　博嗣　τ《タウ》になるまで待って〈PLEASE STAY UNTIL τ〉
森　博嗣　ε《イプシロン》に誓って〈SWEARING ON SOLEMN ε〉
森　博嗣　λ《ラムダ》に歯がない〈λ HAS NO TEETH〉
森　博嗣　η《イータ》なのに夢のよう〈DREAMILY IN SPITE OF η〉
森　博嗣　目薬α《アルファ》で殺菌します〈DISINFECTANT α FOR THE EYES〉
森　博嗣　ジグβ《ベータ》は神ですか〈JIG β KNOWS HEAVEN〉
森　博嗣　キウイγ《ガンマ》は時計仕掛け〈KIWI γ IN CLOCKWORK〉
森　博嗣　イナイ×イナイ〈PEEKABOO〉
森　博嗣　キラレ×キラレ〈CUTTHROAT〉
森　博嗣　タカイ×タカイ〈CRUCIFIXION〉
森　博嗣　議論の余地しかない〈A Space under Discussion〉
森　博嗣　探偵伯爵と僕〈His name is Earl〉
森　博嗣　レタス・フライ〈Lettuce Fry〉
森　博嗣　君の夢　僕の思考〈You will dream while I think〉
森　博嗣　四季　春〜冬
森　博嗣　森博嗣のミステリィ工作室
森　博嗣　アイソパラメトリック

講談社文庫　目録

森 博嗣　悠悠おもちゃライフ
森 博嗣　僕は秋子に借りがある I'm in Debt to Akiko 〈森博嗣自選短編集〉
森 博嗣　どちらかが魔女 Which is the Witch? 〈森博嗣シリーズ短編集〉
森 博嗣　的を射る言葉 〈Gathering the Pointed Wits〉
森 博嗣　森博嗣の半熟セミナ 博士、質問があります！
森 博嗣　DOG&DOLL
森 博嗣　TRUCK&TROLL
森 博嗣　100人の森博嗣 〈100 MORI Hiroshies〉
森 博嗣　銀河不動産の超越 〈Transcendence of Ginga Estate Agency〉
森 博嗣　つぶやきのクリーム 〈The cream of the notes〉
森 博嗣　つぼやきのテリーヌ 〈The cream of the notes 2〉
森 博嗣　つぼねのカトリーヌ 〈The cream of the notes 3〉
森 博嗣　ツンドラモンスーン 〈The cream of the notes 4〉
森 博嗣　つぼみ茸《きのこ》ムース 〈The cream of the notes 5〉
森 博嗣　喜嶋先生の静かな世界 〈The Silent World of Dr. Kishima〉
森 博嗣　実験的経験 〈Experimental experience〉
森 博嗣　赤目姫の潮解 〈LADY SCARLET EYES AND HER DELIQUESCENCE〉
森 博嗣 / ささきすばる 絵　悪戯王子と猫の物語
土屋賢二 / 森 博嗣　人間は考えるFになる

森枝卓士　私的メコン物語 〈食から覗くアジア〉
森 浩美　推定恋愛
森 浩美　推定恋愛 two-years
諸田玲子　鬼あざみ
諸田玲子　笠《かさ》雲《ぐも》
諸田玲子　からくり乱れ蝶
諸田玲子　其《そ》の一《いち》日《にち》
諸田玲子　末世炎上
諸田玲子　昔《せき》日《じつ》より
諸田玲子　日《にち》月《げつ》めぐる
諸田玲子　天女湯おれん
諸田玲子　天女湯おれん これがはじまり
諸田玲子　天女湯おれん 春色恋ぐるい
森福 都　楽昌珠
森津純子　家族が「がん」になったら 〈誰も教えてくれなかった介護法と心のケア〉
森 達也　ぼくの歌、みんなの歌
桃谷方子　百合祭
森 孝一　「ジョージ・ブッシュ」のアタマの中身 〈アメリカ「超保守派」の世界観〉
本谷有希子　腑抜けども、悲しみの愛を見せろ

本谷有希子　江利子と絶対 〈本谷有希子文学大全集〉
本谷有希子　あの子の考えることは変
本谷有希子　嵐のピクニック
本谷有希子　自分を好きになる方法
森下くるみ　すべては「裸になる」から始まって
茂木健一郎　「赤毛のアン」に学ぶ幸福《しあわせ》になる方法
茂木健一郎　セレンディピティの時代 〈偶然の幸運に出会う方法〉
茂木健一郎　漱石に学ぶ心の平安を得る方法
茂木健一郎 with ダイアログ・イン・ザ・ダーク　まっくらな中での対話
望月守宮　無貌伝 〈〜双児の子ら〜〉
森川智喜　キャットフード
森川智喜　スノーホワイト
森川智喜　踊る人形
森 繁和　参謀
森 晶麿　ホテルモーリスの危険なおもてなし
森 晶麿　恋路ヶ島サービスエリアとその夜の獣たち
森林原人　セックス幸福論 〈偏差値78のAV男優が考える〉
山岡荘八　新装版 小説太平洋戦争 全6巻
山口 瞳 / 常盤新平 編　新装版 諸君！この人生、大変なんだ

2016年12月15日現在